故事海
SEA OF STORIES

江南役

海飞 著

作家出版社

江南一役，明月万里

——题记

目　录

CONTENTS

万历三十年
1602 年
8 月

开场 / 001

第一章 12 万历三十年（1602 年）八月十二日　晴 / 003

第二章 13 万历三十年（1602 年）八月十三日　晴 / 044

第三章 14 万历三十年（1602 年）八月十四日　晴 / 086

第四章 15 万历三十年（1602 年）八月十五日　晴 / 118

第五章 16 万历三十年（1602 年）八月十六日　晴转雨 / 141

第六章 17 万历三十年（1602 年）八月十七日　雨转晴 / 168

第七章 18 万历三十年（1602 年）八月十八日　晴 / 203

尾　声 / 265

开 场

钱塘自古繁华。“人间天堂”物华天宝，西湖烟波浩渺，城市水汽氤氲。五代的吴越国以及之后的南宋王朝都曾经定都于此。这里的一草一木，一颦一笑，也像是有人精心勾画出来的，特意要送你一幅浓妆淡抹的色彩与风韵。

繁华中也有迷雾。

比方说明朝万历三十年八月五日，杭州城就发生了一起十分离奇的事件。在当年杭州卫守戍军的秋季案情记录中，稍显粗糙的黄麻纸翻到这一卷的第十三页，就会在右边第二栏中发现，八月五日这天大概是夜里亥初一刻，城南的东坡巷突然飞涌出一群黑压压的蝙蝠。据当晚一位五十来岁的打更老人回忆，那天成百上千只蝙蝠从天而降，像席卷的潮水，一浪高过一浪。蝙蝠汹涌冲撞，夜空被盖上一层黑布，瑟瑟发抖的打更人在那场永生难忘的惊恐中猛然听见，巷子东头突然撕裂开一阵令人毛骨悚然的哀嚎。据说悲伤欲绝的人家姓严，出事时，家中年仅九岁的儿子正坐在院子里的石凳上剥豆子吃。当那群来势凶猛的蝙蝠闯进来时，夫妻两人眼睁睁看着瘦弱的儿子被凌空架起，一双腿脚只是不知所措地挣扎了两下，来不及发出半点声音，转眼就在浓墨一般的夜幕中消失了踪影。

秋季，案情还在延续，守戍军案卷第十三页往下，仓促细小的字体开始书写得密密麻麻。

八月六日晚，第二个男孩在突如其来的蝙蝠浪潮中被席卷而走。

八月七日，诡异的蝙蝠阵又在子初时分洗劫了城西的葫芦巷，一下子提走了一对七岁大的双胞胎兄弟。

至此，杭州城一派阴云密布。市井间人心惶惶，门庭深锁。百姓们交头接耳之间，一个个谈蝙蝠而色变，那种恐惧的眼神，仿佛一抬头就能看见一场秋天里的黑雪压境。

第一章

万历三十年（1602 年）八月十二日　晴

1

田小七是在这天的申初时分，骑着万历皇帝朱翊钧送他的宝通快马，从城北的武林门进入杭州城的。

在井亭桥边的相国井，田小七打了一桶欢快的井水，差不多把自己给喝饱了。他用手背擦去嘴角的水渍时，觉得井水简直是凉爽得不可思议，于是干脆再次矮下身，把整个脑袋都埋进剩下的水里，并且在水中兴奋地吐出一口气。身边那匹通体发亮的宝通快马，打了一个巨大的喷嚏，它冷笑地看着田小七屁股朝天的样子，真想踢他一脚。除此之外，它还觉得江南的天气闷热得令它很不舒服。

井亭桥边安静得像一幅画，桥下的清湖河里传来细细的流水声。田小七后来猛地把头从水桶里拔出来，昂扬地甩了甩，甩出一串白亮的水珠。他睁开眼时，发现宝通快马正用不满的目光望着自己，于是赶紧一把举起水桶，将那些清凉的井水全都泼向了宝通快马的马背。

桂花密集的香味在相国井的上方盘旋。田小七之前只是在京城名家的画卷中见到过水汽蒸腾的江南，但此刻眼见着那些倒映在井水中的青砖白墙，以及挂在枝头如同灯笼一样晃荡的石榴和柿子，却莫名地想起了远在京城的无恙姑娘。他后来和宝通快马一起，抬头凝望那些幼小又密集的桂花时，恍惚觉得那是无恙姑娘无数个芬芳的眼神。所以他想，杭州可能是一个非常适合回忆的城市。

男孩刘四宝就是在这时候出现在相国井的另外一个方向。那天刘四宝正和自己的隔壁邻居，一个名叫金鱼的男孩一起，想在清湖河边的那排苍老的柳树上寻找出一些知了。刘四宝手抓一枚青花瓷片，瓷片的四周被他打磨得跟镜子一样浑圆。他看见喝水的田小七和通身枣红色的宝通快马时，忍不住停下脚步，蹲身在细密的阳光里对着那匹马挤眉弄眼。刘四宝一边歪斜着脑袋，一边又摇晃起瓷片，将清湖河上聚集起来的阳光十分执着地折射向田小七那张被井水打湿的脸。他说，喂，井水是不是很甜？

田小七于是看见一束明亮的光，在自己的脸上跑来跑去。他伸手挡住那道光，却冷不丁打了一个响亮的喷嚏，然后就从张开的指缝里看见刘四宝十分开心地笑了。刘四宝眯着眼睛讲，你是谁？我怎么不认识你。

田小七做了个鬼脸，说我姓田。却没想到等他讲完，刘四宝忍了很久的鼻涕便很及时地笑了出来。刘四宝一把擦去鼻涕，声音很果断，说你这个骗子，这世上怎么可能会有人姓甜？他还看了一眼身边比他高了半个头的金鱼，说金鱼哥你信吗？他要是真的姓甜，那我是不是可以说我是姓咸。咸鼻涕的咸。

田小七也笑了，他讲你知道会打地洞的田鼠吗？我就是田鼠的田。他还跟刘四宝说你看你那张脸，脏得跟猴子的屁股一样。

你要不要过来，让我帮你洗把脸。

杭州卫守戍营的总旗官伍佰这时候迫不及待地从一个隐秘的角落里冲出，他已经在那个角落里观察了田小七很久。他提着一把威武的军刀，站在一片被阳光切割出的阴影里，样子很严肃地叫了一声，别动！

田小七稍微愣了一下，看见伍佰的那把刀差不多有一尺五寸那么长，然后他垂头笑了，似乎感觉万历三十年的这一场秋天多少显得有点滑稽。总旗官伍佰这天带了好几个守戍军的手下。他瞟了一眼田小七，以及那匹很随意地打出一个响鼻的马，然后就转头对手下只说了两个字，带走！

田小七说，凭什么？

伍佰将头顶多少有点碍眼的军人头盔往上推高了一点，很骄傲地说，凭我的直觉。

你的直觉怎么了？

我的直觉告诉我，你跟最近发生的一系列孩童失踪案有关。你现在可能是过来踩点，看准了哪家孩子，然后就在夜里把他们给掳走。

我很羡慕你有这样的直觉。田小七说，我真担心你那把刀子，像一张白铁皮似的会不会被风吹破？

伍佰愣了一阵，觉得这个言语轻狂的男子果然是有点凶险。他把刀子举得更高，又回头提醒刘四宝说，四宝，退远一点。小心叔的刀子等下伤到了你。

刘四宝认得总旗官伍佰，他一直叫伍佰为小伍叔。那天他和金鱼两人小心翼翼地躲到那棵忧伤的柳树后面时，看见田小七慢条斯理地重新打了一桶水，又提起之前搁在井沿上的一把刀。他将那把明亮的刀摆在阳光下看了一眼，随即将刀身插进桶里依旧还在晃荡的井水中。他后来撩起井水，仔细抹着刀身说，我这兄弟很辛苦，刚才赶了很长一段路，我现在先给它洗个澡。

伍佰瞬间站在阳光的阴影里呆若木鸡。他望着那把寂静的刀，看见有一缕瘦削的阳光正在刀背上行走得十分缓慢。时间过了很久以后，他才从喉咙底下不是很有把握地问了一句：绣春刀?

田小七笑了，笑得有点开心。他一边洗刀一边专心地对着那桶井水说，你眼神不错。又说，带我去见你们的巡抚，我有重要的事情要找他。

2

在浙江巡抚刘元霖赶到城南竹竿巷的春水酒楼前，锦衣卫北斗门掌门人田小七已经在酒楼的二楼包房里独自喝下了三杯酒。喝酒的时候，田小七想起了五天前，自己在皇帝的豹房西边一片碧绿的竹林里见到了正在练剑的万历皇帝朱翊钧。朱翊钧那时一身闪亮的龙袍，出神入化的剑术着实令田小七吃惊。他像一只老鹰一样冲天飞起，剑锋所到之处，一排被砍断的竹子便萧瑟着离开之前的躯体，笔直插进了脚下的泥地。田小七一眼望去时，几乎有一种错觉，好像地上又突然冒出一排新鲜的竹子。接着他听见朱翊钧的声音似乎从遥远的空中飘落，说千户大人，别来无恙?

田小七并没有抬头，只是摘下腰间的北斗门令牌，将它扔在了铺满翠绿竹叶的泥地里。他说柳章台，你这个破锦衣卫我不做了，你把无恙还给我。

朱翊钧从空中轻飘飘地落下，推剑入鞘时盯着田小七说，做不做锦衣卫你说了不算。我现在给你一个任务，你要去杭州。

你把无恙还给我。田小七说，她答应要在这个中秋节嫁给我。

你去杭州。只要任务完成，十个无恙都会争先恐后地嫁给你。朱翊钧还说，等你从杭州回来，我答应带你去诏狱门口接她。

田小七后来见到刘元霖时，看见刘元霖的身子藏在一袭略微显得有点宽大的官服中。因为瘦小的缘故，刘元霖行走的时候身体前倾，跌跌撞撞的样子很像一只即将转到尾声的陀螺。

如果不是因为杭州城连续发生的男童失踪案，刘元霖此时的心情甚至可以说比较愉悦，因为正在重新修建的六和塔眼看着就要完工。而一场盛大的庆典，也将在八月十八钱塘观潮节那天如期举行。就在刚才，提前赶来参加庆典，又顺便行走一趟西湖和灵隐的台州知府送了刘元霖一座纯金打造的六和塔模型。金光闪闪的六和塔模型重达五斤，里边是掏空的。知府把它横过来，让底座宽阔的洞眼凑向刘元霖的耳边，说巡抚大人你仔细听，是不是感觉它像一只海螺，能听见我们台州那边吹过来的海风的声音。刘元霖乐滋滋地笑了，含蓄又不失热烈。他讲下不为例，以后不许这么浪费银两，你知道咱们浙江有很多地方需要花钱。

刘元霖面对田小七坐下时，藏在怀中的那只油光发亮的红头蟋蟀，可能是闻到了酒香，竟然兴奋着一连鸣叫了三声。他于是对田小七含糊地笑了笑，又卷起官服宽大的袖子，这才朝怀里装蟋蟀的竹筒方向骂了一句：乐乐，你真会作。作是没有好下场的。

田小七将酒杯换成酒碗，又把酒给满上。刘元霖一口喝尽，说再倒。等到咱们连着喝过了三碗，今天这事情就撒泡尿给忘了。他还擦了一下嘴，说伍佰这小兔崽子，眼珠子都长到屁眼里去了，竟然把你当成了嫌疑犯。

丢了多少个男童？田小七问。

七个。刘元霖伸出分开来的手指头，说我现在就可以跟你讲，案发现场如出一辙，孩子们都是被遮天蔽眼的蝙蝠给卷走的。刘元霖敲了敲桌板，瞪起眼睛讲，总之事出反常必有妖，我们一直在查，不敢有丝毫懈怠。

田小七沉默了一下。他看见刘元霖好像嘴巴很渴，说了一通话后急忙喝了一口酒，然后才说你以前有没有来过杭州？我怎么觉得你有点面熟。

田小七说，皇上让我来找你。

我不是讲了嘛，我们一直在查。刘元霖说，你放心，再给我几天时间，有什么消息我就第一时间告诉你。

田小七摇头，说我来不是为了男童失踪，我有更重要的事情。

刘元霖愣了一下，眉头皱得很紧。在田小七正想跟他说出皇上亲口交代的隐秘使命时，一个女子的身影突然撞开门口的守卫，推门直接闯进了包房。

田小七感觉到一阵迎面而来的风，似乎有淡淡的芳香。他看了一眼女子，女子目光凌厉，不仅有一头飘扬的长发，背上还挂了一支修长的铁枪。女子叫赵刻心，来自杭州城南的钱塘火器局，她是过来找刘元霖讨债的。田小七后来很快就听明白，作为大明王朝的重要兵工厂，钱塘火器局四百多个工匠的工钱，巡抚刘元霖已经连着拖欠了三个月。

闯进来的赵刻心并没有看田小七一眼，只是盯着刘元霖说，给钱。刘元霖挤了挤眉毛，用两只手指头优雅地理了一下嘴边稀疏的胡子，说你没看到有客人？工钱的事情我明天再跟你爹讲。

但是话还没说完，赵刻心却一把提走了桌上那座闪闪发光的金制六和塔。她说这么贵重的礼，让我爹先替你收着。

田小七出手，推出一个反掌，瞬间就将金制六和塔夺回，重新摆在了桌上。他盯着碗里的酒，看见酒水慢慢荡开一阵涟漪，说，滚出去！

赵刻心什么也没说，却突然甩出背上的那支长枪，让它在空中十分利索地转了一圈。这让刘元霖眼睛都看花了，他只是听见耳边呼的一声，然后就看到那管黑洞洞的枪口，已经笔直指向了田小七的额头。

田小七抬头，目光很专注地欣赏着那截横在空中的枪管，感觉这根掣电铳应该是能够三连发的，或许是他们钱塘火器局刚刚设计出的一款新式火器。然后他声音有点喜悦地说，出枪的速度很快，果然像一道闪电。

刘元霖却满脸忧伤。他试着把赵刻心的枪口一点点挪开，又将那座沉甸甸的六和塔模型交到她手里，这才低头小心问了一声田小七，京城有没有合适的男人？我想替她爹赵士真做主，早点把她给嫁了。

田小七盯着赵刻心，浅浅地喝了一口酒，随即又听见刘元霖怀里的乐乐再次鸣叫了两声，声音似乎十分伤感。他望向窗外，窗外是一抹醉人的夕阳，那样虚幻又短暂的颜色，仿佛可以让他看见无恙一袭长发飘飘的背影。然后他晃了晃眼睛，转头望向赵刻心说，带我去火器局。皇上让我来杭州，为的就是你爹。

我爹从来不见外人。赵刻心说，你也别拿皇上来跟我说事，我天不怕地不怕，难道我会怕他？

田小七眨了眨眼，把端起的酒碗重新放下，又望向对面的刘元霖说，皇上一直记挂着他所心爱的钱塘火器局，他说火器局总领赵士真正在赶写一部火器论述方面的新著——《神器谱或问》。我这次来杭州，就是奉皇上之命，来替他取走这部即将完工的《神器谱或问》。

千里迢迢，和锦衣卫十四位正五品千户平起平坐的北斗门掌门人，特意从京城来到杭州，就是为了这么一本书？刘元霖说。

田小七一言不发。南屏晚钟的钟声就是在这时候敲响，声音灌进田小七的耳朵时，让他觉得眼前杭州城的一派黄昏，简直美得令人窒息。他跟刘元霖碰了一下酒碗，把其中的酒喝完，然后就抓起搁在桌上的绣春刀跟赵刻心说，我们是不是可以走了？

3

离开京城前，田小七已经对赵士真作了一番了解。他知道赵士真是浙江温州人，生于大明王朝嘉靖年间。据说这人才兼文武，善书能诗，画得一手好画。但是这老头子有点古怪，虽然年近六十，很多时候却跟孩童一样顽皮。

万历六年，赵士真在游寓京师期间，酒后一时兴起，挥毫题诗在扇上。其狂放及隽美，简直令人惊叹。这把扇后来在市井间多次转手，被一宦官出高价所收藏，又经人辗转进献给了皇帝。皇帝朱翊钧见此诗扇，同样也是爱不释手，下令让赵士真进宫，并给他当上了鸿胪寺主簿，参与打理各国来京使臣的侍应与接待。但事实上，这仅仅是皇帝接触赵士真奇特才华的第一步。

许多年以后，这个令人捉摸不透的男人虽然只是从八品衔的鸿胪寺主簿升迁为七品衔的中书舍人，却突然给皇帝呈上了《用兵八害》条陈，强烈建议朝廷制造番鸟铳，以抵抗侵犯的倭寇及治理边疆动荡。此后赵士真并没有就此消停，竟然通宵达旦，独自摸索研制出了兼具西洋铳和佛郎机铳优点的“掣电铳”，以及采纳了鸟铳和三眼铳长处的“迅雷铳”等新式火器，并且还撰文写下了图文并茂的《备边屯田车铳议》《神器谱》《续神器谱》以及《神器杂说》等书籍。在《神器谱》中，赵士真不仅详细绘制了掣电铳和迅雷铳的结构图样，还对其构造、制法、打放架势等作了非常详尽的说明。于是在一个冬日里的清晨，已经跟赵士真彻夜交谈过的皇帝朱翊钧突发奇想说，你回老家浙江，去杭州。我让他们创办一个钱塘火器局，由你来当火器局总领。

朱翊钧用殷切的目光望着他说，有没有信心？

赵士真揉了揉干涩的眼睛。事实上为了设计一款新式火器火箭溜，他已经连续熬夜，整整有五天没有闭过眼睛。但是在朱翊钧灿烂的目光里，他提起无限的精神说，什么时候可以动身？

夜幕降临时，田小七和赵刻心已经在赶往钱塘火器局的路上。夜空繁星点点，田小七感觉秋天的江南，吹过嘴边的夜风是甜的。可是走在一条接一条的巷子里，他虽然听见此起彼伏的秋虫的声音，却也看见一扇扇紧闭的门户。他知道这一切的缘由，都是因为那些令人心生恐惧的蝙蝠。传言中被蝙蝠劫走的孩子，当晚就会被剖膛开肚，取走眼珠和心肝，最后只剩下一层无依无靠的皮。

去往火器局的路上，田小七想起那天在京城豹房的竹林里，朱翊钧的目光越来越深邃。朱翊钧讲根据最近收到的来自东瀛的情报，倭国的细作可能已经盯上了赵士真，并且对他手头的火器新著垂涎三尺。田小七当然相信情报的准确性，他十分清楚，之前被派往日本收集敌情的沈惟敬和史世用他们虽然已经回国，但两人依旧在海岛那边留有不少培训过的密探。这么多年，那些潜伏的密探以福建为基地，琉球为中转站，每隔一段时间就要为朝廷送来形形色色的情报要览。

朱翊钧说，该讲的我都讲了，那么这趟杭州之行你到底是去还是不去?

田小七说，照你这么讲，除了《神器谱或问》，此行的目的其实还有一点，就是确保火器局总领赵士真的安全。

所以你还是懂我的，朱翊钧咧开嘴笑了，我之所以选你，因为你不仅代表锦衣卫北斗门，还有那么多奇形怪状的自家兄弟。

朱翊钧说的田小七的一众兄弟，是指京城菜场的屠夫刘一刀、卖女人香粉和手绢的唐胭脂以及矮胖粗壮又擅长于挖地道的土拔枪枪他们。加上一个最小的弟弟吉祥，田小七的这些异姓兄弟都是在吉祥孤儿院里一起穿开裆裤长大的。抚养他们成人的是孤儿院的嬷嬷马候炮，马候炮一天到晚抱着个竹烟筒，每次讲完三句话就剧烈地咳嗽，连喷出的烟味都能呛死人。她经常在田小七这些孤儿面前把桌子、箱子、柜子和炒菜铲拍得震天响，嘶喊的声音跟肆虐京城的沙尘暴一样，说杀千刀的，信不信我把你们都一个个塞进你们父亲的坟洞里。

他们的父亲都早已战死在辽东战场上。

田小七从京城出发时，的确带上了刘一刀、唐胭脂和土拔枪枪三人。但是那天一行人骑马到达嘉兴时，在锦衣卫设在乌镇的一个情报联络驿站，京城指挥使骆思恭的一名亲信站在一座石桥上提醒田小七，去杭州，你得多长几只眼睛。蛰伏在民间的倭寇，你懂的。

田小七笑了，说要是长那么多的眼睛，会不会把一个倭寇看成了乌泱泱一大群？那人于是叹了口气，说你可以不信，就当我是放屁。

也就是在那天夜里，田小七在当地买下了一条船。他决定在官道上缩小目标，让刘一刀他们坐船走运河去杭州。他还交代唐胭脂一路上花点心思，尽量把自己化装成赵士真的老头子模样。船要在夜里抵达杭州，等他跟赵士真见面说明缘由后，用唐胭脂顶包换人，作为替身留在火器局，将真正的赵士真连夜转移去一个安全的地方，以尽早完成《神器谱或问》的撰写。

夜色就是在田小七这样子回想的时候变得越来越深厚。现在他看了一眼身边一排已经打烊的丝绸铺，估计这里就是狮子街街口。那么往南再走三里地，左拐进入一条名为老虎嘴的巷子，前面应该就是钱塘火器局。离开京城前，田小七反复查看过杭州城的舆图，包括各个城门的方位，城区各条主要通道的起点和终点，以及钱塘火器局四周密布的街巷，这些都已经在他脑子中形成一张清晰的交通布局网。他知道，从脚下的狮子街往前再走一百步光景，右拐进入一条狭窄的叫不出名字的巷子，在一棵百年桂花树旁，就是自己在这天下午离开相国井去春水酒楼前定好的香榧客栈。香榧客栈的门面很小，简陋的设施看不出一丁点的浮华，里面总共也就五六间陈旧的客房。田小七觉得，接下去他们兄弟几个住在这里是最隐秘与安全的，而且谁也不会想到，从火器局里转移出来的赵士真其实就是栖身在正中央的一间客房，披头散发地忙于撰写他的《神器谱或问》。

街上打更人的竹梆子敲出代表戌正时分的声响时，田小七觉得，刘一刀他们乘坐的船应该已经到达杭州。这时候他在丝绸铺前暗红的灯笼余光里深深地看了一眼赵刻心，以及挂在她背上的掣电铳。他想，拿到《神器谱或问》回去京城的那一天，他是不是该在狮子街上给无恙买一些上等的杭州丝绸，以及龙井茶和临安山核桃等。当然，一把精美的杭州扇子也是少不了的。赶路的赵刻心好像感觉到了田小七的目光，她转头说，你看我干吗？我脸上又没有路。

田小七眨了眨眼，笑了。他说你让我想起了一个人。还说你以前是不是也在京城待过？跟你爹一起，就住在鸿胪寺里。

赵刻心说，你到底想要讲什么？

田小七说，我就是想跟你讲，其实你和一个人很像。还有，杭州的夜风真凉，夜景也十分好看。不过我最想同你说的是，你等下就要见到我的一帮兄弟了。你最好有所准备，别被他们那几个混蛋给吓坏了。

赵刻心说，你是不是想把一辈子的话都给讲完？我现在耳朵里嘤嘤嗡嗡的，像是住了一万只蚊子。

田小七就是在这时候在狮子街中央站定。他抬头，目光阴冷而尖锐地注视着前方的夜空，然后一把抓住赵刻心的手腕说，没错，我耳朵里也是嘤嘤嗡嗡的。

赵刻心想把田小七的手甩走，转头时却猛然发现，狮子街的另外一个方向，一群漫天飞舞的蝙蝠，正朝自己和田小七两人迎面冲撞过来。蝙蝠如同看不到尽头的海水，伴随着一阵猛烈的呼啸，瞬间就将她跟田小七抓在一起的手给撕扯开。

4

刘一刀的船沿着京杭运河南下，到达杭州城西北方向的水域时，比之前田小七预定好的时间差不多晚了一刻多钟。刘一刀那时候也不怎么急，可是等到船想要靠岸时，却碰到一个不知天高地厚的无赖，结果让他肺都快要气炸了。

那个无赖名叫陈留下，杭州人一般都叫他丧尽天良。丧尽天良陈留下这天蹲在一棵歪脖子柳树上，柳树跟他一样横行霸道，整截树干都很没有理由地斜跨在运河水面上方。看见刘一刀的船时，树上的陈留下像只发情的野猫般跳到岸上，他迅速提起一根插在水面里的竹竿，然后用竹竿肥胖的铁头将刘一刀的船努力推回去了河水中央。陈留下还不紧不慢着抖出一则告示，跟刘一刀很严肃地讲，对不住了，巡抚派我来这里收取诸位的上岸费。小船二两银子，大船五两。你们这船么……陈留下摸了摸下巴，又考虑了片刻后说，我看可以收三两，当然收四两也是没有问题。

刘一刀一下子火冒三丈，恨不得一刀劈过去，把陈留下直接给劈成血淋淋的两段。他吼了一声道，你爷爷我毛都不会给你一根。

毛又不能换成银两。陈留下很执着地顶着那根竹竿，嬉皮笑脸着讲，这位兄台看来很爱说笑话，要不这样，等你上岸了，我去吴越酒楼请你吃酒。我同你讲，吴越酒楼的陪酒女，那是杭州城顶顶漂亮的，一个个身材都火得像着了火似的。

刘一刀便不想再多说半句废话。他一脚踩下船头，踏着那些起伏的浪花，举刀直接朝陈留下飞奔了过去。陈留下看见被刘一刀踩碎的浪花，以为自己是碰见了阎王，可是就在他眼睁睁地看着刘一刀的刀朝自己奔来时，那艘船上突然又飞出一个胖嘟嘟的土拔枪枪。土拔枪枪踩了一脚刘一刀的肩膀，说刀哥借过，然后就像个皮球那样，竟然提前降落在了陈留下身边的岸上。

土拔枪枪举了一把黑黢黢的铁锹，昂起硕大的头颅讲，兔崽子你要是再敢说一声银子，你太爷爷我就把你拍成一张烤熟的肉饼。

陈留下的嘴巴很久以后都没有合上，犹如夜里一只口渴的青蛙。他在杭州城从来没有见过长得这么矮的男人，好像是地底下刚刚挖上来的一截庞大的树桩。而这人的轻身功夫又让人不可思议，降落在他身边时居然就像树上刚刚掉下来的一颗全身是刺的板栗。这时候他又听见已经来到岸上的刘一刀再次吼了一声：告示拿来给你爷爷看，难道还真有刘元霖的签字？

陈留下一下子笑得比哭还难看。他急忙解开裤带朝河里撒了一泡尿，这才抖了抖身子讲，哥，到底有没有刘元霖的签字，你猜。

我猜你今天就要倒霉了。留在船上的唐胭脂这时候轻描淡写地说，他细碎温婉的声音轻巧地落在了陈留下的耳畔。唐胭脂正在船上专心地绣花，他准备要绣的一朵硕大的牡丹就差最后一枚花瓣。此刻他坐在皎好的月光中，从绣花片底下仔细抽出一根细长的绣花针。他看都没看岸上一眼，只是手指轻轻一弹，便听见叮的一声，绣花针已经卷起一截鲜红的丝线，朝陈留下的额头飞奔了过去。

陈留下犹如看见一道夏夜里的闪电，细瘦，银色，仿佛就要钻进夜幕的最深处。他心想这回自己死定了，就连他姐夫薛武林也救不了他了，于是就慌忙抓了一把裤带，跃起身子扑通一声，直接扎进了河里。

唐胭脂见到一团乱糟糟的水花扑面而来。水花四处溅开时，水底的陈留下已经双腿一蹬，如同一条狡猾的鱼，迅速游远了。唐胭脂这时候抬起他单薄而白净的眼皮，看见土拔枪枪的手里不知道什么缘故，竟然多出了一把亮闪闪的短刀。土拔枪枪翻来转去看着那把刀，又在袖子上擦了一下说，早晚我会用他的这把刀，亲手宰了他。

5

夜色漫无边际，犹如铺展开的一大片秘密。田小七死死追赶着那群飞翔的蝙蝠，在夜空中铆足了劲飞奔。辽阔的杭州城在他脚底绵延，他觉得眼前的一切简直就像是一场深不可测的噩梦。作为一名锦衣卫，现在他要和赵刻心一起撕开这场梦，看看梦境的最深处，到底是谁在杭州城作妖，劫走那些无辜的孩子。

但是仅仅是一念之间，田小七又突然停下，并且一把拽住向前飞奔的赵刻心的手腕。赵刻心回头说，你又怎么了？田小七说，不能再追。

田小七又说，赶紧回去，我们已经离火器局越来越远。

夜色铺在田小七脸上，赵刻心看见远去的蝙蝠群已经越来越缩小，看上去正变成一把黑色的剪刀。于是她说，走！

两个人随即转身，轻松跃上另一座屋顶，像两支破空的羽箭，他们重新规划了路线，直奔钱塘火器局。

月光如泼出去的水。田小七踩踏着鳞次栉比的飞檐翘角，飞掠过如同海浪一般的瓦片。没过多久，赵刻心便赶了上来，田小七看到她飞翔时身姿轻盈，像河里一丛飘摇的水草。

赵刻心说，你觉得有危险？

田小七将绣春刀横举在眼前，飞出去时说，再快一点。

那天夜晚，田小七跟赵刻心两人从钱塘火器局的围墙顶上飘落时，四周安静得出奇。东边炼炉房和锻造房的方向一片漆黑，能够听见几只寂寞的蛐蛐，正在优雅地吟唱。西侧工匠宿营房前的步廊上，每隔五米凿开的墙洞里，都闪烁着一粒油灯的火苗。宿营房里的工匠，鼾声此起彼伏。田小七踩上步廊前的那块野草地，他一步步靠近火器局总领赵士真的书房，看见书房窗户洞开，依稀可见里头微弱的烛光。但是一阵细小的风从窗台上吹过，却一连吹出了几片无人照看的洁白的宣纸。

田小七心中格登了一下，一个箭步冲上，未及推开房门便闻见一股炙热的酒香如同开闸的潮水，向田小七迎面冲撞过来。而事实也正如他所料想，此时一派凌乱的书房里，书桌翻倒在地上，四周一片狼藉。整个房间见不到一个人影。

酒香来自火炉上的一只酒壶，酒水明显已经烧干，那只泥壶从内到外一片火红。疯狂的火舌热烈飘摇，田小七听见泥壶呻吟了一声，终于绽裂开一道细密的缝。氤氲的酒香冲撞得更加猛烈，田小七却发现远处窗顶的房梁上，悬挂下一具僵硬的躯体。躯体只留给田小七一片狭窄的后背，在那些飘忽不定的烛光中，他忽长忽短的影子正在慢悠悠地晃荡。

赵士真不见了。房间里留下的唯一的痕迹，是他每天围在脖子上用来擦汗的一条布巾。布巾已经被撕裂，正垂挂在洞开的窗格板上，在夜风中无声地飘荡。

从房梁上解下来的那人，是赵士真的贴身侍卫山雀。

田小七冲去营房，一脚把门踢开，看见工匠们依旧睡得像死去一般。

戌正三刻，杭州城南方向的钱塘火器局一带，辽阔的夜空被一片通红的火光所照亮。那天很多人从睡梦中惊醒，听见四面八方的狗异常激动，叫得跟疯了一般。田小七和赵刻心举着火把，两人各自带了一队赤膊的工匠，奔跑在不同巷子里绵长的夜色中。两支队伍最终会合时，田小七正迎风站立在万松岭一截苍老的松枝上。聆听着耳边火把燃烧的声音。有很长一段时间，他都出神地望着眼底那片无比虚空的荒野，心中不免有一股挥之不去的惆怅。

田小七多少还是有点惊讶。他没想到，就在自己到达杭州城的第一个夜晚，皇帝朱翊钧交给他亲自护卫的军火专家赵士真就这样谜一般地消失了。

山雀过了很久才醒转过来，望着眼前陌生的田小七，他抖得跟筛子一样，最终战战兢兢着跟赵刻心说，劫走总领的是蝙蝠，巨大的蝙蝠。

田小七觉得他是一派胡言，从火炉上烧裂开的酒壶来分析，赵士真被劫走的时间明显比狮子街上出现的蝙蝠群要迟得多。更加准确一点讲，书房里案发时，他和赵刻心已经在重新赶回火器局的路上。他一把将山雀提起，盯着他灰蒙蒙的眼睛，说你在撒谎，根本没有蝙蝠。

山雀气喘吁吁，一下子急得泪流满面。他说千真万确，就是蝙蝠，两只大得吓人的蝙蝠。

在赵士真消失之前，山雀是被一根头顶掉下来的麻绳套住脖子猛地拉上了房梁。他记得那时候依稀见到两只蝙蝠，从房顶上落下，张开乌云一样的身子，转眼就将总领赵士真给凌空提走。

钱塘火器局再次陷入沉寂。朱翊钧讲过，倭寇对赵士真关于军火的新著垂涎三尺，那么田小七现在十分清楚，山雀所说的蝙蝠，实际上就是翼装的倭寇，也就是一袭紧身黑衣的日本忍者。忍者昼伏夜出，经常倒挂在屋檐和树梢，悄无声息地张开翅膀一样的四肢，如同夜幕中飞舞的一群索命的幽灵。他又再次想起了锦衣卫指挥使骆思恭的那名亲信传给他的话：蛰伏在民间的倭寇，你懂的。

在一段十分漫长的寂静里，田小七后来独自走出书房，一个人站在那片突然显得有点寒凉的野草地中。他似乎望见一颗流星，就在天边的最北方划过。北方是京城的方向，这让他有点伤感，好像是在四处弥漫的夜雾中想起身陷诏狱中的欢乐坊坊主无恙姑娘。他想，赵士真已经不见了，那么他该如何去面对当初交代他任务的万历皇帝朱翊钧？朱翊钧当初的意思是，任务完成了，我才会带你去接无恙。

6

赵刻心十分清楚地记得，父亲《神器谱或问》的母本总共一十九章。五天前，父亲将已经完稿的书页装封成册，锁进卧室里的楠木箱子时，觉得有必要再增加一册子本，附带上一些针对母本内容的细节讲解和说明。她还记得，自己在下午离开火器局去找巡抚刘元霖讨要工钱时，父亲还在忙着书写子本的最后几页。

挂了一把铜锁的楠木箱子现在依旧摆在赵士真的床头，可是田小七和赵刻心寻遍了整个书房，却没能见到《神器谱或问》的子本。很明显，那几页论著也被倭寇一起劫走了。

冲进老虎嘴巷子的马蹄声在石板路面上听起来异常清脆，猛然收缰的快马发出一声急切的嘶鸣。此时，被田小七派去刘元霖府上报信的工匠慌乱着从马背上跳下，在夜露沾湿的草地上，他不小心滑了一跤，身子还未站直就对赶到眼前的田小七说，巡抚大人不在府上，他今晚亲自带人出去夜巡，以防城里又有孩子被莫名其妙的蝙蝠给劫走。

蝙蝠，又是蝙蝠。田小七望着那匹不停喘息的快马，觉得整座杭州城几乎就要被神出鬼没的蝙蝠给压垮。但既然派出去的工匠没能见到刘元霖，那么他原本设想的发动杭州卫守戍军尽快展开全城搜索也就成了泡影。此刻，打更人的竹梆子声再次在弄堂里响起，声音一派清凉。已经是亥时，田小七想，此时最大的风险，就是倭寇劫持着赵士真连夜出城，登船出海直接逃往日本。他知道，一个赵士真，比得上一百部《神器谱或问》。但是他也早就了解过，杭州城在许多年前就取消了宵禁。那么倭寇一旦想出城，所有的城门都是畅通的。

封城！田小七跟赵刻心说。

此刻赵刻心也站在那片杂乱的草地里，她虽然听见田小七的声音，目光却依旧止不住的一片茫然。杭州一共有十座城门，如果没有官府的指令，赵刻心想不出，一时之间该如何封城？但她随即看见田小七抬手，朝空中发射了一枚叫穿云箭的烟火。幽蓝色的穿云箭如同一只钻天猴，在夜空中拖着长长的尾光，嚣叫着往北边京杭运河的方向飞去。

那天刘一刀和土拔枪枪在第一时间里就见到了运河水面上倒映出的一抹蓝色，幽冷的亮光一直像蚯蚓一样摇摆着升腾，在冲向夜空的高点时最终无声地熄灭。刘一刀迅速转头，跟船舱里正在把自己化装成老头子模样的唐胭脂说，快！

土拔枪枪纵身跃上屋顶，差点就踩落了脚下的一枚瓦片。他看见深夜里的杭州丝毫不逊色于记忆中的京城，街市上的那些灯火，甚至更加五光十色。在一路往前飞奔时，土拔枪枪回头看了一眼不声不响的唐胭脂。唐胭脂提着手里的那片绣花牡丹，牡丹映照着他嘴角刚刚贴上去的一把灰白色的假胡须，看上去让人哭笑不得。土拔枪枪说，胭脂兄弟你脸上还涂着粉扑扑的胭脂，有本事你就开口说句话，看看你那把胡子会不会就突然掉了下来。

唐胭脂说讨厌，并且说滚开。

土拔枪枪努力追赶上飞奔的唐胭脂，又说胭脂兄弟我想跟你商量一件事，等你这朵牡丹绣完了，能不能把它送给我？我觉得牡丹真好看。

唐胭脂说做梦。说完，他又把土拔枪枪甩在了身后，并且奔到了刘一刀的跟前。他跟刘一刀说，七哥之前跟我们讲好了时间，我们却迟到了。他还说我现在有点不安，你有没有听见，我的心里一直在扑通扑通地跳。

刘一刀于是绝望地说，拜托了，你讲话的声音能不能不要这么水嫩。

7

赵刻心的确被田小七的这几个兄弟给吓坏了。

当唐胭脂降落在她眼前时，赵刻心没有想到，这样一个细皮嫩肉手指修长的男人，嘴唇上竟然还涂了一抹水淋淋的红脂，并且身上还飘着一股淡淡的香粉味。唐胭脂的手里抓了一把刚刚掉落下来的胡子，他怯怯地叫了田小七一声哥，然后羞愧着低下头去说，对不起我们来晚了，我也还没来得及把自己化装成赵士真的模样。

赵刻心盯着田小七，觉得真是一场胡作非为的闹剧。这时候落在最后的土拔枪枪也飞奔进了火器局，他匆忙奔到田小七跟前，随便看了一眼赵刻心就说，哥，你是想让胭脂留在这里做她的爹？

赵刻心再也忍不住了，她从来没有见过像土拔枪枪这么丑的男人，不仅矮得如同一堆肉团，脑袋还有冬瓜那么大。她一把端起掣电铳，指着土拔枪枪讲，出去！

土拔枪枪歪斜着脑袋，愣愣地仰望着赵刻心。他说你这人脾气怎么这么差，不过人倒是长得蛮好看的。

赵刻心说恶心，出去！说完，她真的就扣动了掣电铳的扳机。射出去的铁弹在土拔枪枪的脚边炸开，轰出一大片潮湿的土，以及许多断裂开的草。土拔枪枪那时候一动不动，目光却一下子变成凉的。他抬手抹了一把脸，抹去很多细碎的泥土和草屑，然后他红着一双眼望向田小七说，哥，人家嫌我样子长得恶心。那我这么恶心的男人只好出去。

田小七沉默了一下，说闹够了吗？闹够的话我们接下来就开始说事。

按照田小七的计划，必须首先封了东边的候潮门。因为候潮门离火器局最近，而且一旦出了这道城门，用不了多久就能面向大海，直通倭国。

土拔枪枪有一句没一句地听着，现在他总算明白，原来赵士真已经被人劫走。他把玩着那把亮闪闪的短刀，又偷偷看了一眼赵刻心，觉得她跟无恙姑娘实在是差远了。无恙只会恶作剧地叫他一声枪枪弟弟，再怎么样也不至于会说他恶心。土拔枪枪想，赵刻心也太不给他面子了。他看着那把样子有点别致的短刀，一下子又想起了丧尽天良陈留下。刚才在运河边，陈留下蹦起身子跃入水面时，土拔枪枪原本想将他一把抓住，结果却只是抓到了陈留下插在腰间的这把短刀。现在土拔枪枪听见刘一刀跟田小七解释，他们三人之所以迟了一步，是因为在运河上碰见了敲竹杠收上岸费的陈留下。赵刻心于是说，要是想封城，倒是可以去找陈留下的姐夫薛武林，那人是守戌军的副千户，负责守卫杭州城所有的城门。

土拔枪枪就举起短刀吼了一声，丧尽天良陈留下，我必须先宰了他。

田小七望着土拔枪枪的短刀，一下子发现刀背上那个月牙状的豁口。他怎么也不会忘记，许多年前自己加入大明水军，在福建沿海抗倭时，很多倭寇都配有这样一把短刀。他还知道，倭寇称这种特意留了一道弯钩豁口的刀子为黄泉钩。

田小七夺过土拔枪枪的刀子，跟赵刻心说陈留下会在哪里，你最好带我去找他。

赵刻心声音很冷，说我这辈子都不想再见到他。

田小七愣了一下，心想一辈子很长的。但他同时也觉得，陈留下的这辈子，可能就活到今天为止了。因为通敌者，当斩！这时候他听见土拔枪枪又喊了一句，说陈留下应该在吴越酒楼，因为他说吴越酒楼的陪酒女顶顶漂亮。

土拔枪枪说完，看了一眼刘一刀说，是吧刀哥？他还讲那里的陪酒女身材火得像着了火似的。

刘一刀于是不得不望向夜空，过了一阵才转头问赵刻心说，候潮门是在哪个方向？

8

月光已经见风使舵地从当初的鹅黄，变成了眼前的橘红。田小七跨上马背冲出钱塘火器局时，感觉奔腾的马蹄瞬间踏碎了这一地的橘红。他现在只想尽快赶到吴越酒楼，因为丧尽天良的陈留下很有可能是倭寇的奸细。在此之前，他已经让刘一刀和土拔枪枪赶去了候潮门。他跟两人讲，一刻钟之内，必须赶到。

土拔枪枪那时候失望地瞥了一眼自己的马，感觉它品相很一般，应该跑不怎么快。他心灰意冷地说，我怕赶不到，再说杭州我又不熟。

刘一刀于是瞪了他一眼，说，你一个晚上已经讲了很多废话。

土拔枪枪于是叹息一声，跨上马背时又在心里嘀咕了一句：真是看不懂。

凭着脑子中对杭州舆图的记忆，田小七选择了一条通往吴越酒楼最为便捷的路线。而此时的陈留下，的确就在吴越酒楼里花天酒地。

陈留下在包房里换下那套拧得出水的衣裳，又把一双腿很阔绰地架到了桌几上。酒楼老板娘金彩第一时间出现在他眼前，每一步都走得很芳香。金彩朝嘴里扔进一片西瓜，又挤了挤胸前的衣裳，好让自己的胸脯看上去更加饱满。然后她斜着一双眼睛看着陈留下，说丧尽天良，今天又发财了？准备叫几个姑娘？

陈留下摸了一下自己的下巴，暂时一言不发。他看见金彩的男人余船海走到门口，余船海高大而且健壮，两条腿又很长，好像很把自己当成一个美男子的样子。陈留下于是晃荡起脚丫，把一块分量很重的银子拍在了桌板上说，人生就是一场梦，我愿意在酒里醒来。

余船海很及时地笑了。他怀抱着一只青灰色的鸽子，鸽子很温顺，微闭着眼睛好像已经睡着。余船海反复抚摸着鸽子光滑的羽毛，让陈留下觉得他是在色眯眯地抚摸金彩柔软的腰。

陈留下说，别摸了，摸来摸去还不是同样那几根毛。

余船海于是把目光抬起，看着桌上那块银子说，你从哪里骗来的这块银子？你又进账了，晚上是不是睡觉也要笑醒？

陈留下眨了眨水淋淋的眼睛，说哪来那么多的废话，今天老子点香点双份，付钱付两倍。上酒，也上姑娘！

余船海大吼一声，说柳火火，十八妹，上！

余船海大吼的声音，把怀里的鸽子吓了一跳，它睡眼惺忪地看着柳火火和十八妹款款地走来，身子扭动得像春天的两棵杨柳。她们风一样地走进包房，余船海随即识趣地把门关上。面对屋子里突然多出来的两个白晃晃的女人，陈留下开始了漫长的吹牛。陈留下说我同你们讲，刚才在运河边，我一下子就把北边过来的三个男人给打趴在了地上。

三个，陈留下冷笑一声说，我要让他们领教一下杭州铁拳的厉害。

柳火火的一条白腿架在了桌子上，她不停地给陈留下倒酒，酒从杯里满出，又洒到了桌上。她说丧尽天良我要是信了你，我肯定就是杭州城最漂亮的笨蛋。她还说三个男人又不是三只蜗牛，能被你几个巴掌就给打趴下。

陈留下笑得喷出一口芳香四溢的酒。他说我同你们讲，被我拍在地上的其中一个男人，只有这么高。

多高？柳火火挑着眉毛说。

这么高。

到底有多高？

陈留下一下子就显得有点烦。他把酒放下，突然撩起柳火火的裙子说，看到没，只有你白花花的大腿这么高。柳火火就一个巴掌轻拍在陈留下的嘴皮上，说，淫虫。陈留下于是张大嘴巴笑成一朵怒放的花，他说你们两个有没有看过《金瓶梅》？柳火火我真希望你做一回我的李瓶儿，咱们两家隔了一堵墙，一天到晚偷情，忙都忙死了。陈留下说完，又一把将十八妹搂进了怀里，使劲亲了她一口说，你也是我的，你叫庞春梅。

柳火火当然知道《金瓶梅》，也听人讲过了无数次的西门庆。她把十八妹的酒抢过来给一起喝了，说西门大官人你个死鬼，说来说去，你还是少了一个潘金莲。这时候门被砰的一声撞开，柳火火看见，站在门口的，是一个提着一把刀的男人。

柳火火说，客官你走错门了。

男人却对她说，出去！

男人就是田小七。他一把卡住陈留下的脖子，将陈留下整个人提起，凌空按在了包房里的一根柱子上。田小七又抽出那把黄泉钩，在陈留下眼前晃了晃，说，刀子哪来的？

陈留下浮在半空中，像是一只伸长了脖子的鹅。他把一双脚踢得跟抽风一样，瞪大了眼珠说，掐死我也不能讲，老子视死如归。

田小七就将刀尖往前送了一寸，让陈留下感觉到一股寒凉。

陈留下于是把眼睛给闭上，他听见田小七又说，那你干脆就去地底下讲。

田小七举起刀子，正想要一刀割开陈留下的嘴皮时，手却被人死死地抓住。他有点惊奇，回头时看见，站在自己眼前的，是一个胡子拉碴的男人。男人喝了许多酒，一双眼睛迷迷糊糊的。他站在那里像是一座歪歪斜斜的塔，却盯着田小七手里的刀子说，跟他没有关系。你把他放下，刀子是我的。

田小七闻到一股强烈的酒气，从男人的嘴里喷涌出。他也是到这时候才发现，男人竟然是自己在福建水师时的战友，名叫甘左严。田小七和甘左严曾经一同在福建沿海抗倭，两个人被分在同一个鸳鸯队阵里，那时候田小七还是甘左严的队长。现在田小七看见，有许多酒液从甘左严密密麻麻的胡子上掉落。他看着甘左严那张饱经风霜的脸，如同看见一段沧桑的岁月。

9

土拔枪枪从马背上跳下，捏了捏有点酸痛的肩膀，又转动一下脖子，好让刘一刀听见一阵咯吱咯吱的响声。然后他随便看了一眼已经离他不远的候潮门，就跟刘一刀说做人真他妈的辛苦，不过你先歇着，我这就过去把城门给关了。

候潮门年代久远，高大的城墙开了一个宽广的拱形门洞。城墙灰不溜秋，许多单薄的青草站在砖缝中，偶尔摇摆几下，一副正要入眠的样子。月光潮湿，土拔枪枪听见这一晚的夜风是从候潮门的门洞外边吹进来，给他带来一些遥远的潮水的气息。

把城门给我关了。土拔枪枪举着马鞭，指着城门前两个值守的兵勇讲，从现在开始，谁也不能出去。

两名粗布军服的兵勇在埋头吃宵夜，他们正热烈地吸吮着一碗爆炒螺蛳。杭州八月里的螺蛳，肉质明显来得比清明节时分的清瘦。其中一个兵勇把眼睛眯成一条缝，奇怪眼前有点咸湿的夜风中，怎么就蹦出了土拔枪枪这么一个圆滚滚的怪物。他看见土拔枪枪牵了一匹无精打采的马，个子满打满算只有那匹马翘起来的马屁股那么高。他想这样一个武大郎一样的三寸丁，自己要是不仔细看，还会以为是刚从马背上掉落下来的一捆柴火。

兵勇皱了皱眉头，仔细抓出塞在牙缝里的一小片红辣椒，朝边上弹出很远一段距离后说，你是从哪个粪堆里滚出来的屎壳郎？这两扇城门是卖给你们家了，还是你脑袋太肿，需要用城门来给你夹一下？

土拔枪枪深深地叹了一口气，觉得这一晚杭州城留给他的最初印象怎么会如此糟糕。他把马缰绳套在一棵杨梅树上，有点烦躁地拍了拍手掌说，我就是让你把城门给关上，你要是耳朵聋，我干脆替你把那两片肉给割了。

兵勇这回扑哧一声笑得很冷，他不慌不忙朝嘴里灌进一口酒，然后慢吞吞地起身，却呛啷一声就把刀子给拔出。他的声音有点沙哑，迈出步子的时候说，兔崽子你今天死定了。

土拔枪枪不免又是一阵失望。他盯着那把歪斜的刀一直摇头，心想品相这么差的一把刀也好意思拔出来，真是让人看不懂。

刘一刀这时正坐在路边的一块石头上，昂头仰望出现在南方夜空的北斗七星。他从七星勺北边的破军星开始数，数过了武曲星，接着就是一闪一闪的廉贞星。他才刚刚数了三颗，就听见土拔枪枪挥舞起的铁锹毫不犹豫着拍了下去，然后那个兵勇就不带半点悬念地倒在了地上。

兵勇抱着脑袋不停地抽搐，嘴里杀猪一样嗷嗷直叫。土拔枪枪说，看你下次还敢不敢阴阳怪气地跟我说话。说完他又要抡起铁锹。

刘一刀见状，急忙在硕大的石头上挪了挪屁股，说够了，你别把他给拍死了。

土拔枪枪终于将铁锹收住，心里却还是止不住恼火。他想做人既然已经这么辛苦，自己只不过是长得矮了一点，但是包括赵刻心在内，这些人凭什么就横竖看他不顺眼？真是看不懂。他一把拖起地上死猪一样的兵勇，拖去城门的方向，然后跟刘一刀喊了一声说可以了，现在城门被我封住，没人敢从你眼皮底下出去。

10

甘左严抱着一壶心爱的酒，软绵绵地瘫坐在地上。他仰头，把所有的酒朝自己嘴里倾倒，最后只剩下两三滴，滴在他杂草般丛生的胡子里。甘左严喊了一声，柳火火，酒。柳火火便像兔子一样跑去，提起他的酒壶说，我知道你心里苦，你就把我当成春小九，我以后一辈子都陪你喝酒。

田小七听见这一句，整个人苍凉地抖了一下。他看见月光打在甘左严脸上，甘左严明显比以前瘦了。两年前京城北郊的风尘里，血光遍地，杀声震天。田小七回想起，在无恙姑娘开的欢乐坊酒楼外，甘左严心爱的春小九像兔子一样赤脚奔跑在战场上。春小九是无恙的妹妹，她出剑的速度无比快，一下子就刺死了好几个潜伏在京城胡同里的倭寇，最终又替甘左严挡住了倭寇砍来的一把长刀。那天她倒在甘左严怀里，嘴里足足喷出一碗血，跟烫过的酒一样。她跟甘左严说我冷，你抱我，抱得再紧一点。甘左严恍恍惚惚抱着她，像是抱着一团即将离去的轻飘飘的烟。他看见春小九笑了，笑得幸福而且满足。春小九说甘左严你怎么哭了，可是你以前从来都不掉眼泪的。

田小七现在已经明白，丧尽天良陈留下的黄泉钩的确是甘左严的，那是甘左严在福建抗倭时缴获的战利品。而陈留下这天来吴越酒楼，为的是躲过金彩和余船海的眼睛，替甘左严偷偷打走柳火火。为此，陈留下还准备了一个宽大的麻袋。

甘左严来杭州已经有很长一段时间。春天里，甘左严抱着春小九的骨灰罐子，想带她去浙江的海边散心，结果却在吴越酒楼碰见了柳火火。柳火火跟春小九长得很像，连说话的声音都像。酒楼里，甘左严盯着她看了一个晚上，眼里见到的，始终是一个上蹿下跳的春小九。他于是跟柳火火不停地喝酒，还一天到晚划拳。有一次喝醉以后，在酒楼老板娘金彩面前，甘左严拍拍胸脯，叫嚷着要给柳火火赎身。金彩笑了，一双眼斜成一条缝，说别以为你从京城过来就了不起。老娘眼睛不瞎，你一个穷鬼，身上总共能有几两银子？

后来是陈留下热血心肠给甘左严出的点子。为了不让事情平添意外，陈留下甚至决定先瞒着柳火火，他想把柳火火灌醉以后塞进厚厚的麻袋，然后从窗口扛出去，再便宜一点卖给甘左严。甘左严于是凑了点银子，算是给陈留下当定金。陈留下把银子塞进兜里，看着自己已经开始长出一点点肥肉的肚皮说，祝你们两人早日远走高飞，我丧尽天良也算是功德圆满。又想了许久，说甘左严你那把黄泉钩不错，兄弟一场，我其实……

陈留下话还没讲完，甘左严就说，喜欢就一起拿走。

有很长一段时间，田小七曾经在京城到处寻找甘左严，可是现在甘左严就在他眼前，他却止不住一阵心酸。他想陪忧伤的甘左严喝酒，喝到失去所有的记忆。但是田小七又没有多余的时间留在酒楼，所以他这时候抬头看了一回吴越酒楼的四周，然后又仔细看了柳火火一眼，这才问金彩说，多少钱？

金彩把一双手叉在腰上，觉得可以开始叫骂一回了。她在天空底下叫喊，多少钱？你们买得起螺蛳买得起青菜买得起鱼虾猪脚，你们买得起人？

田小七站在金彩面前，抹去被她喷了一脸的口水，继续平静地说，多少钱？

金彩愣了一下，忘记刚才自己已经骂到了哪里。她想了想，随口蹦出一句说，一百两，一文不少。

田小七摇头。

陈留下瞪起一双眼，说金彩你们家是不是养狮子的？不然为什么嘴巴开得比裤裆还大。

金彩讲丧尽天良关你屁事，你要是手痒了就抓紧时间去摸十八妹的奶子，别在我面前晃晃悠悠，晃得我心神不定的。然后她瞟了田小七一眼，挑起眉毛说八十两敲定，你拿得出吗？你拿得出我高看你一眼，不，一百眼。说完金彩又胡乱地朝天空挥了挥手，说柳火火身上那些戒指和镯子，我让她全都带走。天底下再也没有这样的生意。

但是田小七还是摇头。田小七说，不仅柳火火，其实我是想买下你的整座酒楼。

田小七又说，开个价吧，我在赶时间。

陈留下记得，那天金彩愣了半天，然后她开出吴越酒楼的转手价钱高得能吓死一头牛。金彩说九百两，买不起就滚。但是田小七想都没想，直接从怀里掏出一沓银票，随便数出几张就很整齐地拍在了桌上。田小七说我给你一千两，只是有个条件，麻烦你把门口吴越酒楼的招牌给我拆了。

金彩目瞪口呆，以为自己听错了，她这辈子也从来没见过有人能一下子拿出一千两的银票。她盯着那些白花花的银票，听见田小七说从今往后，我希望这里叫做欢乐坊。欢声笑语的欢，其乐无穷的乐。田小七说，我喜欢欢乐坊这个名字，真是欢乐无边。

望着那一沓银票，陈留下告诉自己要镇定。他装出见过大世面的样子，朝田小七竖起拇指讲，哥，气派！

柳火火这时候也蒙了，喝下去的酒差不多全醒了。她看了一下重新抱起酒壶的甘左严，又莫名其妙地望向田小七，说你们两个男人是不是在演戏？刚才演到哪里了？陈留下就很平静地微笑，说柳火火你一开口就让人觉得没怎么见过世面。你肯定是看戏看多了，演什么演，那些崭新的银票都是真的呀。

田小七从甘左严手里拿过酒壶，酒壶已经被柳火火重新装满了酒。他朝自己嘴里倒了一口，这才看着柳火火说，我准备把欢乐坊送给甘左严，你想不想当这里的老板娘？

柳火火眼中放射出一团比较灿烂的火，她相信这回自己应该是听清楚了田小七讲的每一个字。但她看见甘左严迷迷糊糊着张了张嘴，叫出一声小九，声音听起来十分地轻柔，于是就问田小七说，你是不是也认识春小九？

田小七却说，你给我记住了，甘左严是我战友，也是我生死相交的兄弟。你要对他好一点！

陈留下这时候再次竖起拇指，说，哥，威武！

但是田小七却一把抓起陈留下的肩膀，说你跟我走。

陈留下说，去哪儿？

田小七说，候潮门。

离开吴越酒楼之前，陈留下回头深深地看了一眼甘左严，看见甘左严躺在柳火火怀里好像已经睡着了。这时候，一直没有现身的余船海从一个隐秘的角落里走出。余船海当着金彩的面，数了数桌上的那堆银票。他把银票塞进兜里，转头跟陈留下挥了挥手，好像是笑眯眯地讲，既然你叫丧尽天良，那么勿怪恕不远送。

金彩像一根旗杆一样，一直愣在原地久久地一言不发。她觉得刚才像是一场梦。

11

土拔枪枪一个人站在候潮门的门洞前，他头顶很高的城墙上，长满了青翠的苔藓，以及随风飘摇的爬山虎。在他脚下，躺着那个被他打伤的兵勇，兵勇一直在痛苦地呻吟，声音听上去还显得有点节奏。他转头看着土拔枪枪讲，有本事你在这里等着，等着我那帮过来救我的兄弟。

土拔枪枪说拜托，我什么也没听见，我这人耳朵有点聋。他后来感觉站得有点累了，就干脆抱着他心爱的铁锹坐下，然后望着之前的那碗宵夜，随便抓起一枚爆炒螺蛳扔进了嘴里。螺蛳的确炒得很鲜，而且还有点甜，可是土拔枪枪一连吸吮了好几口，除了尝到一些异常美味的汤汁，壳里的螺蛳肉却根本没有想要出来的意思。土拔枪枪有点恼火，他从嘴里取出螺蛳看了很久，觉得这种把骨头长在外面的河鲜，实在让人很难理解。随后他在城墙上找来找去，终于找出一处合适的位子，可以把那枚螺蛳稳稳地安放在两块青条砖之间。他把螺蛳仔细着摆好，这才提起铁锹小心翼翼地拍了下去。

可是土拔枪枪没有想到，因为气候潮湿，杭州城墙凹槽处的泥土都比较松软。他虽然只是那么轻轻一拍，但整个螺蛳还是全都陷了进去，一下子不见了踪影。土拔枪枪望着那道深邃的凹槽，心里开始空空荡荡。他叹息了一声，转头望着许许多多还剩在碗里的黝黑发亮的螺蛳，心里很沮丧地骂了一句，真是看不懂。

土拔枪枪后来百无聊赖地望着身边的城墙，昂头盯着张贴在条砖上的一堆七七八八的纸出神。在那些土黄色的纸张上，他看见许多寻人启事。启事上画了好多男孩的头像，并且还在角落里盖了官府的印章。他随便看了几眼，就觉得杭州城最近失踪的男孩可真不少，而且好像都跟蝙蝠有关。他想杭州真是个搞不灵清的城市，什么奇怪的事情都有。但也就是在这时候，土拔枪枪眼前一亮，他看见另外一张已经卷角的纸上，写了一个很瘦长的“矮”字。他踮起脚尖，发现那个“矮”字不仅从黄麻纸的顶端开始落笔，还一直拉长到底部另外一排文字的中间，看上去就像插在文字团里的一根细长的筷子。因为风吹日晒，陈旧的黄麻纸上，底部很多文字已经变得模糊。但土拔枪枪大致还是看明白了，那是杭州某位道士张贴出的告示，宣称自己掌握了一种人间奇术，可以专治身材矮小的男人，让人一夜之间如同雨后春笋，醒来就发现个子已经长高了一到两尺。土拔枪枪着实被惊吓了一下，觉得真是太神奇了。他在城墙上犹犹豫豫着叉开手指，在头顶稍微比划了一阵，就觉得自己哪怕是只长高一尺，那也是非常美妙的。他想一旦到了那时，他走在人群中就完全是抬头挺胸玉树临风的，最起码他可以跟一个普通人一样，搂着刘一刀的肩膀说，刀哥，晚上我请你去西湖边吃酒。你喜欢吃什么酒？

土拔枪枪这么神采飞扬地联想时，突然看见远处一辆马车正朝城门这边赶来。马车走得慢慢悠悠，车上的那截车厢，遮盖得非常严实，好像是遮盖着一层秘密。他抓起铁锹，想要赶上去看个明白时，马车却在道路中间停下了。他于是奔了过去，心想这马车肯定有问题，车厢里很有可能就藏着被倭寇劫走的赵士真。可是他跑到车夫跟前定睛一看，发现车厢前已经站着他兄弟刘一刀。

刚才是刘一刀在道路中间将马车给拦下。刘一刀围着车厢转了一圈，问车夫说里面装了什么？快点打开！

车夫看了一眼刘一刀，以及样子有点古怪的土拔枪枪，说，凭什么？

刘一刀说，不要问这么多，问多了会有生命危险。

这时候车夫阴冷地笑了，他抬起一只手，像是很不经意地拍了拍马背，然后那只手就暗中伸向了扎在马鞍下的一只布袋。

土拔枪枪说，站在那里别动，你小子不要给我耍什么花样。

可是他话刚说完，车夫却已经从布袋里抽出一把长刀。那把长刀很修长，几乎有立在城墙上的旗杆那么长。车夫竖举着长刀，一双眼冷冷地看着刘一刀。土拔枪枪抬头望见，有一缕细瘦的月光，瞬间就从长刀的刀尖上滑落了下来。他在心底里惊叹了一声，刀子不错。

12

陈留下坐在田小七的马背上，他就坐在田小七的身后。那匹马一路狂奔时，陈留下没有想明白，眼前这个英气逼人又十分有钱的田小七，为何一定要拖着他去候潮门。他刚才已经觉得，跟甘左严一样，田小七应该也是从京城过来的，因为这人讲话的腔调跟杭州人很不一样。这时候陈留下就很自然地想起了钱塘火器局的赵士真，过去的很多日子，陈留下常常和赵士真混在一起，并且他一般都叫赵士真为岳父。

陈留下早就知道京城有个地方叫鸿胪寺，他岳父赵士真曾经是那里的主簿，专门接待各国来朝的使者。赵士真跟他讲，那些使者的眼珠子是蓝色的，头发却是一片火红。陈留下就扑哧一声笑了，说岳父你在耍我，你说的好像是水底冒出来的妖怪。

赵士真说，晚上我教你怎么在陶瓷地雷里埋火药。

候潮门前一片混乱，田小七赶到时，刘一刀和土拔枪枪已经跟一帮人搏斗在一起。土拔枪枪打斗得异常兴奋，跃起后举起铁锹正要朝一名兵勇的天灵盖上砸去，这时候田小七弹射出手指间的一枚铜钱。铜钱在空中拼命旋转，在陈留下一直追逐的视线里，它最终冲向了土拔枪枪砸下去的铁锹背。

像是被人推了一把，土拔枪枪感觉抓住铁锹的那只手已经被田小七弹出的铜钱震得发麻。他听见田小七喊了一声，不许乱来。

刚才被刘一刀拦下来的马车，车夫要运出城去的，其实是一车厢的香泡。但是车夫觉得冲到眼前的刘一刀和土拔枪枪，怎么看都是一对气焰嚣张的强盗。他举着那把长刀，说滚开！

这时候，之前在候潮门前值守的另外一个兵勇，正好带了十来个守戍军的同伴重新赶来这里，要把土拔枪枪抓去投进官府的大牢。兵勇们见状，立刻就哗啦一声，齐刷刷朝刘一刀和土拔枪枪两人砍了过去。

现在陈留下从马背上跳下。他虎着一张脸，跑过去给带头的兵勇一个巴掌，又望着眼前撒了一地的螺蛳壳说，只是几个螺蛳而已，怎么就把你胆子吃得这么肥，还敢跟我的哥哥打架。

土拔枪枪一眼就认出了陈留下。他吼了一声说我没有你这样的弟弟，转念一想又说，兔崽子我什么时候成了你哥哥？

武功好的人都是我哥哥。陈留下笑眯眯着说，我十分尊重人才。接着他又跟那帮颓丧的兵勇讲，还不快点跟我几个哥哥认错，不然我让我姐夫薛武林扣罚你们半个月的军饷。

田小七看着那帮不知所措的兵勇，说，我现在就是要找薛武林，你们快去把他给我叫来。一刻也不要耽搁。

兵勇们踌躇着不知如何是好。陈留下于是一脚踢了过去说，你们几个长腿了没有？要不要我借你一只耳朵？

这天时间没过了多久，杭州卫守戍军的副千户薛武林就出现在了田小七的眼前。田小七提着绣春刀，将薛武林引到一个角落里，随即向他亮出了那枚金光闪闪的锦衣卫北斗门令牌。薛武林听他讲完钱塘火器局里发生的一切，顿时感觉眼下的杭州城乱成了一锅粥。事实上，他刚才也是和总旗官伍佰一起，带了守戍军军士巡守在杭州城西钱塘县的西北部区域，以防又有从天而降的蝙蝠突然就劫走巷子里的某个男孩。现在薛武林眉头紧锁，好像身上又增添了千斤重担。田小七说，你在想什么？薛武林似乎一下子从沉重的思绪中走出，他即刻叫来伍佰，命他赶紧带人去封了杭州城所有的城门。薛武林说，快！要是出了什么纰漏，你就提着脑袋来见我。

薛武林说完又给田小七递上一份杭州城的城区布局图，他告诉田小七杭州分钱塘和仁和二县，仁和在东，钱塘在西。他看了一眼田小七的眼睛说，咱们各带一队人马，重点搜查所有的出租屋和客栈。你觉得如何?

田小七盯着布局图，说你能给我多少人?

除了已经被伍佰带去封城的，我身边现在还留下不到四十人。薛武林讲，我可以给你二十人，你看够不够?

不用那么多，给我十个就够了。

薛武林愣了一下，随即看见田小七指向布局图上的钱塘江江口。田小七说，剩下的，你让他们去守住这里。我担心倭寇会走水路离开杭州。

薛武林望着田小七手中的绣春刀，寂静而且威严。他实在没有想到，眼前这个刚刚到达杭州的锦衣卫千户，竟然在一瞬间就作出了比他更为周密和精准的行动计划。他想，田小七的确配得上他手里的那把绣春刀，怪不得皇上会钦定他为锦衣卫北斗门的掌门人。

想起了皇上，薛武林不免心事重重。

接连不断的孩子失踪，已经让薛武林焦头烂额。刚才在军营，薛武林小睡了一会儿，醒来时看见北边天空里划过一颗流星。他跟伍佰讲，怎么感觉今晚又要出事。伍佰于是告诉他，巡抚刘元霖已经亲自出去夜巡，他好像也很不放心，就怕皇上知道了这件事情。

薛武林胡乱抓了一把脸，抽出一张破旧的舆图。凭着脑子里的记忆，他将几个孩子的失踪地点给一一标示出。可是就在他转身走向窗口时，伍佰在那几个地点间随便连了几根线，却猛然发现连到一起的，竟然差不多就是一只蝙蝠的样子。

伍佰后背一凉，说真是见了鬼了，怎么还是蝙蝠。

薛武林就吼了他一声，说一天到晚蝙蝠蝙蝠，蝙蝠是不是可以炖了汤吃？

但是薛武林心里也清楚，这两天蔓延在杭州城街头巷尾的传言，已经甚嚣尘上。许多含沙射影的话语说得有板有眼，说一连几个被蝙蝠卷走的孩子，名字中都有一个洛字，像品洛、思洛，还有那对八月七日被劫走的双胞胎兄弟，是叫夏洛阳和夏洛驼。传言说这不是凑巧，而是对应了当今刚刚上位的太子朱常洛。更加大胆而且诡异的说法，直指此次蝙蝠作乱，实际上是皇上的另一个儿子，福王朱常洵在作妖。因为“蝠”的读音即是“福”。

朱常洵是皇帝朱翊钧和郑贵妃最为疼爱的皇子。就连大明王朝的平民百姓也多多少少听说，此前的整整十五年里，朱翊钧一直力排众议，想要废长立幼，立朱常洵为太子。时间一直熬到了去年的十月，在一帮前赴后继舍命抗争的朝臣一再坚持下，朱翊钧最终心力交瘁，很不情愿地将长子朱常洛立为太子，这就是所谓的漫长的国本之争。但是很多人也知道，郑贵妃和她的弟弟——国舅爷郑国仲，并不会就此罢休。至少从现在看来，蝙蝠之乱所呈现出来的征兆，就是福王意图卷土重来，剪除了太子，以扭转国本之争中的败局。

总之薛武林很清楚，此案不及时了结，杭州城包括浙江巡抚刘元霖在内的所有官员，都会很头痛。他都不敢想象，一旦哪天案情传到了皇上的耳里，那会是怎样的一种局面。现在他看了一眼田小七，说作为杭州城守戍军的副千户，一波未平，一波又起。短短几天就出了这么多捅破天的事情，我薛某人罪责难逃。

田小七说你想多了，火器局的事情跟你无关，责任在我身上。

薛武林摇头，他说我这辈子最恨的就是倭寇。

13

万历三十年八月十二日深夜子初三刻，当这一天的时光即将走完的时候，锦衣卫北斗门掌门人田小七离开杭州城东边的候潮门，再次骑上那匹宝通快马奔进茫茫的夜色。

在顺利实现全面封城后，田小七这一次是要进入杭州城的闹市区，以地毯式的方式，连夜搜寻已经被倭寇劫走的钱塘火器局总领赵士真。

跟随在田小七身后的，是他的两个兄弟刘一刀和土拔枪枪。三匹快马加上杭州卫守戍军的十名勇士，仿佛瞬间将这一晚向西延伸的夜色给撕裂开。田小七奔腾在马背上，心中只有一个念头：早一刻展开搜寻，他就能早一刻见到备受万历皇帝朱翊钧器重的赵士真。为此，他愿意跟时间赛跑。但是马背上的田小七后来还是有点出乎意料，他没有想到，此刻的钱塘火器局，又发生了另外一件事情。

赵刻心这天留在了钱塘火器局，她在等田小七他们封城的消息。可是她后来心神不定，实在待不下去了，就重新背上那支特制的掣电铳，准备赶往望江门。望江门又叫草桥门，是东出杭州城的另外一条通道，位于候潮门的北边。

赵刻心在马厩前跨上马背，正要抽鞭的时候，似乎听见头顶一阵隐隐的风声。但是她看了一眼胯下那匹名叫核桃的马，又觉得所有的马鬃都在夜色里纹丝不动。这时候她就很自然地望向父亲的书房，透过那扇没有关上的窗户，她看见书房里头的烛光摇晃了一下，似乎映照出一个飘忽即逝的人影，犹如一片被风吹动的轻飘飘的纸。

赵刻心即刻从马背上弹起，人在空中尚未落地，手上的剑却已经拔出。她像一支马背上射出去的箭，倏忽之间冲进父亲书房的那扇窗户时，果然看见了两名着黑色紧身衣的男人。两名猝不及防的倭寇刹那间转身，赵刻心看见他们的面罩，以及面罩以上两道黑色刀片般的目光。她左手提着剑鞘，右手举着自己亲自淬炼出的梅花剑。梅花剑在摇摆的烛光中慢慢拉出一条向外延伸的弧线，赵刻心注视着蒙面的倭寇，在扎稳脚跟时身姿略微下沉，平静的眼神如同一片波澜不惊的湖面。

此刻唐胭脂也在火器局，他其实一直守候在火器局围墙外的一片菜地里。唐胭脂记得，一个多时辰前，田小七离开火器局就要前往吴越酒楼时，曾经在他耳边轻声说了一句，你留下。唐胭脂那时候有点诧异，他整理着有点散乱的头发讲，哥你为什么把我一个人留下？可是我想陪着你。田小七说我有一种直觉，好像感觉倭寇可能还会再来一次。唐胭脂于是就浅浅地笑了。他说既然这样哥你去吧，我已经明白了你的意思。可是你一定要小心啊。

现在月光明亮，将唐胭脂脚下的菜地照耀成苏醒过来的清晨一般。这样的时候，唐胭脂还是忘不了绣花。他在绣着那朵牡丹时，听见火器局草地里的蛐蛐在深情地鸣叫，还看见一只绿皮青蛙从一排丝瓜架下一蹦一蹦地跳出去，好像是急着赶去见另外一只青蛙。事实上，就在刚才，唐胭脂早已经十分清楚地望见，夜空中有两个黑漆漆的影子，像两只巨大的蝙蝠，展开翼装悄无声息着从他头顶飘过。两个倭翼如同两片滑翔的黑布，他们略微扇动了一下宽大的翼装，就十分轻松地飘进了火器局的围墙。唐胭脂那时候想，果然被他哥田小七说中，他要等的倭翼终于还是来了。

围墙里响起一阵叮叮当当的声音，在空旷的子夜里听起来十分清瘦。唐胭脂知道那是刀剑碰撞的声音，很明显，这是赵刻心和那两个倭翼对战上了。但是唐胭脂一点也不急，他还是想趁着留给自己的最后一段时间，抓紧把手里的那片牡丹给绣好。

此刻火器局的书房里，赵刻心刺出去的长剑跟雨点一般。两个倭翼觉得不能再久留，他们相互看了一眼，于是甩出一把石灰，将步步逼近的赵刻心阻挡在了窗口。

唐胭脂看见两个翼装的黑影重新飘飞上围墙。他收起绣花片一把卷进怀里，只是稍等了片刻，就瞅准倭翼离开的方向，静悄悄地跟了上去。

第二章

万历三十年（1602 年）八月十三日　晴

1

田小七听见竹梆子打更的声音，时光已经是第二天的丑时。现在他出现在钱塘县最为繁华的一条街上，再次站在吴越酒楼或者说是欢乐坊的门口。这条夜不能寐的街叫堕落街，两旁挂满了高高低低的灯笼，空气中飘荡着各式各样相互纠缠的酒香。田小七望着整条喧嚣的街道，听见四周敞开的窗户中传出不同腔调的唱曲、划拳和调笑声，他想要让堕落街宁静下来，可能要等到日出以后。

在刚才薛武林展示给他看的杭州布局图中，田小七发现城西钱塘县登记在册的酒楼、客栈和出租屋，最为密集的一处，就是在堕落街。薛武林的判断不无道理，他认为这样一个深夜，倭寇劫持了赵士真，只要人还在城里，能够隐藏的地方，绝不可能是百姓家中，只有杭州城的出租屋和客栈。

事实上，站在倭寇的角度，田小七觉得，就连客栈的可能性也很小。毕竟赵士真是个大活人，还是个老杭州。一旦绑架着他出现在公众场合，随时都会有暴露的风险。

堕落街数量众多的出租屋由来已久。这条街道离钱塘江仅一步之遥，据说自南宋王朝在杭州建都以来，每年八月十八的观潮节，各地都有鱼群一样的达官贵人蜂拥前来，抢先租下这里的民宅，或者抢下哪怕是屋顶有一个老虎窗的位子。在一片比潮水还要热烈的欢笑声中，他们吃茶喝酒赌钱抱女人，抛金掷银间，眼看着那股从天际线下咆哮而来的海潮来了又走了。

朝代一茬一茬地更换，潮水却始终没换。渐渐地，精明的杭州人在堕落街上开出一家又一家的酒楼和客栈。而那些图省心的，就干脆将宅院高价出租，每年凭租金就能把自己养成一个富得冒油的胖子。现在的堕落街，杭州本地人已经越来越少，到处都是五花八门的外地面孔。所以杭州人讲，堕落街的石板，踩着天南地北的脚板。

田小七没有惊动甘左严和柳火火，他直接跃上欢乐坊的屋顶，坐在一排铺展的瓦片上。除了豪华的酒楼，堕落街上还有许许多多的路边夜宵摊，那些喝夜酒的人群，现在依旧是熙熙攘攘。其中有几个人喝吐了，扶着墙壁撒出一泡歪歪斜斜的尿，嘴里还发出含糊不清的声音，让田小七分辨不清他们到底是在笑还是在哭。

头顶的夜空像一片蓝丝绒，田小七俯视着堕落街，感觉在那一派灯红酒绿的背后，人生的繁华与落寞也不过如此。

刘一刀和土拔枪枪各自带了五名守戍军，从堕落街的东西两个街口出发，呈互为夹击状，开始在客栈和出租屋里挨家挨户搜查。田小七坐在屋顶，整条街道一览无余，其间一旦有人闻风逃窜，哪怕只是一个影子，也躲不过他铺开的视线。

搜查圈渐渐缩小时，田小七望向脚下的欢乐坊。在那个铺满鹅卵石的天井中，他再次看见了甘左严。

甘左严摇摇晃晃，抱着酒壶坐到地上，像是抱了一段无法割舍的记忆。

甘左严总是喜欢在夜里把自己给灌醉，一壶接一壶，喝得特别醉。只有陪他喝酒的柳火火知道，喝醉以后的甘左严，心里又想起了京城欢乐坊酒楼的春小九。柳火火还知道，春小九以前每天抱着一个酒缸，赤脚奔跑在欢乐坊的楼梯上，不知疲倦地卖酒。春小九一身酒香，偶尔会跟兔子一样从楼梯口一蹦蹦到甘左严的怀里，手指朝他脸上弹出许多酒水，说有种你就带我去浙江。我们去舟山的海边，住石头堆起来的房子。春小九全身热腾腾的，还说我喜欢四面都会漏风的房子，我们在海边生一大堆孩子。

田小七看见柳火火走到甘左严身边，她把脚上的鞋子给踢飞，光脚踩在鹅卵石上，屁股一扭一扭的。柳火火撩了撩头发，像一只春天里的猫，软绵绵地倒在甘左严的怀里。她数着甘左严的胡子，数得十分仔细，一根接着一根，说你是不是又在想她？甘左严你老实讲，思念一个人是不是很苦？

甘左严深情地望着酒壶，好像酒壶里藏了一个春小九。他说你不懂。

柳火火就躺在甘左严怀里扭了扭腰，全身扭得很完整，说你抱我一下，使劲抱。甘左严闭上眼睛，说你不懂。柳火火就扯开他衣裳，趴上去咬了一口他胸脯，时间咬得很久。她后来看见甘左严的胸上留下自己的两片唇脂，就伸出手指抚摸着那些粉红的唇脂，将它们一点一点朝四周抹开。柳火火声音很黏稠，说你以后不用再雇人来把我偷走，我就是你的。还说甘左严你敢不敢抱我去房里，我现在就想当一回你的春小九。可是她话刚讲完，就听见空中传来一个男人的声音，说以后你就是春小九，但是你别让他喝那么多的酒。

柳火火抬头，望见了坐在屋顶的田小七。她忍不住笑了，涨红着一张脸说你想要吓死我，偷看也不提前打个招呼。

田小七也笑了，说果然很香艳，不过我什么也没看见。然后他从屋顶上飘下，降落在柳火火的身边，踢了甘左严一脚说，起来！

甘左严嘴里冒出一些酒，张开眼睛十分疲倦。他望向田小七，好像望向一团烟雾缠绕的空气。

你去钱塘江。田小七说。

甘左严重新闭上眼，他很想睡觉，过了一阵才说，锦衣卫了不起吗？

田小七就一把将他提起，掰开他眼皮说看着我。甘左严喷出一口浓烈的酒气，他依稀听见田小七说杭州城又出现了倭寇，田小七还说甘左严你不要忘记，你曾经是福建水师的一名战士，但你现在却成了阴沟里一条没有方向的鱼。

甘左严迷迷糊糊，田小七就告诉他从现在开始，钱塘江上的十名守戍军由你来指挥。田小七声音严厉，说你赶紧过去，拿出军人的样子来。他说我有一种直觉，钱塘江上的水路让我很不放心。

甘左严打了一个冷战，耳边似乎响起海潮呼啸的声音。他一下子看见许多年前的福建海滩，自己手提战刀，冲锋在鸳鸯阵的左前翼。那时候他挥舞着刀子砍下，在一片血光四溅中，狷獗的倭寇人头在沙滩上滚来滚去。

田小七使劲推了推甘左严的肩膀，说既然是军人，若有战，召必回！甘左严于是再次回想起那一年的战场，迎面打来一个冲天的浪头，将他直接拍倒在沙滩上。然后他看见冲锋在鸳鸯阵前列的田小七满脸血污，像个疯子一样对他声嘶力竭着叫喊，不要趴下！站起来！杀！

甘左严的酒这时候全醒了。他跟柳火火说，去给我换一套衣裳。

2

堕落街33号。站在这座黑灯瞎火的出租屋前，土拔枪枪差点把门板都给拍碎了，里头却一点反应都没有。田小七赶到，当即甩了甩头，示意几个兵勇先将院子的四周给围住。

刘一刀拔出刀子，翻身进入围墙。透过黑魆魆的窗口，他看见一个瘦长的人影，侧身笔直站着，好像已经严阵以待。刘一刀轻轻推开门板，刀子劈下去时，人影晃了晃，只听见一阵衣裳割裂开的声音。这时候土拔枪枪举着火把奔进，他仔细一看，原来被切开的是一件挂在衣架上的五彩的戏服，已经被刘一刀劈成了两半。他眯起眼睛望着刘一刀的刀，竖起拇指说，这位兄弟，刀法不错。

这是一个戏班子的租住地。在另外一间房里，刘一刀后来看见更多的戏服，以及挂在墙上的二胡和琵琶，搁在床头的锣鼓和笛子。土拔枪枪还在其中一铺床的枕头底下发现一摞武生上台用的绑腿，他把绑腿扔下，心想虚惊一场，还不如早点回去睡觉。

田小七上前，仔细看了一眼那堆散乱开的白布条，却拧紧目光说赶快走！把火把给灭了！

三个人一起从围墙里飘出，田小七看了一眼堕落街的四周，示意身边的兵勇赶紧散开，找个地方隐藏好。随即他走出一段比较远的距离，在一个夜宵摊前坐下，笑眯眯着跟刘一刀说，我请你吃夜酒。杭州的米酒听说味道不错。

事实上，田小七心里想的是，已经到了这个时辰，杭州城怎么会有戏班子还在外头通宵演出？那么这帮人是去了哪里，还是正在回来的路上？另外刚才土拔枪枪翻出来的那堆白布条，他认为不是武生的绑腿，而是倭国男人的兜裆布。兜裆布跟绑腿不一样，用的是极好的布料，便于吸汗，以让男人的裆部保持干爽。

田小七决定坐在这里等。

土拔枪枪奔波了一个夜晚，肚皮都贴到了背上。他抓起一个油煎的葱包烩，急忙送进嘴里，却烫得自己全身发抖。田小七给他推过去一碗糯米酒，说你可以吃得慢一点，没人跟你抢。

酒刚喝到一半，刘一刀看见田小七盯了他一眼，手指又在碗边敲了敲。他于是知道，有情况了。

田小七的视线像是漫不经心地飘出去。他刚才听见了一种异样的声音，细微光滑，好像又很锋利。堕落街上的人群三三两两，声音似乎隐藏在某个深处，转眼就消踪匿迹。田小七把眼睛闭上，听见那种细密的声音再次响起。他现在已经能够确定，声音来自一种层层包裹好的兵器，比方说一把深藏不露的剑，当主人背着它行走时，它跟剑鞘或者是包裹它的布袋发生了摩擦。

这样想着的时候，田小七缓缓睁开眼。这次他准确捕捉到了声音飘来的方向，就在左前方一家小酒馆的门口。那家酒馆的招牌叫喜鹊，掌柜的正要合上排门准备打烊时，几个男人上前按住排门，不声不响地踩踏了进去。总共四个人。田小七觉得他们样子很傲慢，都不用跟掌柜打招呼，说明肯定是常客。只是他有点奇怪，这些人都是空手，也没见到有谁背着行囊。而当领头的那人拉长着一张脸坐下，田小七再次听见一轮跟针尖一样细密的金属声时，他几乎能够确定，剑就绑在这人的腰间。应该是一把十分柔软的腰剑，可以拧成一个圈。现在就连刘一刀也能看出，那些人的步态和眼神，明显是训练有素。

刘一刀在桌底下踢了一脚土拔枪枪，说吃够了没有？准备付钱。

田小七笑了笑，说暂时不急。但此刻堕落街上却冲出一匹马，马跑得很慌，最终在田小七跟前停下时，刘一刀看见马背上跳下来的却是丧尽天良陈留下。陈留下目光错乱，身子还没站稳，就说出事了。

田小七按住他肩膀，把他按到一张凳子上，说小声一点，出了什么事情一句一句讲清楚。

火器局出事，《神器谱或问》的母本也不见了。陈留下说。

田小七一阵沉默，很长时间盯着碗里的酒。他看见酒水清晰，映照出的夜色却渐渐变得灰暗，月光可能是藏进了云层里。他后来若有所思着抬头，却又在瞬间发现，前面的喜鹊酒馆，刚才的四个男人已经不见了踪影。

刘一刀即刻奔了过去，发现酒馆的桌台上，留着四个还没来得及收走的紫砂盅，那是酒馆的特色宵夜笋干炖老鸭。

几个男人是从酒馆的后门离开的，他们果然对这里很熟。田小七看了一眼紫砂盅，鸭汤都已经喝完，笋干也一粒不剩，只是盅里那些烧得很烂的鸭肉，却没人动过筷子。他于是断定，这些人是来自日本的忍者，很有可能就租住在33号。在忍者的生存法则里，其中一条是不饮酒不吃肉也不能吃蒜，以避免身上留有易于辨识的气味。

现在33号没有一丝动静，田小七想，这些人果真嗅觉很灵敏。

酒馆掌柜是个老实巴交的男人，眼睛一直看在地上，身子止不住发抖。面对刘一刀的一连串问题，他惊慌失措着摇头，嘴巴张开又闭上，目光黯淡得像一团死灰。

土拨枪枪举起铁锹就要拍过去，田小七却已经走向了门外，说别问了，人家什么也不会告诉你。因为他是个哑巴。

3

半个时辰前，陈留下失魂落魄着冲进火器局。他一路奔去赵士真书房，哐的一声就把门给推开。那时候赵刻心猛地转身，抓起梅花剑，声音冰冷，说出去！

陈留下站在门口，看见眼前的一切跟他记忆中赵士真的书房完全是两个模样。那扇洞开的窗户明显是被砍了一刀，其中一截窗棂已经斩断。窗台上有一些石灰，是翼装倭寇在阻挡赵刻心时撒下的。石灰粉同时出现在赵刻心的头发上，这让她看上去面色有点憔悴。

陈留下鼓起勇气，说不用担心。我姐夫已经把城门给封了，你爹不会有事。

赵刻心却举着梅花剑指向他额头，说我让你出去！

陈留下站到屋外那片草地上，感觉这天的火器局突然变得有点荒凉。在候潮门前，得知赵士真被人劫走时，陈留下脑袋里嗡了一下，眼前一片漆黑。他牵过一匹马，想要赶去火器局，却试了好几次也没能爬上马背。这么多年，除了姐夫薛武林，杭州城只有赵士真不把陈留下当成真的丧尽天良。赵士真觉得陈留下还不算十分顽皮，他讲自己在陈留下这个年纪时，在温州老家，偷了人家的硫磺做火药，结果把寺庙里的观音娘娘炸飞了半条手臂。观音的兰花指不见了，找了一个上午，发现兰花指躺在笑呵呵的弥勒佛的肚皮上。

田小七从堕落街的喜鹊酒楼赶回火器局，看见摆在赵刻心面前的一个楠木箱子。四方形的箱子已经打开，除了赵士真的一把画扇，之前锁在这里的《神器谱或问》母本已经不翼而飞。箱子原本摆在赵士真的床头，田小七仔细查看了地上的脚印，确定两名翼装倭寇并没有进入过卧室。而他刚才从赵刻心的讲述中分析，也感觉两名倭寇进入书房后，根本没有时间闯去隔壁赵士真的卧室。

田小七站到窗口，将所有的事情在脑子里重新过了一遍。事实上，他之前就预料到，一旦倭寇发现拿到手的《神器谱或问》只是一个子本，那么他们肯定会不甘心，肯定想要得到这本书的母本，所以他那时候让唐胭脂留在了火器局。但是现在的事态表明，可能赵士真已经把母本藏去了另外一个地方。

会是哪里？田小七想，赵刻心已经把火器局里所有该找的地方都找遍了。

田小七取出箱子里的那把画扇，将它打开。扇子上画的，是一款新式火器鹰杨炮。鹰杨炮是赵士真为对付日本人的大鸟铳而专门设计出来的，采用欧洲人的佛郎机结构，射击准确率却优于佛郎机。它其实是一把威力更猛的枪，枪管很长，而且稳重，装有准星和照门，并且配了三门子铳。赵士真之前跟皇上讲，一旦上了战场，倭寇的大鸟铳打一发，鹰杨炮却已经打了三发。画扇上，田小七看见赵士真画的示意图中，鹰杨炮既可以摆放在三脚架上发射，也可以两个军人一组，一人用肩膀扛枪，一人负责瞄准发射。而扛枪的那人，还负责手持藤牌，以防射击者被敌人攻击命中。

钱塘火器局建成后，赵士真经常会将一些火器示意图画在扇子上，偶尔拿出来自己欣赏一番。

田小七看着画扇，像是见到了从未谋面的赵士真。他想，如果赵士真是将《神器谱或问》的母本重新找一个地方藏起，说明他内心已经开始担心什么。但是这件事情，他又为何没有告知女儿赵刻心？田小七认为有一种可能，赵士真把母本藏起就发生在赵刻心去找刘元霖讨债的那段时间里。

现在赵士真的侍卫山雀被叫到了田小七跟前。田小七问他，赵刻心昨天下午离开火器局时，赵士真有没有去过哪里？

山雀仔细回想，他记得赵总领一直在书房。

田小七目光收拢，很长时间没有说一句话。他似乎在连绵不绝地想念着赵士真，如同在雨点敲打的夜里想念一个久别未能重逢的旧友。在那样一种广袤的沉默里，他最后把目光安放在那把扇子上，茫然中带着些许淡淡的忧伤。但也就是在这时，田小七突然发现，画扇底部竟然有一串很奇怪的符号。那些不明所以的符号样子很细小，歪斜而且潦草，可能是在落笔的时候写得比较急。从墨迹上来看，符号也明显是添加上去没多久，田小七甚至能闻得见笔墨的清香。

赵刻心当场蒙住了。面对田小七指出的形同浮游中的小蝌蚪一般的符号，她很奇怪，自己当初怎么就没有注意到这一片角落？

是大食国的数字，来自遥远的西方。赵刻心说。

大食国？他们用这样的数字？田小七听完解释，眉头拧得更紧，他仿佛看见一种空中飘来的亟待破解的信号。信号幽远，缠绕，迷雾一般深奥。

这些数字分别代表一四二八五七。赵刻心说完，又指着最左边那个笔直站立着的符号1。她告诉田小七，这是咱们的一。咱们的一是趴着的，他们的1却是站直的。接下去这个一把三角刀一样的4，就是咱们的四……

142857，赵刻心再次轻声念了一遍数字时，心中还是止不住地颤抖。她似乎早就想起了什么，即刻就跟田小七说，我带你去一个地方。

夜风有点凉。离开火器局的路上，赵刻心反复想起的，是堕落街上的一家当铺。她相信，至少在杭州，大食人的数字几乎没人见过，更别说能懂，因为那是父亲早年在京城鸿胪寺里从来自大食国的友人那里学来的。为此，父亲那次兴奋无比，他像捡到了一篮子的金子，一连请大食国友人喝了三天三夜的酒，直到把那人给喝吐了，趴在地上如同一枚痛楚的虾米。

从0到10，这十一个数字的写法及11以后的编排用法，赵士真后来又教会了赵刻心。他跟女儿讲，记住它们，一定能派上用场。我希望咱们大明国，在不久的将来，也能大面积使用这种数字。他说宝贝女儿你好好想想，假设咱们给明军部队配备了一千三百五十六门火炮，咱们要写一千三百五十六，而那些狡猾的大食人，虽然酒量那么差，却只需要写1356，太简便了！

信手拈来，赵士真感叹说，就像去自家的地里摘回一棵白菜！

路上，赵刻心又跟田小七讲起了当铺里跟父亲下了好多年棋的老朋友九叔。那年九叔在堕落街上的当铺开张，一定要让赵士真给帮忙取个名号，赵士真也没细想，抬头看一眼堕落街九十九号的门牌就随口说了声，玖玖归一。他说姓九的，你野心蓬勃，那么今后天下的当品，就都归置给你。你满意了吧？

然后是那天当铺开张的酒席，赵士真像怀揣着一个巨大又喜悦的秘密。因为刚刚学到脑子里的一则神奇现象，他反复念叨着玖玖归一，并且眯着眼睛，很豪爽地蘸了一把酒，有点神秘地在桌上写下了一行数字：142857。那次他不再说十四万二千八百五十七，而是说142857。他像是在赵刻心面前沾沾自喜着炫耀，说宝贝女儿你知道吗，142857的两倍是285714，三倍是428571。再加一倍，就变成了571428。总归加来加去，赵士真不停地摇晃着脑袋，说我的天哪，真是不可想象，竟然都是这六个数字在前后左右像兔子一样跑来跑去，轮流着变换位子。

赵刻心过了一阵终于明白了父亲的意思。而一旁的九叔，却感觉是在听天书，他也根本不晓得，赵士真胡乱画在桌子上的那些慢慢风干的水珠线条，看上去像一团纠缠在一起的湿润又透明的蚯蚓，而赵士真竟然讲这是数字。真是个不可理喻的疯子，九叔想，这都是什么乱七八糟的说三道四。

九叔讲你有完没完？赵老头你稀里哗啦跟洪水一样讲了那么多，同我今天这当铺开张有什么狗屁关系？赵士真险恶地笑了，他一口气把碗里的酒喝完，朝九叔挥挥手，让他再去炒两个菜。然后又盯着赵刻心，面色慢慢涨红，如同脸上涨潮起来的神秘。

他说可是你如果把 142857 加到了 7 倍，你猜它会是多少？你猜。你猜。

管它是多少。九叔很不耐烦，说还不是满地的兔子到处跑来跑去。

错！赵士真猛地拍了一下桌子，他指着九叔的眼珠子讲，姓九的，别以为你偶尔赢我两局棋就有什么了不起，实话跟你讲，那是我有意让着你，不然你这种小气鬼，以后哪里会愿意再陪我下棋。告诉你，赵刻心你也听好了，142857 的七倍，是九十九万九千九百九十九。玖玖归一！我为什么要讲玖玖归一，你们都明白了吗？也都记住了吗？

在赵刻心行云流水的讲述里，田小七一句句听着，没有落下一个字。但他也同时在夜色中一刻都没有耽搁，仿佛转眼之间就跟随赵刻心赶到了玖玖归一当铺。

已经是天色将明的寅时，赵刻心把门敲响时，田小七似乎看见过去的许多个日子，怡然自得的赵士真掐算着心里一大把莫名的数字，摇头晃脑着从火器局一路走来，为的就是找九叔下棋，轻松轻松脑子。

门吱呀一声打开，站在门里的正是九叔。九叔弯着腰，把身子压得非常低。他满头白发，一双眼睛很干涩，望着赵刻心说，怎么是你？

九叔举着油灯堵在门口，可能是深夜造访，他好像没有意思要把赵刻心让进屋里。赵刻心急忙跟他打听，父亲今天有没有来过这里下棋。九叔却迟疑着摇头，摇得十分缓慢。

田小七于是说，那么赵总领，是否来找你寄存过什么物品？

九叔晃荡着手里的油灯，依旧十分缓慢。他的两片嘴皮像漏风一样说出两个字：没有。

田小七的目光越过他花白的头发，望向当铺里头黑魆魆的屋子，说你再仔细想想。

九叔沉默着，把油灯慢慢举起，一直举到田小七眼前，好像是要仔细看清这个陌生男人的脸。这时候，田小七感觉炙热的油灯火苗差点就要烧到自己的眉毛，他退后一步，又听见九叔说，你为什么不相信？你这样以后会吃亏的。

田小七感觉九叔的声音有点颤抖，他勉强笑了笑，然后看了一眼赵刻心说，时间已经不早，我们走。但也就是在这时，九叔突然松开双手，让那盏油灯啪的一声打碎在了地上。田小七就猛地跃起身子，迅速抽出绣春刀，已经在刹那之间朝九叔身后劈了过去。

月光凶猛。赵刻心看见月光冲撞进玖玖归一当铺，然后九叔就那样颓然倒了下去。

九叔的背上赫然扎了一把刀，刀子陷得很深，喷涌的血瞬间就将刀柄给淹没。

同样的时间里，田小七在自己的绣春刀劈下时，看见的是隐藏在九叔身后的一名黑衣人，正将一把刀子狠狠地送进了九叔的身体。由于担心绣春刀会伤及倒下来的九叔，田小七只能猛然收住刀锋，紧接着又左手推出一掌，重重击打在蒙面黑衣人的脸上。那时候，黑衣人滚出一丈多远，最终被另外一名蒙面的同伴给接走。

田小七来不及再追，他看见九叔身上的血喷涌得异常猛烈，几乎在地上流淌成一条河。九叔笑得很疲倦，靠在赵刻心身上说，你们两个人，真是一块木头。我把油灯推到你眼前，就是为了提醒你，事情已经火烧眉毛，迫在眉睫。

事实上，两名蒙面人只是比田小七早到了一步，他们的目标，是当铺里的一个寄存柜。九叔的寄存柜都配了两把铜锁，需要两枚钥匙同时打开，甲匙在顾客手上，乙匙则由他统一保管。蒙面人闯进时，将带来的甲匙插进对应寄存柜的锁孔，又把刀子横在九叔脖子上，逼他交出另外的乙匙。九叔知道这个寄存柜是赵士真的，他无论如何也不会答应。双方僵持中，田小七和赵刻心正好赶到。

现在田小七见到了乙匙，就掉落在九叔砸碎在地上的油灯旁。为了藏好这枚钥匙，九叔之前将它塞进了油灯的底座。田小七将寄存柜打开，里面同样是一个盒子，但是掀开盒子的最底层，他就赫然发现了《神器谱或问》的母本。

田小七抱起九叔，即刻就要奔去医馆，却听见赵刻心说，来不及了。

九叔已经流光所有的血，连嘴唇也开始变得惨白。田小七抱着他，感觉他在萧瑟的夜中渐渐冷却。

4

凌晨时分，田小七取回《神器谱或问》的母本，同时也掌握了这场事件中的一个秘密。现在他觉得，赵士真的侍卫山雀，很有可能是倭寇的奸细。

山雀被土拔枪枪从床上拖起，像是拎在手上的一只没有睡醒的鸡。土拔枪枪把他扔在田小七跟前，踢了他一脚说，别说我没提醒你，有些事情不讲清楚，我担心你下一次会睡在坟墓里。

山雀只穿了一条短裤衩，看上去如同一只剥开来的糯米粽子。他撇了撇嘴角，一口咬定赵士真的失踪跟他没有关系，自己是清白的。田小七便什么也没说，一直看着他眼睛，看到他心里开始发虚。刚才在当铺，田小七查阅过了九叔的登记簿，《神器谱或问》是在前一天傍晚时分寄存的，上面还有赵士真本人的签字。可是山雀之前却讲，傍晚时分，赵士真一直待在书房。

田小七浅浅地笑了，目光落在山雀明暗不定的脸上。他过了一阵才说，其实说谎很累的，因为你无法说服自己的眼睛。好好想想，我可以再给你一炷香的时间。

山雀垂头，在心里着实打了一个冷战。视线的余光中，他看见田小七起身，围着他转了半圈，然后慢条斯理地走远。在书房门口，田小七跟土拔枪枪说，我把他交给你，但是你别把人家给吓坏了。

土拔枪枪就捶了捶肩膀，对着刘一刀打出一个漫长的哈欠，说那我们一起试试看，争取跟他讲道理。

审讯安排在火器局的试枪房，土拔枪枪给山雀套上一件沉重的铠甲，让他站在靶架前不要乱动。然后他从枪架上挑了一支样子比较威武的火铳，走出几步远，试着瞄准山雀，就要让刘一刀帮他把引爆的火绳给点燃。刘一刀看着茫然不知所措的山雀，觉得他短裤底下抖来抖去的一双腿，很像一只褪了毛的公鸡。他说枪枪你这样会不会很危险，万一铁弹射穿了铠甲怎么办？土拔枪枪就皱了皱眉头，说谁让他是倭寇的奸细。还说你记不记得那年春天，就在京城的午门，皇上是怎么处决替倭寇卖命的奸细的？

刘一刀想都没想，说凌迟。

土拔枪枪于是笑了，夸奖刘一刀记性真好。他走到山雀跟前，蹲下身子用一把短刀戳到他细皮嫩肉的大腿上，说你知不知道什么叫凌迟？要不我来告诉你，凌迟一般来说总共要在身上割几刀。

山雀看见寒凉的刀子贴着自己大腿，跟一块冰一样渐渐往上推移，而且刀光一闪一闪，最终在他短裤的位置停下。这时候土拔枪枪深情款款，说山雀你听好了，凌迟也叫千刀万剐，一共要割三千三百五十七刀。分三天来割，从早到晚，割遍全身。说完，土拔枪枪仿佛要亲自演示一番，他仔细削开自己的一小片拇指指甲，然后提着指甲举到山雀眼前讲，三千三百五十七刀，每一刀割下来的肉片，都是血淋淋的，而且还跟我这枚指甲一样，又细又薄。不然你想，别说是三天，哪怕只是割一个上午，每次割一两肉，人家犯人早就活生生地痛死了。

生不如死，却不允许你死得太快。土拔枪枪说。

山雀面如死灰，已经抖成一只漏洞百出的筛子，好像顷刻间就要被那件铠甲给压垮。刘一刀远远地看见，他那条越来越松垮的短裤已经被打湿，并且里头源源不断着淌出一些浑浊的水流。

土拔枪枪捏紧鼻子，可能是闻到了空气中的一些尿臊味，但他还是盯着山雀一字一句说，三千多刀，你说皇上这人，也真是够狠的。

山雀的两条腿终于撑不住了，他像一把煮熟的面条，在土拔枪枪面前软不拉叽地跪了下去，连声说我招，我什么都招。我昨天傍晚没在火器局。

土拔枪枪不禁笑了，觉得跪下来的山雀一下子比自己矮了许多。他把那片碎指甲扔进山雀的发丛里，抚摸着他脑袋说，看来你还是蛮懂道理。然后他就把门打开，叫了一声田小七说，你可以进来了。

5

山雀不为人所知的故事，起始于中元节的前一天，跟一只光彩照人的绣花鞋有关。

那天山雀去河坊街看戏，是一个外地来杭州的戏班子，演了绍兴人徐文长的《雌木兰》。山雀最喜欢看戏了，他喜欢戏台上那些五光十色的脸，更喜欢五花八门令人心痛的爱情故事。那天早上他去卖鱼桥给赵士真买从舟山运过来的海鲜，走着走着就不小心踩上了一个女子的绣花鞋。女子站在一棵垂头弯腰的柳树下，那双娇小的绣花鞋赏心悦目，鲜艳的鞋头上绣了一对体态丰腴的鲤鱼。女子收了收脚，望着山雀篮子里刚刚买好的两斤蛏子，说这东西也叫西施舌，味道很鲜美，男人吃了补身子。山雀看见她全身粉嫩，眼睛里藏了很多烟水弥漫的故事，他想蹲下去给她擦鞋，女子却急忙将他挡住，说使不得，相公你擦我鞋我脚上会很痒。说完她垂下眼睑，施施然让出一条道，站在路边轻声细语，说自己是昆腔戏班子的，第一次来杭州，晚上在河坊街搭台。相公要是有兴趣，可以来捧场。

那天山雀很早就去了河坊街，在戏台前找了一个很理想的位子。戏很快就演到了花木兰替父从军的那一段，山雀看见木兰英姿飒爽，站在敌阵中气度非凡地提起一把花枪。花枪要舞成一朵凶猛绽放的花，把山雀的眼睛都看直了。这时候敌军投出一柄宽刀，山雀看见木兰眼中掠过一丝寒光，却气定神闲着抬腿，照准飞来的刀子一脚就将它踢出。可是刀子飞起时，木兰脚上的鞋子也一同被踢飞了出去。布鞋在空中翻身，一路飞转，最终啪的一声砸落在山雀的半边脸上，像一记清脆的巴掌。

山雀记得这只绣花鞋，鞋头上的那条鲤鱼令他记忆深刻。事实上，扮演雌木兰的的确就是他在卖鱼桥边碰见的女子，而她也就叫鲤鱼。

鲤鱼从后台赶来，奔到山雀跟前，样子很慌乱。她将一条跟自己一样粉嫩的丝巾轻轻按压在山雀脸上，说痛吗？

山雀闻到一股旷日持久的芳香，他看见鲤鱼茫然不知所措，急得就要掉出一行泪，就隐隐觉得有点心痛。鲤鱼后来带山雀去了自己的屋子。在一条月光毛茸茸的巷子里，山雀走在鲤鱼身后，听见她饱满的呼吸。他感觉脚下的每一步，都被自己走得惊心动魄。

山雀的故事讲到这里，田小七已经猜到了结局，接下去无非是两个人缠绕在一起汗水淋漓。他皱了皱眉说不用再讲了，我知道你是被她的床给收买了。

山雀说，那是后来，刚开始也不是这样的。

田小七说，鲤鱼的屋子在哪里？

也是在河坊街。一家香囊铺前左拐。

很好，田小七站起身子说，现在就带我过去。

6

此刻赵士真就在河坊街附近的一个院子里。这个乱成一团糟的夜晚，他已经先后晕过去了两次。第一次是在自己的书房，他正在赶写《神器谱或问》的子本。那时候女儿赵刻心去找巡抚刘元霖讨债，而侍卫山雀也不在身边。子本差不多写到最后一页，赵士真觉得肚子有点饿，就随手抓了一片红豆沙的定胜糕塞进嘴里，这时候他突然发现窗口钻进两个黑不溜秋的人影。他还没来得及叫喊，匪徒已经朝他嘴上蒙了一块红布，他于是闻到一股异常浓烈的迷魂香。

中了香毒以后，赵士真很快失去知觉，他不知道自己是被装进一只麻袋，继而又捆绑在一名倭寇的背上离开火器局的。翼装的倭寇滑翔在杭州城不设防的夜色中，背着他如同起伏的海浪般颠簸，最终涌进了河坊街的这条巷子。

直到醒来，赵士真依旧感觉头很痛，他发现自己是躺在一张宽大的竹凉席上，有人正在房里吹奏一种名叫尺八的乐器，声音听起来忽远忽近，感觉像水面上飘来飘去的一团晨雾。然后他看见一个女人的侧影，女人一直坐在那里很安静，现在正在冲泡一碗日本人的抹茶。滚烫的水倒进陶瓷碗中，碧绿的抹茶粉纷纷散开，继而又缓缓聚拢，好像在碗里长出一层厚厚的青苔。赵士真起身，闻见抹茶的清香，脑袋里紧绷的疼痛渐渐消散。此时盘腿坐在席子上的女人优雅着转身，朝他淡淡地笑了笑，说赵总领，用这样的方式带你来这里，你会不会觉得有点鲁莽？

赵士真觉得女人异常年轻，像一盆蓬勃的水仙。他看见她身边躺着一把修长的剑，剑柄上镌刻了一朵寂寞的樱花，于是说，你不用这种偷鸡摸狗的方式，难道还抬着轿子去火器局里接我？

女人再次笑了，翻开到手的《神器谱或问》的子本，说我叫灯盏，一盏油灯的灯盏。我想请你吃茶，也希望能成为你的朋友。

赵士真把眼睛闭上，他觉得这人是把自己当成了三岁小孩。

他只是有点惋惜，自己就要完稿的《神器谱或问》的子本，现在却落到了这个满嘴谎言的日本女人的手里。

为什么只是子本，灯盏说，我有点好奇，母本在哪里？

赵士真依旧闭着眼睛，说你要的母本，全都在我脑子里。

接下去发生的事情，就是灯盏派出两名翼装的倭寇重新赶去火器局，然后不出赵士真所料，他们其中的一人又灰溜溜地回来。在赵士真眼里，灯盏的一张脸渐渐变得灰暗，看上去蛮像一盏枯萎的油灯。

灯盏抚摸着剑柄上的那朵樱花，望向怡然自得的赵士真时，对手下说，搜搜他身上。赵士真笑了，紧接着愣了一下，直到后来他连肠子都悔青了。他已经全然忘记，自己前一天傍晚去九叔的当铺寄存《神器谱或问》的母本时，九叔交给他的那枚寄存柜的甲匙，此刻还被他留在身上。而那把钥匙上面，十分清楚地刻有九叔的当铺号——玖玖归一。

赵士真紧抓着那把钥匙，想把它一口吞进肚里。这时候灯盏的手下挥拳砸了过来，砸得非常狠，让他又一次晕了过去。

再次醒来时，赵士真听见河坊街里的狗叫声，声音比较沉闷。他整个脑袋昏昏沉沉，好像看见灯盏提着那把剑去开门。屋里的火炉上又有一壶水烧开，翻滚的热气几乎要把盖子给顶翻。赵士真觉得一切都晚了，因为那把钥匙，赶去当铺的倭寇肯定已经拿到了寄存柜里的母本。他甚至不敢想象，此时的九叔，已经遭遇什么样的劫难。可是事实却出乎他意料，跟随灯盏进屋的倭寇两手空空，满脸的丧气。因为被田小七击中一掌，其中一人的脖子已经被打歪，脸上肿得一塌糊涂，嘴角还在流血。赵士真于是明白，他所担心的事情并没有发生，说明赵刻心已经发现了留在画扇上的大食国的数字，那不仅是没有人能看懂的 142857，也是只有他们父女之间才能心领神会的一段遥远的秘密。

赵士真舒了一口气，感觉天色可能就快要亮了。事实上，最近几天，赵士真已经隐隐意识到，自己可能正面临一场阴谋。首先是他在炼药房里那些推演火药配方的草稿纸，近来好像丢失了不少，这是从来没有发生过的事情。就此他问过山雀，山雀却目光闪烁，他认为是赵士真的记忆发生了差错，也或者草稿纸总共就是剩下的这么几张。赵士真越想越不对劲，他可能会忘记时间，却绝不可能忘记近几天自己一步步演算过来的草稿。然后是昨天傍晚，当赵刻心去找刘元霖讨债时，山雀也心神不定着离开了火器局。赵士真心中格登了一下，即刻决定将床头楠木箱子里的《神器谱或问》母本取出，寄存在九叔的当铺。那时候他还作了最坏的打算，如果自己遭遇不测，必须让赵刻心读懂母本的去向信息，所以他就在画扇的角落处，留下了那行只有赵刻心才能参透的数字。

7

河坊街夜色清凉，北斗星依旧挂在天边。

田小七到达山雀指给他看的那家香囊铺，左拐，穿过一条巷子，最后站在院子前的一株鬼箭羽旁。透过鬼箭羽箭翅一样的枝条，他看见鲤鱼的屋里依旧亮着一盏油灯。刘一刀翻身进去，很快就把门打开。不出田小七所料，整个屋子是空的。竹凉席上摆了一个长条形的茶几，茶几上一碗抹茶，茶刚喝了一半，还留有余温。

刘一刀把刀架在山雀脖子上，问他是不是又要花样。田小七说，他没有撒谎，我们找对了地方。说完，田小七捡起茶几上一枚书签，书签上有两行蚂蚁一样的文字。他把书签交到赵刻心手里，说如果没有猜错，这是你爹用过的。可惜我们晚了一步。

赵刻心的确认得这枚书签，那年在京城鸿胪寺，噜密国使臣杂思麻曾经送给她父亲一套十二生肖的书签，上面全是蚂蚁一样的噜密国文字。她还记得，父亲在赶写《神器谱或问》的子本时，为了分隔章节，用的就是这枚属相为巳蛇的书签。

田小七推开一扇门，走进去看见一铺整洁的床，以及摆在床头的一双绣花鞋。他用一只手指挑起绣花鞋，果然在鞋头处发现一条丝绣的鱼。

山雀站在门口，在那阵无比熟悉的暗香里，他忍不住瑟瑟发抖，不敢再往前踏进一步。那天鲤鱼把他带进屋子，继而又把他带到床上。鲤鱼细细地吹了一口山雀被鞋子砸伤的脸，说你在想什么？山雀颤抖着说我想回去。鲤鱼就笑了，说别怕。然后她慢慢解开自己的衣裳，直到把自己脱光。

山雀出了很多汗，他看见鲤鱼像一条全身光滑的鱼，渐渐向自己游了过来。他有点胆战心惊，听见鲤鱼带领自己一步步往前时呼吸声断断续续。鲤鱼说你知道吗，我今天是第一次演《雌木兰》，却把自己演到了床上。

山雀从此喜欢上了鲤鱼的身子，也更加喜欢鲤鱼的床。直到有一天夜里，他把鲤鱼压在身下时，门被推开了。在鲤鱼持续的呻吟声中，山雀看见一个走到床头的男人，以及男人手中的一把斧头。男人说，滚下来。

那天山雀的裤裆前一直摆着那把斧头。他战战兢兢，答应从此开始提供火器局的情报，包括偷出赵士真演算用的草稿纸。直到有一天，鲤鱼跟山雀说这些还不够，我家的男人想要《神器谱或问》，也想带走赵士真，带他去日本。山雀说不可能，没有这样的机会。鲤鱼就说我已经洗过澡了，你可以在我身上慢慢想。

于是就在昨天傍晚，当赵刻心离开火器局时，山雀便很及时地过来向鲤鱼报信，告诉她可以动手了。他已经作好准备，事发时，找到一个恰当的时间点，把自己挂到房梁上。

田小七后来在屋子里发现了一些日本清酒，他试着尝了一口，觉得酒太淡，好像有竹叶的味道。赵刻心冷冷地看了他一眼，说你是过来慢慢喝酒的，还是过来找我爹的？

田小七不说话，他在想，凭刚才那双绣花鞋的尺寸，鲤鱼应该跟赵刻心差不多身高。而这人能在戏台上踢出鞋子正好砸在山雀的脸上，这种脚法也有点不一般。

这时候的土拔枪枪在院子里伸了一个懒腰，问刘一刀是不是可以回去睡觉了。赵刻心看都没看他，说没人让你过来。土拔枪枪就凉飕飕地笑了一下，说有道理，你爹又不是我爹，我凭什么要这么卖力。说完他一脚踢开院门，一个人气哼哼地走去了河坊街。

田小七后来离开鲤鱼的屋子，再次站在那丛样子多少有点诡异的鬼箭羽前。他仿佛爱上了这丛植物，在考虑了片刻后，终于让目光离开那一片生机勃勃的绿色，然后十分认真地对赵刻心讲，不用担心。

赵刻心说，我爹不是你爹，你当然不用担心。

田小七摇了摇头，十分仔细地望向天边的北斗七星。他想既然城门已经封锁，那些蝙蝠一样的翼装倭寇，就是再借他两双翅膀，也难以飞出这座铁桶一样的城市。这样想着，他就欣慰地笑了，继续对赵刻心认真地讲，你父亲还在城里，我会把他交还给你。

8

如果让时间倒退半个时辰，让田小七回到堕落街上，他或许能遇见吴越酒楼老板娘的相好余船海，正驾着一辆马车在前往钱塘江的路上。

余船海是台州人，来杭州已经很多年。他开了一家名为“红盖头”的喜庆坊，专门替人操办类似于婚庆、纳妾、寿宴、上梁等各式各样的喜庆事宜。余船海经常问人家，你这个月要不要娶老婆，我们刚设计了一款样子很别致的请柬。红盖头喜庆坊的花轿你是知道的，整个杭州城最豪华，里头铺的是柔软的波斯地毯，踩上去跟踩着一朵云一样。不过就是有个缺点，租金不贵。你的店铺要是下个月开张，我免费送你两个花篮。请客的酒楼我来帮你选，酒水菜品包你满意，每桌还送两份点心。不过最为关键的一点，我们库房里有你从来都没见过的烟花，升上天空后能照亮整个杭州城，保你这辈子吉人天相生意兴隆时来运转。

余船海最近做了一桩大买卖，重新修建好的六和塔的落成庆典，浙江巡抚刘元霖已经答应全程交给他来操办。刘元霖说能多喜庆就多喜庆，姓余的你尽量搞得气派一点。他豪气地说，他妈的我整头牛都买下了，傻瓜才在搓牛绳这件事情上省钱。

月光一片皎洁，余船海驾着马车走在堕落街上。他这天夜里是要去钱塘江对面的萧山，准备运回一批当地最好的爆竹和烟花。他昨天已经算过，整场六和塔的庆典，按照他给刘元霖的报价，刨去所有的成本，自己应该能赚回银子将近二百两。但是离开堕落街没多远，余船海的马车就走得歪歪扭扭，还时常是跑一阵又停一阵。因为此时他并没有在赶车，他已经躲进了车厢里。

车厢里除了余船海，还有一个光着身子的女人，她就是吴越酒楼的陪酒女十八妹。离开酒楼前，余船海把他心爱的鸽子交给十八妹，让她帮忙喂它一把豆子。十八妹却扯开胸前的衣裳，盯着余船海把鸽子塞进了怀里。她说哪里有你的鸽子，不信你摸摸看，你把手伸进来摸。余船海就笑了，说你还是这么风骚。他把十八妹推到一棵桂花树底，使劲压着她身子，却听见十八妹怀里的鸽子连着咕咕叫了两声，似乎有点不解风情。十八妹说，听见没，你的鸽子好像在咬我。它真的在咬我。

十八妹娇喘连连，余船海于是干脆把她拦腰抱起，直接塞进了马车的车厢。在盖上帘子之前，他捋了捋自己的头发，跟十八妹说你等着。

现在余船海兴致勃勃着爬进车厢，看见里头漏进一点点淡淡的月光。月光趴在十八妹身上，让她一览无余的身子，看上去比以前更加明亮。余船海开始抚摸她，抚摸得热烈而且悠长。也不知道是过了多久，余船海突然听见马惊叫了一声，他抬头，就在车子猛然停住时，不禁抱着十八妹的身子剧烈地抖了一下。

拦下马车的是几名守戍军的兵勇，提着刀子样子非常严肃。余船海从帘布后面钻出脑袋，试着打出一个哈欠，跳下车厢时提了提裤子讲，去萧山的，过去给巡抚刘元霖办事。现在什么时辰了，我怎么睡得迷迷糊糊。

领头的兵勇根本懒得理他，哗的一声掀开布帘时，刀子已经无比迅速地扎了过去。

余船海听见十八妹的另一种呻吟，声音痛苦而且虚空。然后兵勇的刀子抽出，带出一团滚烫的血。余船海彻底蒙了，感觉这个夜晚非常不真实，一定是哪里出了问题。

接下去肯定还会发生什么，余船海这么想着的时候，就看见身边一棵茂盛的蜈蚣柳上，果然跳出一个蒙面的女子。女子落在地上，悄无声息，好像只是枝头掉落下了一串软绵绵的柳坠子。她把面罩揭下，对着余船海轻轻叫了一声，乌贼，果然是你。

余船海愣了一下。这么多年，他几乎都快忘记了眼前的这张脸。他说灯盏小姐，你什么时候来的杭州？

在把面罩重新戴上之前，灯盏吹出一声口哨，余船海于是看见另外一名伪装成守戌军兵勇的男人从蜈蚣柳上落下。男人的背上捆扎着一只结实的麻袋，在同伴替他掀开车厢布帘的时候，他已经将麻袋解下，然后迅速就将它扔进了车厢内。

去哪里？灯盏说。

去萧山。余船海说。

灯盏想了想，说也行，那你就负责把这只麻袋送去萧山，在那里等我的消息。

灯盏就是鲤鱼。在田小七赶到河坊街之前，她已经将赵士真重新装进麻袋，提前离开了那间屋子。她刚才走了两道城门，发现出城的通道都已经是戒备森严。

9

在赵士真的记忆里，那天他被扔进余船海的车厢时，有人替他解开扎紧的麻袋口，他于是可以稍微顺畅地呼吸。马车开始慢悠悠地跑动，他还是感觉有点闷，因为嘴里被塞进了一团布，而且一双手脚也被捆绑得很扎实。

蜷缩在麻袋中，赵士真勉强露出半个脑袋，感觉像落雨天藏在鸟巢中的一只鸟。他不知道接下去会被送去哪里，总之这一连串发生的事情已经表明，自己不可能再回去火器局。随它去吧，赵士真想，没什么大不了的，自己都这把年纪了，还怕个球。

车子不停地摇晃，晃得赵士真一阵头晕，他又似乎闻见一股血腥味，就在车厢里升腾，跟火器局里被雨淋过的锈铁管的气息一样。他目光搜索了一下，最终发现车厢的另外一个角落，竟然还躺着一具赤条条的女人的尸体。他在嘴里骂了一句，这帮混蛋。

车厢外，余船海在不紧不慢地赶车，刚才灯盏给他安排了两名助手，一个叫黄山鱼，一个叫扇贝。两人现在一声不吭，只是望着暗沉的夜色，好像生怕街边会闯出一队真正的守戍军兵勇。余船海已经想过，车厢里的麻袋肯定跟刚才买下金彩酒楼的那人有关。那人一下子给出了一千两银票，全是崭新的，看样子是刚从京城过来，所以跟甘左严很熟，对他好得跟亲爹似的，还把买下来的酒楼送给他开什么欢乐坊。想起了甘左严，余船海有点纳闷，这个男人每天把自己喝成一个醉鬼，有次躺在街边被几个杭州人像踢死猪一样踢来踢去，甚至还往他头上撒尿。可是那次甘左严愣是连眼睛也没睁开过一次，只是死死地抱住一个骨灰罐子。那天余船海实在看不下去了，跟杭州人说你们几个够了，要是把他给踢死，小心他以后化成冤魂缠上你。

车子来到钱塘江边，余船海闻见阵阵江风，裹挟着经久不散的泥沙味。江面上月光一片浑浊，让他想起台州府也有这么一条江，叫灵江。来杭州之前，余船海有很长一段时间都住在台州临海的紫阳街。临海城靠海，他跟人说那里有鱼有船也有海，所以他才叫余船海。他讲临海巾山上的长城，是当年他父亲跟随戚继光一起建成的，那些厚重的石砖一块一块搬到巾山上，又一截一截地垒起城墙。他还说父亲抗倭的时候把倭寇带进密不透风的瓮城，然后弓箭就像雨点一般射落，杀得那些倭寇人仰马翻。金彩就听得很入迷，眼睛一闪一闪的，说怪不得你这么结棍，跟一匹种马似的。陈留下却从来不相信。陈留下说姓余的，你一个台州佬连吹个牛皮都要跑到杭州这么远的路。你在床上跑马我信，跑得金彩气喘吁吁。但是吹牛皮你就省省吧。还说什么杀倭寇，我觉得倭寇差不多就是你亲戚。

现在余船海把车厢打开，让黄山鱼和扇贝抬出十八妹的尸体。两人给尸体绑了一块石头，直接扔去了江里。江水转出一个漩涡，余船海看见赤条条的十八妹很快就沉了下去，很像一条被淹死的鱼。他在心里说，十八妹这个女人其实很迷人的，当真可惜。

黄山鱼和扇贝又抬出麻袋里的赵士真，余船海一看，就知道这个瞪着眼睛的老头子是谁。陈留下曾经很多次唉声叹气，抱怨说火器局总领赵士真一定要招他为女婿。陈留下眼睛转来转去，说我这个岳父很多时候你都搞不懂，真不知道他心里是怎么想的，你说我陈留下究竟优秀在哪里？

余船海的船行走在江面上，划开一道水波。天光快要放亮了，晨光是从江水的下游方向渐渐蔓延过来。余船海的心思也渐渐放亮，前面就是萧山，他想，上岸以后，该把赵士真藏在哪里？钱塘火器局的总领丢了，这么大一件事情，巡抚刘元霖肯定会急得像热锅上的一只蚂蚁，此刻整座杭州城或许已经被翻遍。

也就是在这时，江面上突然冲出一艘船，切开水流急速向余船海的船靠近。那艘船上有人举着火把，勒令对面的船赶紧停下。

火光把江水映照成一片通红。余船海仔细去听，怎么都觉得那个叫喊的声音很像是甘左严。船越来越近，余船海也终于看清，那人的确就是甘左严。他想真是见了鬼了，甘左严怎么会出现在这里。甘左严举着火把目光阴冷，船在摇晃，他的脚底却踩得很稳。在他身后，还站着一队严阵以待的守戍军。

黄山鱼说，怎么办？说完就要拔刀。余船海目光收紧，说把刀扔了。他又回头看了一眼正在麻袋中拼命挣扎的赵士真，就踩着船板一路走去，然后想都没想，抬腿就是一脚，将他连人带麻袋直接给踢进了江里。

黄山鱼看见赵士真努力伸长脖子，整个脑袋在江水中晃荡了一下，随即就被江水给收了进去。

10

晨雾收起的时候，杭州城转眼就进入了又一个清晨。

最早开始忙碌起来的，除了那些挑担卖菜的，就是街市上的早点铺。早点铺摊主引燃一片松木发烛，一双手紧紧护卫着塞进炉口，然后破扇子一扇，火苗就像是醒过来一般，很快让炉子上升腾起浓浓的烟雾。用不了多久，街市上就飘荡开了豆浆、烧饼、肉包、葱包烩以及阳春面的气息。

此刻田小七正赶在去刘元霖府中的路上，给他带路的是赵刻心和丧尽天良的陈留下。陈留下不敢走在赵刻心前面，哪怕只是偷看她一眼。他不会忘记，那年自己从火器局偷了火药去钱塘江里炸鱼，结果被赵刻心撞见，赵刻心就整整追了他半天。赵刻心那天嘴里喊的是，我要把你的皮剥下来做刀鞘。

刘元霖一夜没睡，他是昨天半夜里从薛武林那里听说了赵士真被倭寇劫走的事情，那时候他感觉双腿发软，好像天都要塌下来了。跟连续发生的孩童失踪案相比，赵士真被劫一事不知道要严重多少倍。看见田小七的时候，刘元霖只说了一句，你得帮我。无论如何都要帮我。

田小七说，巡抚大人讲错了，我是在帮我自己。保护赵士真，是皇上亲口交代我的。

刘元霖深深地看着田小七，目不转睛，很久以后才说，年轻人，我就喜欢你这样的性格。

田小七希望刘元霖即刻开始排查，找出目前杭州城里所有的戏班子，不管是本地的还是外来的。他想知道这些戏班子最近都在哪里搭台，演出了什么剧目，整个班子登记在册的总共有多少人，吃住分别在哪里。如果可能，最好他能亲自见到每一个戏班子的所有成员。

田小七最后说，尤其是女的。

你去找薛武林，刘元霖说我现在一点脑子也没有，你刚才讲了那么多，我生怕会漏了一句。他想了想又站起身子说，你确定赵士真还在城里吗？这事情你别跟我开玩笑。

田小七沉默了一阵，说，你应该跟我一起相信这一点。

刘元霖的目光一下子便有点潮湿，他把眼睛闭上，等到情绪稍微平复以后才转头望向窗外说，赵士真一根头发也不能少。你就是把杭州城给挖开，也必须把他给我找回来。

话讲到这里，刘元霖不禁又有点伤感。他想起自己心爱的蟋蟀乐乐，就是赵士真送给他的礼物。那次赵士真研制成一种七彩的信号弹，他让陈留下试着发射一枚。陈留下抬手，信号弹瞬间在头顶炸开，而火器局的墙角里，那时候却突然跳出一只异常俊美的红头蟋蟀。红头蟋蟀仰望七彩的夜空，兴奋着一连鸣叫了四声。赵士真于是猛地扑了过去，就像一个顽皮的孩子，一双手将那只宝贝蟋蟀死死地盖住，嘴里说陈留下，快过来帮我。

蟋蟀后来送到刘元霖府上，刘元霖笑成了一朵浪花，当即表示要把城南豆腐巷里一处废弃的守戍军营房送给赵士真当作火器局的弹药库。刘元霖说姓赵的，他妈的这么多年你就今天对我最好，不过你那些七七八八的火药，以后可别把我的豆腐巷炸成了一堆豆腐泥。赵士真那时候喜出望外，他讲开什么玩笑，我又没有吃错药。

后来刘元霖给田小七倒了一杯酒，他说你是不是第一次来杭州？我突然觉得，好像以前在哪里见过你。

田小七笑了，说看来巡抚大人的记性不错。

事实上，田小七和刘元霖的确曾经见过一面，就在两年前的京城西郊，一场浩大的阅兵礼上。那次阅兵礼，有一队假冒的日本议和使团，试图浑水摸鱼刺杀观礼台上的万历皇帝，结果田小七带着几个兄弟以及甘左严他们，把一伙倭寇杀得尸横遍地，片甲不留。

田小七再次回想了一下，说那次阅兵礼，巡抚是不是坐在第三排？

刘元霖讲不对。他说浙江在我大明朝的位子向来比较靠前，我怎么也应该是在第二排。然后他眉头渐渐松开，有点喜悦地说，你有没有记得那次阅兵礼，皇上曾经带过去一只斗鸡？你知道吗，那天斗鸡冲天飞起时，掉落下一片色彩纷呈的羽毛。羽毛飘来飘去的，最终落在坐我旁边的山西巡抚魏允贞的鼻梁上。

想到了魏允贞的鼻梁，刘元霖终于扑哧一声笑了。他抽了抽鼻子，好像依旧闻见许多年前的那片鸡毛上，有一股非常新鲜的腥臊味。然后他叹了一口气说，可是光阴如箭，一转眼我今年都四十六了。我这么一大早给你倒酒，其实只是想找个人聊天，你知道的，我刚才心里真的很乱。

田小七说，巡抚大人放心，再给我两天时间，我一定把赵士真给找回来。

两天以后就是中秋节。刘元霖又一次盯着田小七，又望向一直站在门外院子里的赵刻心。他好像有点不敢相信田小七刚才讲的那一句，说听人讲你曾经是军人，那么应该知道军中无戏言吧。

田小七就把端起的酒放下，说锦衣卫也是军人。其实你和我一样，一辈子都是皇上的军人。

刘元霖正要再次倒酒时，田小七却猛然看见院子外的空中，一颗红色的信号弹冉冉升起，就在仁和县西北边的方向。

刘元霖抬头看着信号弹，说什么情况？

是我兄弟唐胭脂。田小七说完，来不及跟刘元霖解释，即刻就冲了出去。

11

唐胭脂要到许多天后才知道，这天他一直跟踪的男人，杭州人叫他剃刀金。

按照田小七的吩咐，唐胭脂前一天夜里离开火器局围墙外的那片菜地时，一直紧追着两名蒙面的倭寇。他没有追得太紧，只是咬住目标，适当拉开距离，为的是要看清，他们最终去了哪里。他想，找不到赵士真的藏身之地，哪怕是抓了一百个倭寇也没用。

唐胭脂追到河坊街路口，看见两名倭寇从房顶飘下时，其中一人不小心掉落了面罩。然后两人好像是商量了一阵，就分成两条不同的路线离开。

唐胭脂决定跟上那个面罩已经掉落的倭寇，也就是剃刀金。所以他那时候没有进入河坊街，也错过了鲤鱼或者说灯盏，当然也就跟赵士真失之交臂。他后来跟踪剃刀金一路往南，经过了很多个巷子，拐了个弯又开始往西。可是在一个山坡上，唐胭脂却跟丢了剃刀金，怎么也没见到他的人影。直到这一天清晨，他在之前跟丢的地方，又再次见到了从山坡上下来的鬼鬼祟祟的剃刀金。

剃刀金显然对杭州很熟，他七拐八拐速度很快，最终让唐胭脂见到了离运河不远的香积寺。香积寺里香火缭绕，寺庙北边刚刚搭建了一个露天舞台，有个戏班子显然就要开始演出。

后台的暖场鼓声在不经意间响起，将要上演的剧目是徐文长《四声猿》里的《女状元》。唐胭脂看见四面八方的人群朝舞台前聚集，而剃刀金也就是在这时低头钻进了舞台后边的一个院子，院子里进进出出的，都是忙着化装的戏子以及戏班里一些跑腿和打杂的。唐胭脂慢悠悠着晃荡了进去，看上去像一个十足的戏迷。可是他没走几步，就发现剃刀金不见了，然后身后的门板哐当一声合上。唐胭脂低头笑了一下，没有即刻转身，他只是感觉，此刻正有一帮人向自己逼近。

果然，朝唐胭脂围拢过来的，是整整一排宽阔的刀子，而剃刀金就站在那排刀子的中间。

剃刀金眯着眼睛，好像要将目光中的唐胭脂给压扁。他说这位兄弟长得真是俏丽，不用化装都可以上台演女旦。可是你刚才跟了我整整五里地。

唐胭脂还是浅浅地笑了，露出两个迷人的酒窝。此时院子外的戏台上，催场的鼓乐声听起来更加急促，又突然增加进一支喜悦的笛子。唐胭脂竖起耳朵，仔细去听万般雀跃的竹笛，感觉声音就要飞到九霄云外。然后他眨了眨眼睛望向剃刀金，似乎情意绵绵地说，你的眼神怎么这么差劲，其实我已经跟了你两天。

刀阵迅速涌来，唐胭脂提起身子跃出包围圈，又抬手笔直朝空中发射出一枚红色的信号弹。信号弹一直升腾，仿佛很快就要追赶上缭绕在云层中的那片竹笛音，并且有盖过它们的势头。

12

田小七赶到香积寺，第一时间就发现了戏台后面仓惶逃窜出的剃刀金。

那天京杭运河上有一条刚刚靠岸的客船，载了很多北方过来的僧人和居士，他们来杭州的第一站，就是去香积寺敬香。带队的洛阳白马寺住持走在队伍的最前面，他看见剃刀金猛然跃上屋顶，慌慌张张一副急着逃命的样子。剃刀金步伐很乱，一下子踩破好几枚瓦片，瓦片从房檐上掉落，继而又砸碎在住持的脚边。住持双手合十，望着剃刀金连滚带爬的背影，轻声讲了一句，罪过。

田小七随即也上了屋顶。他手持绣春刀飞檐走壁，每一个步点都落得很轻，像是被脚下连绵起伏的瓦片给轻轻弹起。白马寺住持被这一幕吸引住了，他抬头目送田小七的身影在视线中飘远，惊叹杭州的天空为何如此蔚蓝，就连吸进嘴里的桂花香也是甜的。

剃刀金目光苍茫，奔跑中横下一条心跃起，跨过屋与屋之间宽阔的距离，等到身子落下时，已经踩在了仁济粮仓的屋顶。他喘息了片刻，感觉心跳很快，嘴巴也很渴。此时他不由自主回头，晃了晃脑袋，看见田小七追赶过来的模样起初差不多是一只冲刺的大雁，但他只是眨了一下眼，就很快看清田小七的那张脸。那张脸英气逼人，眼中似乎射出一道电。

剃刀金想，就凭自己的身手和速度，看来根本无法逃脱这一场追逐。他于是抖了抖袖子，从里头抓出一把十分顺手的刮胡刀。刮胡刀在裤腿上擦了擦，就在田小七再次凌空跃起时，刀子便朝他准确地甩了出去。

田小七看见一道刺眼的光，在蔚蓝的天空下拉出银白色的线，如同一条狰狞的蛇，笔直朝自己飞来。他提起绣春刀横挡在身前，然后看准白光的方向正要向它狠狠砸去时，却听见身后砰的一声炸响，然后一枚铁弹迅速飞过他身边，只是叮的一声，就正好迎面击中剃刀金的那把刮胡刀。四射的火星溅开，被撞飞的刀子在空中垂头坠落，这时候又一枚铁弹朝剃刀金追赶了过去，不带半点犹豫，即刻就射穿他肩膀。

田小七回头，看见站在身后的正是赵刻心。赵刻心笔直站立在屋顶，目光平静。风吹在她身上，吹得很慢，好像围绕着她不愿意离去。她收起那把能够三连发的掣电铳，此时枪口依旧隐隐冒出一股细小的硝烟。

中弹的剃刀金当即从仁济粮仓的屋顶上滚落，和另外一堆瓦片一起，砸落在晒场上的一堆稻谷里。锋芒毕露的稻谷密密麻麻，盖住剃刀金的眼睛，也扎进他血淋淋的伤口。他实在是跑不动了，也没有心思继续再跑了。他躺在地上，看见阳光细碎而且刺眼，还跟运河水一样不停地摇晃。

田小七和赵刻心落下，一步步朝剃刀金逼近。路上田小七讲，跑得蛮快，我还以为你长了一对翅膀。

剃刀金冷冷地笑了，笑得龇牙咧嘴。他吐出一些钻进嘴里的谷粒，嘴角挂着乱七八糟的口水，这才扭头望向田小七说，做人不要太得意。

田小七把绣春刀轻轻抱在胸前，好像抱得很缠绵，说站起来，我还有很多事情要问你。

剃刀金勉强撑着身子，眼看着就要慢慢站起时，却猛然抽出藏在怀里的一把短刀。田小七无可奈何地笑了，他跨出一步挡在赵刻心身前，继而盯着摇摇晃晃的剃刀金说，你真是死心眼。剃刀金双手握刀，刀尖在摇摆。可是没有人会想到，此时他却一下子转过刀口，照准自己的肚皮，十分凶狠地扎了进去。他笑得有点邪恶，说我提醒过你，做人不能太得意。说完，又按住刀柄往肚皮中猛地推进了一寸，紧接着使劲一绞，又往外一拉，让田小七清楚地看见，他从割开的肚皮里牵扯出来的，是一堆纠缠在一起的油光发亮的肠子。

田小七叹了一口气，把视线缓缓移开，他知道一切已经来不及了。但他心里明白，此时抓在剃刀金手里的，也是一把锋利的黄泉钩。黄泉钩弯月形状的钢钩，很适合剃刀金这种方式的剖腹自残。

土拔枪枪跟刘一刀赶到香积寺时，比田小七晚了一步。两人冲进戏台后的那个院子，看见唐胭脂正靠在一条石凳上，身上和脚下都是血，手里还抓了一把没有甩出去的绣花针。

土拔枪枪说唐胭脂你不要吓我，你到底有没有死？

唐胭脂靠在石凳前一动不动，只有手里的绣花针在闪亮。他的嘴角，还残留着两个秀丽的酒窝。

陈留下来得最晚。

离开刘元霖的府中，陈留下一路奔跑得气喘吁吁，而且还差点跑错了方向。在香积寺附近，陈留下碰见一群花脸的戏子，脸上涂了半边油彩，正纷纷卷起脱下来的戏服。陈留下拦下其中一人，扣住他脖子说，还想逃？那人却妩媚地笑了一下，露出一口整齐的白牙，然后轻轻甩了甩戏服宽大的水袖，让陈留下闻见一股莫名其妙的香味，随即眼前就变成一片色彩斑斓的模糊。

陈留下抱着一颗脑袋跌跌撞撞，很久以后才看清远处有一个空空荡荡的戏台，戏台里头鼓乐声一直在响，但戏台前的看客却都一个个迷迷糊糊地躺在地上。他使劲咬了咬自己的手指，虽然咬出许多血，却一点也没有感觉到痛。后来田小七和赵刻心赶来，两人直接冲去后台，哗的一声就把厚重的帘布给掀开。

帘布后面光线很暗，却一个人影也没有，正在敲锣打鼓的，原来是几只手脚忙碌的猴子。

陈留下站在田小七身后，听见喧闹的鼓乐声突然停了下来。其中一只猴子愣在那里，目光很迷茫，扔下打鼓棒时，又急忙伸手抓了抓毛茸茸的耳朵。

13

薛武林在中午时分给出了答案，那个神秘消失的戏班子叫巾山社。他们是在中元节的前两天来的杭州，当时是从候潮门入城，登记时出具的路引条来自台州府。许多喜欢看戏的百姓也证实，巾山社最近一直在杭州搭台，戏演得不错，有几分功底，特别是武戏。去香积寺之前，他们的确在河坊街唱过戏，也演过两场山雀所说的《雌木兰》。

得知消息后，台州知府急急赶到刘元霖府上，整个人像是淋过了一场霜。在送给刘元霖那座金子打造的袖珍六和塔后，他就等着观看潮水参加庆典。而对于这个所谓的巾山社，他实在讲不出一丁点有用的信息。

更加奇怪的是，香积寺方圆几里范围内，守戍军总旗官伍佰带人寻访了许多市民和店铺，却没人能讲清这个戏班子的最终去向。田小七也再次去了河坊街鲤鱼的家中，还有堕落街 33 号，结果也没发现任何线索。

唐胭脂曾经醒过来一次，他跟刘一刀和土拔枪枪讲，香积寺就那么一点路，你们两个的脚下是不是踩了一只乌龟，怎么会那么慢？这回我要是真的死了，你们会伤心一辈子。

土拔枪枪不想听唐胭脂啰里吧嗦，跟一个女人一样，他只是觉得唐胭脂的那片绣花牡丹真是可惜。他之前让唐胭脂把牡丹送给自己，唐胭脂说了两个字，做梦。可是现在绣花片已经沾上唐胭脂的一团血，好像一下子变成了两朵红牡丹。他摇头埋怨道，胭脂你现在后悔了吧，却发现唐胭脂因为失血过多，已经再次晕厥了过去。

根据唐胭脂刚才醒过来时的回忆，剃刀金之前消失的那片山坡是在西湖的南边，山中有座寺庙，对面有座塔。薛武林判断那是南屏山，唐胭脂所讲的应该是山上的净慈寺和雷峰塔。

伍佰牵出军营里的川东猎犬赛虎和赛豹，两只训练有素的猎犬露出牙齿耷拉着殷红的舌头，把土拨枪枪着实吓了一跳。田小七让猎犬在剃刀金的尸体前闻了一阵，随即松开铁链子，在傍晚到来之前，猎犬带他们赶去了南屏山。

薛武林带人在城中搜寻。一路上，想到失踪的赵士真以及那些孩子，还有神秘兮兮的巾山社，薛武林就忍不住眉头紧锁。一行人查过了百井坊以及祥符桥一带，又马不停蹄地去了庆春门和艮山门。城门前，薛武林对值守的手下训了一番话，要他们打起精神，一旦有什么闪失，那两天以后的中秋节，就别一门心思想着回家了。手下也不怎么把薛武林当千户官，问他那到时候去哪里吃月饼。薛武林就抬头说，你们可以去吃天上的月亮。

薛武林紧接着又去了官巷口。

官巷口位于钱塘和仁和两县的交界处，在杭州人的记忆里，这一带向来是钱塘不管，仁和不收。之所以叫官巷，是因为南宋时的中央文武百官按照官衔高低，在这里由南到北居住。现在官巷口成了繁华的集市，尤其是这里的花市，什么奇花异草都有，红红绿绿的，让许多有钱人趋之若鹜，过来买走整车整车的鲜花和绿植。

薛武林去官巷口，目的是元宝街上的德寿宫，那边的聚远楼里，有一家开在地下的赌馆。德寿宫最早是南宋奸相秦桧的宅邸，里头有灵芝殿、小西湖，以及万寿山。这天薛武林从后门进去，大老远就听见小西湖边的柳树上，几只不睡觉的知了一个劲地聒噪，吵得他心烦。他一脚把门踢开，手下的兵勇当即涌了进去，里头果然是乌烟瘴气，什么奇形怪状的人都有。

薛武林喊了一声，都别动，识相的给我蹲下。赌馆于是跟收闸的洪水一样，渐渐安静了下来。站在几十双眼睛的中间，薛武林一言不发，他掀翻一张赌桌，又跟手下甩了甩头，一场搜索便即刻展开了。

这时候在赌馆西边的一个角落里，有个汗流浃背的男人从烧烤架旁站起。烧烤架里炭火很旺，他原本正在烤知了，烤得整个赌馆香味扑鼻，不知道的人还以为这里是炒菜炒得很好的夜宵馆。

男人名叫郑翘八，据说前段时间刚刚盘下这家赌馆，他抓了一把竹签，竹签上扎着一排金黄的烤知了。他咬住一枚里嫩外焦的知了，竹签往右手边一拉，就把那枚知了吞进了嘴里。然后他嚼着香喷喷的知了说，薛大人今天怎么有空，是不是闻到了我的烤知了？

薛武林说，蹲下！

郑翘八好像没有听见这一句，他从牙缝中抓出一条纤细的知了腿，奇怪它怎么没有烤透。又把知了腿随手涂在墙上，这才扯了扯嘴角慢条斯理着说，这是什么样的朝代，难道连赌钱也犯法吗？薛大人你是不是在演戏？

薛武林横起的刀口即刻就摆在了郑翘八的眼珠子前。他讲，听清楚了，在这个城市，敢跟我顶嘴，就是犯法。我现在就可以把你扔进大牢，让你爹明天带了棺材过去给你收尸！

郑翘八站在原地，闪了闪眉头，他的眉头上有一颗暗红的痣。这时候有个传令兵跑来，凑到薛武林耳边私语了几句，薛武林于是知道，城里刚刚又飞过一群黑压压的蝙蝠。蝙蝠这次是出现在钱塘县的十五奎巷，当场又卷走了一名男孩。

郑翘八再次笑了。他笑呵呵地讲，薛大人既然这么威风，有本事就让杭州城消停一下，少出一些耸人听闻的案子。

薛武林于是一刀削了过去，刀子削过郑翘八的耳边，削断了他的几根头发。

薛武林说，从今天开始，你给我小心一点！不然下次削下来的，就是你的脑袋。

郑翘八说，薛大人，我感觉你心里很乱。

14

深夜子时，狮子街附近的香榧客栈，田小七一个人站在天井里，看见头顶月朗星稀。之前对南屏山的搜索没有进展，两只川东猎犬最终望着夕阳消失的方向，眼里雾蒙蒙的，垂下头仿佛在深深地自责。

田小七提起身子跃上客栈屋顶，声音很轻。他抱着绣春刀，在几枚幽凉的瓦片上坐下，依稀听见客房里刘一刀和土拔枪枪两人的鼾声，也看见八月十三日的最后一点时光，好像天边的流星一般，就那样在眼前一下子划了过去。

来到杭州已经两天。田小七躺在瓦片上，头枕着绣春刀，心里慢慢想起了远在京城的无恙姑娘。夜风不知道是什么时候开始吹拂起，吹动一株瓦楞草，戳在他脸上，感觉很痒。他看着陪伴自己的瓦楞草，在心里讲，无恙，别来无恙？

第三章

万历三十年（1602 年）八月十四日　晴

1

余船海已经从萧山回来。他买来的爆竹和烟花整整装满了一船，上岸后，叫来的三辆马车来回跑了四趟，身上大汗淋漓。此刻他躺进一个滚圆的木桶，一边泡澡一边喝酒。木桶里升腾起白茫茫的水雾，让他想起刚刚走过一遍的钱塘江，昨天如果不是及时把赵士真踢进江里，面对甘左严和那些守戍军，他都不知道结果会怎样。

有惊无险，余船海这么细细地想着，并不知道金彩此时正像一只心怀鬼胎的猫，已经静悄悄地出现在他身后。在用一条湿答答的澡巾将余船海眼睛蒙住之前，金彩已经把自己脱得精光，让每一寸肌肤都在水雾蒙蒙的烛光里光滑地呈现。她像春天里走来的一丛喝饱了水的绿藤，慢慢缠上余船海的脖子，并且十分妖娆地往前生长。此刻她用两片嘴唇攀爬上余船海的耳朵，声音黏糊糊的，说，累不累？

余船海把眼睛闭上，也不想把那条澡巾给掀开。他想体验一回梦乡般的缥缈，却听见金彩的呼吸，类似于夜里涨潮的浪。与此同时，金彩的手指在他身上游走，走得也如同一只步履轻巧的猫，自从出发以后就一步步往下，好像是看准了目标蓄谋已久。这时候余船海觉得该让金彩暂时停下，就突然按住她手腕，声音从喉咙底下传出，说我不在的时候，有没有发生什么事情？

有。金彩扭了扭腰，幅度不大不小，说你不在的时候，发生了许许多多。

什么事情？

你走了以后，人家一直在不停地想你。金彩喘息，声音断断续续，她讲人家想你，从清晨想到黄昏。一直想到，身上都长出了一片草。

余船海慢慢地笑了，笑得有点浑浊。他转身，迫不及待着将金彩抱起，十分潦草地将她扔进了脚下的澡桶里。澡桶溅出水花，余船海已经将金彩按在身下，他还取来木桶边一根燃烧的蜡烛，握在手里。蜡烛很粗，火苗下积存了很多红色的蜡烛油。余船海重新喝了一口酒，这才把红蜡烛稍稍倾斜，好让几滴滚烫的烛油在空中突然坠落，以无比迅猛的姿态，摧枯拉朽般，毫不犹豫地扑向金彩的身子。

金彩颤栗了一下。在那次深深钻入心扉的疼痛里，她呻吟了一声，却感觉余船海已经猛然苏醒，声音即刻变成一条抽打的鞭子，好像是在叫她金彩，也或者是赞叹了一声精彩。金彩的听觉开始模糊，一双眼蒙蒙眬眬，似乎被余船海带进一处水雾迷蒙的芦苇丛中。芦苇丛里，她看见田小七买她酒楼时的一千两银票在风中飞舞，就觉得眼前的世界的确是一片银光闪闪的精彩。

很久以后，余船海终于累了。他仰头，把自己摊开，一双手垂挂在滚圆的木桶边。他喘了一口气，说你明天去给我买一对熊掌。

金彩站在澡桶外，在一截一截地擦身子。很多水珠从她身上掉落，她讲既然有了那么多银子，我宁愿把整头熊给你买下，我让你在冬天里裹上一层厚厚的熊皮。

余船海变得沉默，眯着眼睛望向窗口，窗口有一群正在熟睡中的鸽子。他养了许多鸽子，就像他跟金彩一夜之间生下来的一群孩子。

在金彩离开之前，余船海已经在渐渐冷却的澡桶里想起了一片海，那是比台州还要遥远的海。海潮滚滚，余船海记得许多年前，自己也是这样懒洋洋地躺在一团温热的水里，只不过那时候跪在温泉边的女子，是穿了一件松垮的和服。他现在已经忘记了女子的名字，只记得这个山口家族的女人一边替他挖耳屎，一边给他倒酒，说石田君，听说你要出海了，你什么时候才会回来？余船海那一年二十五，留着青光光的月代头，几乎能够照得见北海道清凉的月光。他把杯里的清酒喝光，声音依旧像一个莽撞的少年，说中国那么好的一个地方，只要你去过了，简直都舍不得回来。除非你把它占为己有。

石田君以后还会记得家乡，并且记得这片温泉吗？

以后我不叫石田君。在中国，一个名叫台州府的地方，所有人都会叫我余船海。

余船海沉浸在漫长的回忆中，感觉过去的岁月并不陈旧，甚至显得更加新鲜，就像汩汩冒出的温泉。这时候窗外突然响起一阵沙哑的尺八声，如同一个虚空的梦境，在暗夜中幽灵一般飘浮。余船海起身，即刻套上衣裳，当窗子推开时，他已经跟随那片尺八声飞跃了出去。

召唤余船海的尺八曲子是叫《虚空》，对此他无比熟悉。事实上，在一个月前某个下雨的夜晚，余船海就已经被这段空灵的《虚空》所唤醒。那次他全身湿透，追随着渐行渐远的尺八声在雨点中飞奔，最终是在净慈寺外的一棵樟树下见到了刚刚坐下来没多久的河野。河野松开按在尺八眼上的手指，声音停住时，头顶的樟树丛中随即飘下一个黑色的人影。

余船海看了对方一眼，说，阿部君。

阿部戴了一顶崭新的斗笠，他的脸比较方正，肤色是黝黑的，胡子刮得很干净。很多雨水从他斗笠上滚落，掉在余船海的脚跟前。阿部说，你的脚力退化了，刚才差不多晚了五个音符的时间。

余船海就看了一眼自己被雨淋湿的肚腩，觉得是该控制食欲了，但是杭州好吃的东西又实在太多。

那天阿部交给余船海几个鸽子笼，里头装了许多鸽子。阿部说我们以后不要再见面，从现在开始，鸽子就是你我之间的信使。

阿部君需要我做什么？余船海说。

你先给我提供一份杭州城的舆图。

然后呢？

以后的事情自然要等到以后才能告诉你。阿部说，难道你忘了我们的规矩？

于是从第二天起，余船海就一连放出了四只鸽子。在每只鸽子的腿上，他都绑了一个圆筒，圆筒里装的，是被他剪开来的杭州城舆图。而就在刚才，余船海也放出了一只鸽子，传出去的情报，是在天空底下画了一条飞翔的鱼。他想借此告诉阿部，买下金彩酒楼的男人很有可能是来自京城的锦衣卫。他认为阿部应该清楚，锦衣卫向来是穿戴一身飞鱼服。当然，阿部收到这份情报时也就自然明白，他已经从萧山回来。

现在余船海跟随河野的尺八声，脚步犹疑着踩进了一个幽暗的地道。地道很漫长，里头渐渐开始出现一些烛光，当烛光变得一片亮堂时，余船海终于见到了站立在那里的阿部。阿部一双手交叉在胸前，他朝余船海笑了笑，往边上让开一步，让余船海看见了坐在他身后的灯盏。

灯盏是阿部的妻子，她是个十分漂亮的女人，你要是只看她的眼睛，就绝对看不出她的内心。昨晚，在自己的马车被拦下之前，余船海并不知道灯盏也已经在杭州。事实上，一个月前，灯盏和阿部这对夫妻及所率部众，是分成两批队伍，从不同的城门先后潜入了杭州城。灯盏这边的人，就是通过候潮门进城的巾山社戏班子。

现在灯盏坐在那片烛光中，她在看拼接在一起的杭州城舆图，看得很仔细。很久以后，她叫了一声余船海的代号，说乌贼，你来杭州是不是已经有五年？

余船海说是的灯盏小姐。但是我每天都会想念一次台州府临海的紫阳街，就像想念咱们北海道的温泉。

你在杭州五年，知不知道这里的地底有这么一条地道？

余船海没有很快回答，想了想说，你们能发现这里，让我很惊奇。

到底知不知道有这么一条地道？灯盏又问了一次。

余船海就说，从来没听人讲过。这里一定很安全。

灯盏笑了，笑得比五年前余船海离开台州府时更加妩媚。她讲乌贼，我们接下去会很忙，你跟那些连骨头也很风骚的女人，一天到晚在床上做的事，就不要太沉迷了。

余船海愣了一下，看着灯盏转过去的背影，说明白。

2

土拔枪枪这天夜里睡得很沉，等到清晨醒来时，他没有见到田小七和刘一刀，客栈里除了正在养伤还没有苏醒过来的唐胭脂，就剩下他一人。他觉得有点寂寞，望着门口的那棵桂花树，心里不由自主开始想起一个人。

昨天跟田小七去南屏山的路上，土拔枪枪后来一个人在西湖边停下。首先是因为那两只川东猎犬，那种眼睛，还有那种牙齿，看得他心里发怵，一阵惊悚。土拔枪枪这辈子什么也不怕，除了狗。以前在京城，他跟田小七去打更，就曾经被一个大户人家的狗追过。那次土拔枪枪魂都吓没了，在嬷嬷马候炮的床上一连躺了三天，嘴里一直胡言乱语。

土拔枪枪停留在西湖边还有另外一个原因，是因为想起了那天在候潮门前被他撕下来的那张黄麻纸。黄麻纸上说有个道士专治身材矮小的男人，能让人一夜之间起码长高一尺。土拔枪枪一直想去会一会这个道士，看看他到底是不是吹牛。他后来登上了西湖里的一艘花舫，花舫的编号是三号。船游去湖中间的时候，他就开始跟人打听，那个挺神奇的道士是在哪里？但是很多游客都唯恐避土拔枪枪不及，让他走远点，再走远一点。后来有一帮油头粉面的公子哥，正搂着几个叽叽喳喳吵得跟麻雀一样的歌伎，在津津有味地阅读手抄本的《金瓶梅》。他们一个个看得面红耳赤心跳加速，巴不得自己马上摇身一变变成西门庆。其中一人看见土拨枪枪走来时，就说三寸丁你怎么会在这里，你不是应该去卖炊饼吗？然后你家的潘金莲，就一天到晚想男人，想得眼睛发绿。说完那帮人都放肆地笑了，笑得就跟西湖是他们家买下来似的。土拨枪枪也跟着笑了一下，说你们认不认识一个很厉害的道士，就在这艘船上，我找他有事。然后他就掏出怀里的那张黄麻纸，指着那个写成筷子一样瘦长的“矮”字，给那帮公子哥看。

几个公子哥一下子把眼泪都给笑出来了。他们说三寸丁，你有没有看清楚，你找的这个牛鼻子道士不是在西湖船三号，而是在西湖船巷子的三号。巷子，巷子啊，这两个字你是不认识呢还是不认识，或者你完全就是一个瞎子？哈哈哈哈。

土拨枪枪抓了抓脑袋，讲了声，哦。但是那帮公子哥还是不停地笑，好像是要把自己给活活地笑死。土拨枪枪就说你们几个别再笑了，我知道你们讲的三寸丁是《金瓶梅》里的武大郎，人长得跟我一样矮，每天挑着担子上街卖炊饼。但我不是武大郎，我也不会娶潘金莲那样的骚货。我叫土拨枪枪。所以你们别笑了，你们再笑我就不高兴了。

土拨？还枪枪？公子哥睁大了眼睛，像一只蓄势待发准备打鸣的公鸡，说你是什么枪？难道是金枪不倒的枪？

土拨枪枪叹了一口气，他讲你们几个真是让我看不懂。我都已经口头警告过你们一次，你们还要这样取笑我。实话跟你们讲，我是来杭州办案的，我这几天心情不怎么好。

几个公子哥终于把自己给笑趴下了，他们觉得人生所有的惊喜和快乐也莫过于此，眼前这个长成一卷包心菜一样的丑八怪，居然还说自己是来杭州办案的。

土拨枪枪忍无可忍，走上去一脚就把其中一个笑得最没谱的公子哥给踢飞，然后又把他从船板上拎起，一把就甩进了湖里。西湖水溅起一大堆水花，好像连湖面上的夕阳也被砸碎了。土拔枪枪然后拍了拍手，回头看着剩下的那些人说，你们几个，怎么都不笑了？有本事再笑一个给我看看啊。

那天花舫上一下子就闹翻了，许多人围着土拔枪枪，朝他乒乒乓乓砸过去很多水果碟和杯子，当然还有扫把和凳子。土拔枪枪都懒得理他们，他让船家赶紧把船靠岸，他还有很重要的案子要办。这时候船上一个端水送茶送糕点的使女就一把在他眼前跪下，她讲客官求求你，你千万不能就这么走了，船上砸坏了这么多东西，我一个弱女子一辈子赔不起。她又看着浮沉在湖里噼里啪啦游水的公子哥，哀求说你要是就这么走了，这帮人也不会放过我们这条船。

女子抱着土拔枪枪的腿，让土拔枪枪一下子心就软了。他看见女子的一只眼睛是瞎的，而且那半边脸也长得歪歪斜斜，一看就是平常受尽欺负心里很苦。

土拔枪枪说没事，需要多少银子我赔。但是他刚讲完，女子就忍不住哭了，哭得很伤心，好像在哭她这辈子凄惨的命运。土拔枪枪把她扶起，说你叫什么名字？

女子擦了一把泪，告诉土拔枪枪自己叫杨梅。酸杨梅的杨梅。

土拔枪枪就说杨梅妹妹，以后你的事情就是我的事情。在杭州，咱们两个相对来说都长得比较丑，但是从今往后，只要我在杭州，就没人敢动你一根手指头。

现在土拔枪枪在客栈桂花树下喝了一口陈年的绿茶，觉得口感有点苦涩，味道也太浓。但他却突然发现，桂花树旁另外一棵叶片翠绿的树，好像就是杨梅树。夏天已经过去，树上找不出一颗酸杨梅，但是土拔枪枪这么想着的时候，内心里还是扑通一声跳了一下。他被自己惊吓到了，心想难道这就是传说中那种名叫缘分的东西？也或者，还有一种说法，是上天冥冥之中的注定？

土拔枪枪晃了晃脑袋，跟自己说不行，这事情也太离谱了，会被唐胭脂笑死的。唐胭脂那人很讨厌，铁定会说他思春，还会说他光天化日下发情。但是土拔枪枪心不在焉着再次喝了一口陈年绿茶时，转念一想，唐胭脂又算什么东西？那个一天到晚说话娘娘腔的男人，他其实根本就不懂得什么叫爱情。

想到了爱情这两个字，土拔枪枪的脸一下子就发烫了，就连脖子也红了，好像此刻的脸上脖子上正奔跑着一只欢快的蚂蚁，有点痒。然后他看着头顶紧挨在一起的两朵桂花。桂花很安静，也很淡定，似乎在交头接耳窃窃私语，正生活在与他人无关的两人世界里，让人止不住想起纯洁又芬芳的感情。

土拔枪枪在心里犹豫了很久，在一阵惊慌失措的忐忐忑忑中，他最后终于决定，如果可以，为什么不投入一场轰轰烈烈的爱情？至于赵士真失踪的那件案情，他觉得可以先放在一边的，暂时让田小七和刘一刀他们两个人去忙吧。再说了，他昨天也答应过杨梅，方便的时候，他会过去她家里看她一回。毕竟，杨梅已经叫过他一次哥哥。

土拔枪枪把杯子放下，看见天空碧蓝，头顶的杨梅树上，正趴着一只深思熟虑的树蛙。

3

此刻田小七和刘一刀正在杭州府的档案库房里。

站在一堆不同年代的杭州城舆图和地下构造图前，田小七看见飘飞在阳光光影中的一团细密的灰尘，也闻到一股年代久远的发霉的味道。在这种发霉的气息中，田小七打了一个响亮的喷嚏，并想起昨天夜里在客栈的屋顶，他一直在考虑的巾山社戏班子的无端消失，到底会是怎样的一个谜团。仰望着深邃得像海底一样的夜空，他想那帮人既然上不了天，难道竟然还是入了地？早上去刘元霖府中，他提出要看一下地形档案，刘元霖就问他，你果真是要把杭州城给开膛剖肚地挖开？田小七就跟他讲，巡抚大人或许还不知道，在加入锦衣卫之前，我田某人曾经是闻名京城的鬼脚遁师。那几年我们兄弟几个收了人家的银两，帮人家去诏狱里劫狱，就是通过一次次的挖地道。

刘元霖说我这里没有诏狱，但你要是真的能挖出一个赵士真，多少银子我都愿意给。浙江不缺钱，缺的就是能干事的人。听到刘元霖这样说，田小七心里就涌起一连串的冷笑，他想，浙江既然不缺钱，那你为什么还欠了钱塘火器局那么多钱？

除了档案库房里的几个文吏，刘元霖后来还给田小七找来仁和县一个风烛残年的里长。里长一双腿已经像一堆破败的稻草，根本不能走路了，是靠在一张躺椅上让人用两条竹竿给抬来的。远远地，田小七站在库房门口，听见里长接连不断的咳嗽，那张躺椅在竹竿间咯吱咯吱不停地摇晃。他有一种感觉，担心里长大人就要被自己喘不过来的一口气给憋死。

所有的档案堆在一起，几乎有半人那么高。档案有唐朝的，也有宋朝的，特别是南宋时期由于杭州城作为当时的都城，卷宗尤其繁杂和详细。接下去摆在另外一边的，自然就是当下大明王朝时期的档案。刘一刀问田小七，怎么办？田小七说，我们一边看，一边听他们慢慢讲故事。

几个文吏挤到田小七跟前，在他开始翻阅档案的时候，七嘴八舌地讲起杭州城区布局的逐年延伸和地理变迁。田小七只是听了几句，就摇头说，我不要听最近几十年的，这些情况很多人都知道，并不隐秘。我想听的，是杭州城几乎已经失传的故事，而且主要是跟地底下有关的故事。这时候，田小七正好翻阅到了有关相国井历史的部分。他记得，自己第一天下午到达杭州时，就是在相国井里喝了一桶水，并且洗了一回绣春刀。

因为靠海，杭州的地下水向来很咸，井水不能饮用。唐代李泌任杭州刺史时，发动民工从涌金门至钱塘门，深挖宽广的地下沟渠，沿路分置水闸，又在百姓聚居处建造大型水池及水井，将西湖水源源不断地引入城内。其中一个文吏说，当时杭州建造的六口井池，分别是相国井、西井、金牛池、方井、小方井和白龟池。后来由于杭州地下水质变好，许多水闸予以关闭，相应的井池也荒废，就只留下了相国井和西井。

唐代的沟渠，到现在还留着？田小七说。

要是不留着，那相国井能有水吗？年迈的里长这时候终于开口。此前他一直在打瞌睡，咳嗽让他很疲倦。

这么看来，除了相国井和西井，当初引水至金牛池和白龟池等处的沟渠，或许也还保留着。田小七又接着说，毕竟是在地底下，没人会去特意损毁它们。

几个文吏你看看我，我看看你，最终谁也不敢轻易开口。田小七于是说，里长大人，你觉得呢？

里长又是一阵绵长的咳嗽，声音震耳欲聋，最终咳出一口痰，又把它吞了回去。靠在自己家那张久经风霜的躺椅上，他噘起两片嘴巴讲，年轻人，我带你去。

去哪里？田小七问。

去我家。我家的地窖里，运气好一点，可能就能挖到以前通往白龟池的沟渠。

沟渠有多宽？

反正我六岁那年，牵进去过一匹马，我还在里面待了整整一个夏天。里长露出仅有的两颗黄牙，说我都不想告诉你，里面真的很凉快。

田小七笑了，他跟刘一刀讲，我们找对人了。

4

陈留下一个猛子扎入钱塘江江底，血红着一双眼睛，巴不得能看清江水中的一切。江水流淌，有许多沉闷的声音冲撞他耳朵，陈留下想把自己埋在水底大哭一场。

刚才在家里，河坊街驼背的刘裁缝急匆匆过来找陈留下。刘裁缝手提一件破破烂烂的衣裳，衣裳还在滴水。他气喘吁吁，一句话也讲不出口，只是把那件衣裳高举到陈留下眼前。陈留下愣了一下，很快就明白了，急忙问他哪里捡来的？刘裁缝比他还慌，抓起杯子赶紧喝了一口水，这才说钱塘江。你以前炸鱼的地方。话音未落，陈留下像一只被点着了的炮仗一样冲了出去，让刘裁缝看见院子里一群像老鹰一样飞起来的母鸡，以及张开了翅膀拼命想逃亡的两只大白鹅。

陈留下不会忘记那件衣裳。那是去年端午节，自己带刘裁缝去火器局里给赵士真量身定做的。那次他一定要让刘裁缝在新衣裳的胸前缝一个很宽敞的口袋，他讲我岳父很忙的，手上一天到晚抓着一把设计图纸和七七八八的小零件，有了这只口袋，以后他的手就不会不够用了。刘裁缝听完，沉着冷静地把量衣尺放下，拱着脊背斜眼望着赵士真讲，你是怎么看上这个女婿的？我以后不会再叫他丧尽天良了。

现在钱塘江里的陈留下一次次冲出水面，只是抬头换了一口气，就再一次沉入了江底。他很清楚，赵士真被劫走的那天，穿在身上的就是那件缝了大口袋的粗布衣裳。江水在眼里自得其乐地晃荡，陈留下的整个身子也在轻飘飘地晃荡。他想努力看见什么，又很担心会看见什么。直到后来，他感觉自己整个身体已经被掏空，浮在水里仿佛就要被钱塘江给一起带走。

中午就要来临的时候，陈留下一个人坐在岸边，呆呆地望着那些江水，想起的许多往事都让他伤心不已。那年他从火器局偷火药来这片水域炸鱼，捞起来的鱼装满了一只鱼篓，他把许多鱼送给赵士真，让他每天熬夜时可以炖鱼汤喝。赵士真起初很开心，到了后来却愁眉苦脸，他望着木盆里那些重新游动起来的鱼，想不通自己潜心研制的火药竟然只能把这些小鱼小虾给炸晕。陈留下眉头一皱，如有神助，即刻看穿他心思，说老兄你这火雷在水里引爆有问题，我都没有炸出一条像样的鱼。

那你说该怎么办？赵士真捻着自己的胡须。

我觉得你该考虑考虑，要有这样一种魄力，让火药在水底炸开，轰的一声，威力十分了得，可以炸翻倭寇的一条船。所以它就叫水雷。陈留下一口气讲完，看见赵士真在草稿纸上兴奋地写了两个字：水雷。赵士真盯着他，说陈留下，我突然想问你一个问题。

什么事？你讲。陈留下说。

你跟火器局有缘，你愿不愿意做我的女婿？

陈留下蒙住了，以为自己刚才讲的辽阔的知识面打击到了赵士真，让他伤心欲绝变成了一个自卑的傻瓜。他说老兄你开什么玩笑，就为了偷你这些炸鱼的火药，赵刻心刚才追我追了两条街，追得我命都快跑丢了。难道她会愿意嫁给我？

别急。赵士真捻着胡须深思熟虑了一阵，说你给我一点时间，让我好好想想，以后该怎么帮你。

陈留下坐在岸边想起了这些，许多忍了很久的眼泪终于稀里哗啦全都流淌了出来。他抱住脑袋遮住自己的一双眼，心想从今往后，杭州已经没有赵士真了。也就是说，他的岳父已经不在了。

5

田小七此时并不知道陈留下这边的情况。在仁和县那个里长家的地窖中，凭着多年挖地道教人越狱的经验，他只是稍微敲了敲身边的土层，就循着一阵空洞的声音找出了一个准确的方向。土层挖开，之前通往白龟池的地下沟渠通道便十分完整地呈现在他眼前。

田小七冲了进去，里头果然十分宽敞，但是眼前一片漆黑，只能听见头顶水滴掉落的声音。刘一刀递给他一个火把，他站在原地不动，很久以后，依旧看见火苗朝偏东北的方向倾斜，说明地道是通的，有一阵风从西南方向吹来。田小七开始奔跑，耳边灌满风的声音。他感觉地道是那样的漫长，仿佛是要带他进入遥远的唐朝。路上他惊动到一群蝙蝠，蝙蝠体型硕大，张开的翅膀如同一把扇子。他还见到脚下许多积水的水洼，水里隐约游着一些色彩斑斓的鱼。

现在田小七闻见一股蜡烛燃烧过后的气息，那种烛芯烧焦的味道，告诉他蜡烛的火苗应该是刚刚熄灭。他朝着蜡烛的方向奔去，又很快见到一小片微弱的白光。白光原本在密闭的空间里一动不动，等到他的脚步临近时，才在火把的照耀下稍微抖了抖，好像是要在整条地道里撑开一个微小的窗口。

刘一刀将那排蜡烛重新点燃。田小七发现一直在地上发光的，原来是一枚浑圆的白瓷片。他将白瓷片捡起，足足愣了很长一段时间，眼里看见的是两天前自己到达杭州城的当天下午，那个名叫刘四宝的男孩，在相国井前就是举着这样一枚瓷片，聚集起清湖河的阳光向他不停地照射。

田小七站在地道中，感觉是站在一场深刻的梦里。很久以后，他推开刘一刀，身子迅速蹲了下去。这让刘一刀也同时发现，刚才就在自己的脚边，一堆熄灭的篝火旁，有一排黑色的他从来都没见过的符号。符号是用烧焦的木条画的，画得很凌乱，从左排到右，密密匝匝地拥挤在一起。

刘一刀说，这是什么？怨鬼画的符吗？

田小七说，你不用知道。我哪怕是讲了，你也不会懂。

赵刻心赶到刘元霖府上时，看见田小七已经坐在客堂中央。田小七站起身来，说，你父亲的确还在城里，他刚才就在一条废弃的地道中。可惜我们还是晚了一步，倭寇带着他刚刚离去。

你凭什么这么肯定?

地道里有你父亲留下的那行数字，142857，写在泥地上字迹还很新鲜。田小七说，你懂的。你父亲依旧是通过这样一种别人无法参透的方式来告诉你，他刚刚还在，他还活着。

赵刻心的眼眶顷刻之间有点湿润，她把视线从田小七的脸上移开，觉得客堂里阳光很亮，自己的手上竟然全都是汗。此刻，她也不得不再次想起父亲讲过的那句：大食人的数字，记住它们，一定能派上用场。

陈留下在此之前也已经冲了进来，他整个人像是刚刚从水里捞起，每走一步都在地上留下一摊湿答答的水迹。他一开始战战兢兢，希望田小七不是异想天开，可是听完了田小七的解释，他就突然鼻子一酸，忍不住再次落下一行模糊的泪。他打了一个喷嚏，然后偷偷把那些黏糊糊的泪水抹去，这才笑眯眯着跟赵刻心讲，我刚才去钱塘江抓鱼了，我想等你父亲回来后，给他熬一些鱼汤喝。可是江水里那么多泥沙，扎得我眼睛好痛。

赵刻心似乎被他逗笑了，她讲，你下次熬鱼汤，要记得放点葱，也要切两片姜，不然就是一股泥腥味。

田小七一直握着那枚瓷片，反射出的阳光在客堂里一闪一闪的，闪得刘元霖头晕目眩。刘元霖说你讲的没错，昨天夜里，钱塘县又被蝙蝠卷走了一名男孩。男孩的名字就叫刘四宝，家住十五奎巷。

田小七坐在那张用花梨木精心打造出的椅子上，很长时间不想说一句话。阳光静静地飘浮在他眼里，呈现出一种类似于虚幻的背景。他似乎看见两天前的刘四宝，正在相国井前喜不自胜地问他，水是不是很甜？你是谁？我怎么不认识你。

6

赵士真的确还活着。地道里的数字也是他留下的。

那天被余船海踢进钱塘江时，赵士真以为这辈子就要永远地沉在了江底，那么他见到这个世界的最后一眼，就是远处守戍军船上举在甘左严手里的火把。他一直往下沉，奇怪整个脑子怎么会越来越清爽，似乎有一种要在水里重生的感觉。但是没过多久，下水的黄山鱼和扇贝就朝他游了过来，两人一左一右将他拽住，想要把他托举出水面。赵士真那时也不想活了，努力将他们推开，直到两人死死抓住他袖子，将那件衣裳哗的一声撕扯开，最终才挟持着他浮出水面。此时赵士真嘴里依旧塞着一团布巾，身上却只剩下了一件短褂，他看见自己离甘左严的那艘船越来越远，然后天光也慢慢亮了起来。天光照见他漂浮在江水中的破衣裳，一路孤独地往下游漂去。

后来赵士真被送进了一条地道。这样一个秋天的清晨，地道里有点阴冷，他身上只剩下一件湿答答的短褂，于是就忍不住发抖。有人过来给他点了一堆火，赵士真靠近那团火，隐隐听见远处有人在商量着什么，其中一个女人的声音，他相信就是之前的那个灯盏，一盏油灯的灯盏。

赵士真后来睡着了，睡得很沉，反正在地道里也分不清是白天还是黄昏。其间有一次，他曾经被吵醒，迷迷糊糊睁开眼时，看见有个男孩被带了进来。男孩梗着脖子，一双眼里燃烧着愤恨和倔强，手上抓了一枚浑圆的瓷片。他被那帮人推到赵士真跟前时，滚落在地上，啃了一嘴泥。

地道里重新变得死亡一样安静，赵士真问男孩，你叫什么名字？男孩说，我叫刘四宝。

你怕吗？赵士真说。

怕个球。我爹早晚会来救我，也会杀了这帮倭寇。

你爹是谁？

十五奎巷的刘天壮。上天入地，胆比人壮的刘天壮。刘四宝说，你不认识我爹吗？我爹去过朝鲜，壬申年冬天，杀了好多倭寇。

他们为什么抓你？赵士真看着刘四宝的一双眼。

鬼才知道。总之你别怕，我爹会来救我，也会杀了这帮倭寇。刘四宝擦去嘴边的一团泥，手上沾着一些血，又说我认得你，你是火器局的赵总领。我爹说你造火铳也造火雷，那些倭寇都怕你，所以才绑架了你。

赵士真笑了，说原来我有这么大的名气。

也不知道过了多久，赵士真听见灯盏的那批手下有点慌乱，他还听见远处传来一阵脚步声，奔跑得十分迅速，甚至惊动起了挂在他头顶的几只蝙蝠。这时候刘四宝双眼放光，对他说镇定一点，不用慌，可能是我威风凛凛的爹来了。

在那排摇晃的烛光里，灯盏随即现出了人影。她抓着那把剑，仔细聆听了一下那阵脚步的回音，目光从赵士真和刘四宝两人身上飘过，随即跟手下说，灭了蜡烛，带上他们两个，撤！

黄山鱼和扇贝去寻找之前用过的麻袋，赵士真这时候迟疑了一下，匆忙间抓起火堆旁的一根木条，在地上草草写下了一行数字。他跟刘四宝说，别怕，不会有事的。

又过了一段时间，经过一场长久的颠簸，当罩住他的麻袋口子解开，赵士真迷迷糊糊地钻出脑袋时，发现自己已经被转移到了一个山洞里。山洞异常宽阔，可以说别有一番洞天，里头盛开着更加明亮的烛火，排列得密密麻麻，也聚集了数量众多的倭寇。在那些略显潮湿的岩壁下，是整整两排井然有序的床铺，床头都挂了一把样子相同的军刀。赵士真一下子觉得，这更像是一个戒备森严的军营。

刘四宝也从一个解开的麻袋中爬了出来。黄山鱼将他身上的绳子松绑，刘四宝就一口咬住他手掌，似乎就要咬下他的一块肉。扇贝于是一脚将他踢开，这让他的身子飞出去很远。刘四宝起身，嘴上又是一团泥。他吼叫了一声，声音十分愤怒，说瓷片，我的瓷片丢了，你们把它还给我。

这时候赵士真放眼望去，就在刘四宝身后的角落，蹲着一批高高低低的孩子。孩子们目光茫然，脸上脏兮兮的，有几个还在嘤嘤哭泣，纷纷吵着说回去，我要回去。

赵士真终于明白，原来这么多天，城里那些一再失踪的男孩，全都被关在了这里。

他想，这到底是一场什么样的阴谋？这里又是什么地方？

7

时辰进入下午，就在未初时分，赵刻心出现在西湖边。

赵刻心坐在一截车厢前，赶着一匹全身褐色的马，看似慵懒的目光时不时望一眼前方。此时的西湖看上去也很慵懒，水面上行走着许多船，走得特别慢，慢得像静止一样。透过那些垂及湖面的柳树枝条，赵刻心看见湖水很婀娜，断桥上有很多鸟飞过，在波光粼粼的水面上留下一排翅膀的影子，仿佛这是一个被人画出来的秋天的下午。

四五个月前，巡抚刘元霖给赵刻心安排了一辆计里鼓车，还给了她一匹马，让她给杭州城重新绘制一份舆图。那天是一个阴沉的天气，头顶的乌云仿佛随时会一不小心掉下来。刘元霖就站在府衙的天井里，他怀里那只名叫乐乐的蟋蟀正在午睡。其实刘元霖一直在等着乐乐醒来，他觉得很会作的乐乐，成了他生命中不可或缺的一部分。在他疲惫目光的笼罩下，赵刻心正含情脉脉地抚摸着那匹马。刘元霖干咳了一声，他始终觉得，能够配得上当下一派祥和的杭州城的舆图，一定要绘制得十分精细，精细到能看见每一条街道默默转弯的样子，那么这项工程只有赵刻心是最适合的。于是他十分认真地说，这是一个重要的任务。

赵刻心仿佛没有听清刘元霖说了什么，她只是在心里想好了如何给这匹褐色的马取个响当当的名字。该叫它核桃，赵刻心想。它不仅有临安山核桃的颜色，更有跟核桃一样硬朗的身姿。这时候赵刻心脸上就挂满了无数笑容，她说核桃，尽管你确实是巡抚派来的，但我认为你是上天派来的。

刘元霖愣了一下，说什么乱七八糟的。你有没有听清楚，我在跟你讲舆图。

此刻赵刻心就让核桃拉着那辆计里鼓车，不紧不慢地行走在西湖边。计里鼓车是用来测算距离的，车轮每走出一里地，安装在车厢上的木头人就敲动一声皮鼓，等到走出了十里地，木头人又敲响一回铃铛。赵刻心就是通过这样的方式，不仅跟随摇摆的指南针一步步画下往前延伸的线条，还同时记录下每一次测量出的距离数据。由此，她所绘制出的舆图才会有准确的外形轮廓和令人信服的长短比例。

核桃这天下午跑得有点别扭，因为身边多出了一只跳来跳去的猴子。那只山猴子估计从没来过杭州，没见过热闹的街景，更没见过眼前碧波万里的西湖。猴子一次次小心翼翼着踩到核桃的背上，抓耳挠腮地看一回陌生的西湖，又莫名其妙地跳回车厢里。

刘一刀和土拔枪枪远远地跟着计里鼓车，两人走一段停一段，满脸的无所事事，一边看人一边看风景。土拔枪枪在吃花生，他口袋里装满了壳子被染红的花生，剥一颗吃一颗，吃得很豪爽，心里也有点得意。他上午去过了杨梅的家里，带过去一盒芝麻糖的月饼。杨梅没想到土拔枪枪真的会来看她，她坐立不安，说土拔，又说枪枪哥哥，我去给你倒水。土拔枪枪把月饼放下，说刚买的，你尝尝看合不合你的口味。我答应过要来看你，所以，所以正好路过。说完，他看着杨梅，又突然讲，你不是要去给我倒水吗？

杨梅倒水倒了很长时间，土拔枪枪坐在一条高高的椅子上，脑袋转来转去，把整间屋子都看了个遍。后来实在没什么东西好看了，他就晃荡起挂在椅子上的那双短腿，眼睛看着自己的鞋，心想杨梅是不是倒水倒睡着了。结果等到杨梅再次出现在他眼前时，手里却端着一碗刚刚冲泡好的西湖藕粉。杨梅说你上火了，嘴角上长了血泡，西湖藕粉是清凉的，可以帮你去火。

土拔枪枪看着热腾腾的藕粉，细腻柔滑，浓稠适宜，在透明的碗里飘荡起南方湖藕清爽的芳香，一时之间都不知道该怎么接过那个碗。他从椅子上跳下，摸了摸嘴角，的确是有一团血泡，就说杭州的葱包烩看来以后要少吃，缺点是容易上火。

现在刘一刀看着专心致志吃花生的土拔枪枪，好像已经一个人吃得心花怒放。他讲这东西有那么好吃吗？土拔枪枪就笑了，瞥了他一眼说，你不懂。你晓得这是什么吗？这是花生，很贵的，一般人见都没见过。

刘一刀说，很香？

土拨枪枪第一时间点头，还说男人吃了补血。

土拨枪枪不会告诉刘一刀，中午杨梅留他在家里吃了一顿便饭。杨梅炒了几个菜，味道还算不错，清淡是清淡了点，不过他们杭州人喜欢在炒菜的时候放一点糖。这还不算什么，关键是杨梅后来去隔壁的街上买了一堆晒干的花生，还把那些花生染成红色，她讲吃红花生补血，也辟邪。土拨枪枪说我一点也不信邪。杨梅就讲，你打人下手太重，担心人家记仇。

土拨枪枪于是收下了那堆红花生。

两个人现在跟随计里鼓车走到柳浪闻莺，眼前便被一幕叽叽喳喳的绿色所吞没。土拨枪枪吃着花生睁大了眼睛望去，看见整个西湖都是碧绿的，绿得一塌糊涂。湖边的杉树丛笔直插向空中，树梢上挂了许多断线的风筝。岸边有人在洗脚，有人跟他隔开一段距离对着湖水深情地背诗，湖里也有个富家小姐在钓鱼。富家小姐的鱼竿挑起在船上，有两根，身后的丫鬟给她撑起一把遮阳的伞，伞面是丝绸的。她怀里还抱着一条很富贵的狗，狗正在午睡，她正在给睡着的狗扇扇子。

土拨枪枪扔掉一把花生壳，说他妈的，原来还有这种样子的西湖。

刘一刀的目光却在这时候突然拧紧。他看见骑在核桃背上的猴子嘶叫了几声，样子很焦急。他随着猴子水汪汪的眼神望去，望见人群中一名神色慌张的男人，站在路边进退两难，那人极力想躲开猴子的目光，却让上蹿下跳的猴子变得更加暴躁，声音也叫得凄厉。

刘一刀慢慢走了过去。看见男人低下头，走到一个巷口即刻就要拐弯，这时候赵刻心松开之前牵住猴子的链子，猴子便嗖的一声，不顾一切地蹿了出去。土拔枪枪看见猴子的四肢在空中展开，像一只冲刺的老鹰，落地后又再次跳起，最终稳稳地落在那个男人的肩头。

男人叫松吉，他眼中掠过一丝黯淡和忧郁，盯着朝自己奔来的刘一刀时，反手抓起猴子的一条腿，抡起它狠狠地砸落到地上。猴子一瞬间脑浆迸裂，松吉将尸体扔下，抽出缠绕在腰间的一把剑，挑起糊成一团的猴脑浆就像挑起一块嫩豆腐，直接就送进去了嘴里。

刘一刀在呛啷声中拔刀，说，你逃不走了。但是松吉的剑此时已经朝他刺了过来。那把剑在空中晃晃荡荡，抖得像一团面条，让土拔枪枪听见一阵嘤嘤嗡嗡的声音。

田小七就是在这时候赶到，事实上这天下午，他一直藏身在刘一刀和土拔枪枪身后的不远处，紧盯着计里鼓车这边的动静。他从空中飘落，甚至都没有抽出绣春刀，只是用刀鞘凌空砸下，便将松吉的剑砸落在了地上。

田小七说，带回去。

这天的后来，薛武林在守成军军营的澡堂旁，给田小七安排了一间临时审讯室。审讯室外，陈留下围着土拔枪枪，听他讲下午在西湖边刚刚发生的惊险一幕。

土拔枪枪说丧尽天良你知道的，这只猴子是我们昨天从香积寺那边，巾山社戏班子的后台里带回来的。猴子很通人性，它以前在戏班子里估计跟松吉很熟，所以冷不丁再次见到抛下它的松吉时，就跟见到久别重逢的亲爹一样，当然就要不顾一切扑上去了。

陈留下觉得田小七的确厉害，竟然能想到用这样的方式去寻找巾山社消失的倭寇。土拔枪枪摆了摆手，剥了一颗花生扔进嘴里，说还好吧，这个办法其实我也曾经想过。只不过我这几天比较忙。

你在忙什么？陈留下问。

土拔枪枪于是看着手里的花生壳，将它们在手掌间摆摆端正，然后眨了眨眼睛说，这件事情我暂时不能告诉你。因为它关系到我以后的人生。

陈留下有点被镇住了，他一下子觉得，站在眼前的土拔枪枪，好像也是蛮高深的一个人。他问土拔枪枪你这花生哪里买的，杭州城很难见到。土拔枪枪就把头转了过去，说以后吧，以后等我的人生鸟语花香花好月圆，我说不定会告诉你。

8

守戍军军营的审讯室里，松吉盯着田小七，昂起脖子像一只倔强的驴。

我认得你，田小七说，就在前天夜里，在堕落街的喜鹊酒馆。

我经常去酒馆，堕落街去得最多。松吉说，去酒馆犯法？

那天你们总共四个人，每人点了一盅笋干炖老鸭，那时候我就知道，你裤带里藏了一把剑。田小七举着松吉的那把剑，看它在空中一抖一抖的，说剑不错，手艺相当好。当然你脑子也算灵敏，那天转眼就从酒馆的后门溜走了。

松吉笑了，他问田小七，身上带剑是犯了哪条王法？还有，你抓我过来，难道是因为那只脏不拉叽讨人嫌的猴子？我砸死它，我喜欢吃猴脑，怎么了？

田小七轻轻皱了一下眉头，他讲我又没提那只猴子，你何必这么猴急？然后他继续看着手里的剑，目光在细细的剑刃上一点点滑过，十分深情。

薛武林坐在一旁，觉得这样审讯下去不会有什么结果，还不如直接上刑。可他突然看见田小七只是甩了甩剑柄，笔直送出去的剑身却已经割开了松吉的裤腰，让松吉的整条裤子都唰的一声在大腿间滑落。

在场的陈留下在许多年以后依然记得，那天松吉的裤子掉落时，所有人都看见，捆绑在他裤子里头扎成一团的，竟然是一堆上下缠绕的兜裆布。那时候有一阵风从窗口钻进来，吹在松吉欢欣的大腿上，以及露出一半的白花花的屁股上，让松吉不由自主地抖动了一下。

你是不是有点冷？田小七说。但是我看一下你的裤裆里头也并不犯法。我就想问你一句，你怎么有这样的爱好，喜欢穿日本人的兜裆布，难道你的确跟那只猴子混得很熟，你就是巾山社的倭寇？

松吉把裤子提起，坐在椅子上说，你还知道什么？都讲来我听听。

田小七倒了一杯水，在松吉对面坐下，他吹了吹水杯，却没有往下喝水。

我想再跟你聊一聊喜鹊酒馆，说说那里的哑巴掌柜。田小七说。

薛武林接下去听田小七十分平静地讲起了一个故事，故事中，松吉以前有次在喜鹊酒馆吃宵夜，不小心说漏嘴，讲了一个什么隐秘的计划，碰巧被掌柜听见了，松吉于是就在酒里撒了一通药粉，并且逼着掌柜喝下。结果，掌柜第二天就成了个哑巴。但是松吉听完故事却笑了，笑得满不在乎，他跟田小七说，这些都是哑巴亲口告诉你的？你还能继续往下编吗？田小七就把门打开，让松吉看见走进来的就是哑巴掌柜，他身后还跟了个七八岁的男孩。

你可能没有想到，田小七说，哑巴掌柜还有这么一个儿子。因为担心被城里层出不穷的蝙蝠给劫走，最近他一到夜里就躲到了阁楼上，从不敢现身。但也就是这么一个胆战心惊的小孩，跟我讲出了你的秘密。据我所知，你们那个隐秘的计划，是叫破竹令。

松吉盯着哑巴的儿子，看见他紧紧抓住哑巴的衣角，萧瑟着往后退缩，直到把整张脸都完全藏起。

告诉我，什么是破竹令？火器局总领赵士真，又是被你们藏去了哪里？田小七说。

松吉把眼睛闭上，整个人略微塌陷在椅子里，他张嘴，说，我为什么要告诉你？你以为你能赢？

我猜你很快就会告诉我的。田小七笑眯眯着靠在椅背上，扭头看一眼窗外。窗外的月亮好像挂得很低。有人在叫卖砂糖冰雪茉莉花茶，以及绿豆甘草凉汤。

土拔枪枪走去桌前，圆滚滚的脑袋刚好露出在桌面以上。他举手敲了敲桌板，又踢了一脚松吉，说挂尿布的，别睡了，醒一醒。

松吉慢吞吞把眼睛睁开，看见土拨枪枪抓着一把剪刀，正在认真地剪指甲，不知道的人还以为他在进行一场细致的民间剪纸活动。土拨枪枪背靠着桌腿，说你知不知道什么叫凌迟，凌迟总共要在犯人身上割几刀？

松吉说，你人长得这么高，肯定能扛得动一把刀。

土拨枪枪眼睛黯淡了一下，随即把剪下来的几片指甲集中在一块，然后又推到松吉眼前，在桌面上摆摆整齐。他说我来跟你解释一下，凌迟一共要割三千三百五十七刀，每一刀割下来的肉片，都跟我这些透明的指甲一样，又细又薄。所以你先好好想一下，然后就抓紧把心里知道的事情统统跟我哥田小七讲。

松吉说我已经想好了。说完他把头侧过来，尽量离土拨枪枪近一点。他看着那些指甲，好像是要数数清楚到底有几片，然后他突然噗的一声吹出一口气，吹走了所有的指甲，这些指甲全都吹落在了土拨枪枪猝不及防的脸上。他讲剪指甲的，你快把我吓死了，还有没有更加高明的办法？再不使出来，我又要睡着了。

田小七把土拨枪枪推开。他走到松吉跟前，迅速给他画了一张头像。又抓起他手指，沾了一点墨，在头像前摁了一个指印，然后牵着他从椅子上站起，说你可以走了。

松吉不知道发生了什么，以为自己听错了。田小七却拍拍他肩膀，说放心，你走就是，我不会派人跟踪你。你留在这里也没用了。

松吉一下子莫名其妙，重新坐下后说，你到底想怎样？

田小七说走吧，别赖在这里了。趁现在月黑风高，你可能还有机会离开杭州。不然明天就惨了，你插翅难逃。

松吉愣在那里一动不动，似乎要把屁股底下的椅子给坐穿。

他后来听见田小七讲，我准备明天把你这头像挂到城门上，旁边再贴一张告示，目的是告知杭州百姓，我们抓了这样一个俘虏。俘虏已经全部交代了，说他们要在杭州城实施一个名叫“破竹令”的计划。请大家最近保持警惕，小心身边的倭寇。

松吉盯着田小七，牙齿咬得很响，说你真无耻。

田小七笑了一下，说你还是抓紧逃出杭州吧，你现在没时间考虑什么无耻不无耻了。等到明天告示贴出去，估计你那些同伴就会四处追杀你，就连他们的刀子也会觉得，你是个无比无耻的叛徒，死有余辜。对了，离开杭州后，你要记得一辈子隐姓埋名。还有，我在想，你在日本的家人以后可怎么办？你这么不光彩的一件事情，会牵连到整个家族吗？

松吉终于在椅子上完全瘫软，他神情呆滞，目光是烟灰色的，说你真狠。

田小七讲，彼此彼此。野猪都冲进家门口了，你要是再不拿起刀子，人家以为天下都是他的。

破竹令计划首先是劫走赵士真，送去日本为己所用。之所以叫破竹令，是因为赵士真研制出的火炮形同竹子，劫走他就等于摧毁了钱塘火器局。松吉讲到这里时停住。他抓过田小七的杯子，一口气把水喝完，有一些洒落出来掉在桌面上。他看了一眼田小七，说，我讲了这么多，你满意了吗？

田小七说继续讲。讲话又不累的。

土拨枪枪过去倒水时，松吉依旧深深地盯着田小七。他支起左臂，特意遮盖住右手的食指，然后才蘸起洒在桌上的水滴，开始默不作声地写字。田小七的目光在整间屋子里瞟了一下，然后他不动声色，仿佛什么也没发生，仔细看着松吉移动的手指。

守戍军的副千户薛武林在第二天向巡抚刘元霖禀报审讯结果时，说这天他坐在松吉的身后，当土拔枪枪把那杯倒好的水端去，刚好走了一半路时，对面窗口突然就嗖的一声射进来一支弩箭。田小七反应异常迅速，举刀砍向那支箭，当场就把它给砍断。但是改变方向的箭头依旧往前飞奔，原本是要射向松吉的额头，结果不偏不倚，在坠落时斜刺里钻进了松吉的喉管，将他的整截脖子给穿透。

刘元霖在太师椅上目光如剑，他好像听见竹筒里的蟋蟀乐乐沉闷地呻吟了一声，然后薛武林就说，松吉的目光直挺挺的，脖子两端差不多同时冒出一缕血，跟蠕动的蚯蚓一样。松吉嘴巴张开，像两扇被风雪撞开的破落的门板，此后就再也没有合拢。

刘元霖说，你还看到了什么？

薛武林说，没有了。一切实在都发生得太快。

9

余船海在一个照不见月光的角落里换下夜行衣，他的弓弩早就被他砸断，最后扔进了一个池塘。

现在余船海找了一家路边的小酒馆，一个人独自喝老酒，喝得内心风平浪静。他点了两个菜，一盘西湖醋鱼，外加一碟龙井虾仁。酒喝到一半的时候，他看见酒馆门口跑过一队守戍军的兵勇，兵勇全副武装，看上去如临大敌。他浅浅地抿了一口酒，跟酒馆老板打听，外头出什么事了？老板讲，听说事情就出在军营里，下午刚抓过来的一个倭寇细作，刚才转眼就被人干掉了，现场连一个影子都没发现。

余船海从嘴里抓出一条细细的鱼刺，扔在桌上一阵埋怨，说杭州城最近这是怎么了，连军营也敢闯，这些人难道是吃了豹子胆。老板就讲我也只是听说，客官你别太当真，说不定就是谣言。你知道的，钱塘江的潮，杭州人的谣。余船海笑着说但愿吧，但愿是谣言。不过你这龙井虾仁味道不错，茶叶放得刚刚好。

余船海喝完老酒，踩着满地的月光，一路走去巡抚刘元霖的府上。他给刘元霖准备了两只蛐蛐，体型和肤色看上去都很不错，尾巴上两根尖尖的肉刺一颤一颤的，一看就很好斗，随时准备着扑腾出去。刚才从家里出门之前，余船海收到阿部用鸽子送来的情报，说钱塘组的组员松吉下午在柳浪闻莺被抓捕，成了锦衣卫手里的俘虏。余船海看完情报就把那张纸给烧了，接着又推开窗户，让夜风尽量涌进来，把地上的灰烬给卷走。不用阿部多讲，余船海也明白，自己接下去该做什么。他穿上夜行衣，带上藏好的弓弩，转眼就出现在了自家的屋脊上。执行这样的锄草任务，他必须走空中。按照巾山社的规矩，一旦成为敌人的俘虏，就没有活下去的道理。

巡抚刘元霖果然在家中，他在给皇上写奏折，显然还没收到松吉已经被人干掉的消息。刘元霖在写的奏折主要是针对如今备受诟病的矿税。

这一年的二月十六日，万历皇帝朱翊钧病重，曾经交代内阁首辅沈一贯，让他召回派去各地的税监，矿税征收就此打住。可是仅仅过了一天，朱翊钧只是病情略有好转，就立即下令追回诏书，要求矿税照常收取。于是这个月的下旬，景德镇一万多名瓷器工匠起义，砸毁瓷器厂还烧了税署。紧接着的三月底，云南腾越州百姓又开始闹事，杀死税监杨荣的委派官张安民，并将税署一把火焚毁。刘元霖在奏折中直言，广东一个名叫李凤的税监，不仅奸污民女六十多人，还私下积藏了三百多担财物。

除了矿税，刘元霖还希望朝廷加强江浙沿海的抗倭体系建设，不仅仅是海防军费的投入，关键是幕后情报系统的夯实。他想，像巾山社戏班子这样的倭寇组织，能够目标明确地针对赵士真潜入杭州，那么这支队伍的形成就绝不是一两天的事情，他们肯定是蓄谋已久。

余船海跟随家丁进入书房，把带来的蟋蟀摆在刘元霖面前。罐子打开，刘元霖只是随便看了一眼，就有点心烦着讲，拿走。余船海向来很识趣，躬身收起蟋蟀的时候低声询问了一句，巡抚大人今天气色不怎么好，是不是因为那些失踪的孩子，还有火器局的总领赵士真？这些事情咱们一直在查，到底有没有一点眉目了？

刘元霖把写了一半的奏折盖上，陷在太师椅里不想吭声。直到余船海给他重新泡了一壶茶，热气腾腾的龙井倒入产自浙江龙泉的百圾碎哥窑茶盅，他才在缭绕的茶香中稍稍提起一点精神。

六和塔的庆典，你准备得怎么样了？刘元霖说。

巡抚大人尽管把心放在胸膛里，这事情你既然交给了在下的红盖头喜庆坊，就没有让你出丑的道理。余船海把准备好的采购清单压在刘元霖桌上，还说爆竹烟花，彩带花篮，以及现场邀请的浙江各个州府的嘉宾等，所有的方案都在这里，你就等着与民同乐吧。

刘元霖苦笑一声，他讲我这张四十六岁的脸，想必出丑已经出到浙江以外了。倒是你小子活得滋润，大半夜里还一身的酒气，他妈的我真想跟你换一换，明天让你来当巡抚。

此时余船海已经摆好棋盘，并且双手捧着围棋罐子送到刘元霖手上，说人生苦短，何不干脆杀他一局。

刘元霖眼睛闪了闪，随即打出一个哈欠，在棋盘前坐下。他啪嗒一声敲落第一颗棋子的时候，又突然想起，再过半个时辰，就是八月十五了。田小七那天曾经在这里夸下海口，说会在中秋节前替他找回赵士真，可是这事情到底能不能实现，他现在盯着纵横交错的棋盘，以及黑白分明的棋子，心里还真的是一点也没谱。

这时候余船海说，想什么呢，下棋。什么事情都等到明天再说。

刘元霖就瞪了他一眼，盯着捏在他手里的一枚黑棋讲，臭小子，催个屁，下棋你这辈子别想赢了我。

第四章

万历三十年（1602年）八月十五日　晴

1

田小七在又一个清晨里醒来，感觉到一股清晰的秋凉，如同一碗井水，正停留在客栈的窗口。秋凉让田小七神清气爽，他感觉整个人跟刚被雨水冲洗过的河一样，突然之间就想明白，昨晚在军营审讯室中，松吉在桌上来不及写完的那个字，一定是“塔”字。

很明显，这个“塔”字松吉那时只想写给他一个人看。但是田小七现在仔细回忆，当时的现场，除了刘一刀和土拔枪枪，剩下的就是薛武林和陈留下。那么松吉究竟是要防备谁？

田小七还有另外一个疑问。按照常理，对松吉的审讯应该安排在按察使司衙署，只是他临时决定放在守戍军的军营。但是对手昨晚显然是有备而来，不仅准确摸到了审讯室的位置，还在顷刻之间就轻轻松松地干掉了决定投诚的松吉。

难道是有奸细通风报信？田小七想，那么这个奸细会是谁？

刘元霖府上，兴许是因为中秋，院子已经打扫得干干净净，看不见一片落叶和灰尘，空气中还飘荡着丝丝缕缕的沉香。但是田小七看见所有的家丁都垂头站成两行，眼中布满惶恐，脸上是深刻的肃穆。刘元霖蹲在那丛已经冒出花蕾的菊花叶子前，正在默默地掉眼泪。他看上去是那样哀伤，仿佛是生无可恋，身心俱疲。早上一个名叫老鱼头的家丁在给菊花浇水时，额头上被蚊虫咬了一个包，他把提在手里的水桶放下，想要给自己抓痒，却万万没有想到，此时那只名叫乐乐的蟋蟀刚好跳到他身后。那时老鱼头只听见吱的一声，心里不由一惊，十分迅速地把沉重的水桶提起，却发现乐乐已经被压得粉碎，整个油亮的身子几乎陷在了被水浇湿的泥地里。

老鱼头眼前一黑，觉得天都要塌下来了。他后来一直跪在簌簌发抖的刘元霖跟前，在自己脸上左一个巴掌右一个巴掌，拍得十分凶残。他泪流满面，整张脸肿得像一只馒头，已经拍出了血。

田小七走到刘元霖跟前，看见他用一个喝汤的勺子，围着乐乐四分五裂不成样子的尸体，一点一点把那些松软的泥土给慢慢撬开。然后他颤抖着双手，捧起那团一整块的泥土，以及趴在泥土里似乎是安详的乐乐，将其小心翼翼地送进一个木盒子里。当这一切完成时，刘元霖抽了抽鼻子，抬起手背擦去眼角的泪水，跟田小七声音哽咽着说，我真想给它举办一场风光的葬礼，可是今天是中秋节，我又是巡抚。我怕杭州人会觉得，这一任的巡抚脑子有毛病。

说完，刘元霖又伤心着把脸转了过去。

田小七看着刘元霖，觉得他就要被一场贯穿到脚底的疲倦给击垮。一直等到刘元霖抱着那个四方木盒子，心灰意冷地站起身时，他才说，巡抚大人能不能给我安排一些人手，最好不是守成军的官兵。

刘元霖愣了一下，张口说你什么意思？然后脸上又突然扫去之前的忧伤，声音变得有点惊喜，急不可待地讲，是不是赵士真有消息了？你快说来我听。

田小七沉默了一阵，想不好这一切该如何解释，他最终说人员能不能马上到位？我希望能有几十个人。

刘元霖盯着田小七，他想说你究竟有什么事情必须要这样瞒着我，可是话到嘴边还是换成了另外一句。

行！刘元霖说，我即刻就给你去办。

2

甘左严和柳火火正在给吴越酒楼换牌子。这件事情拖到现在，是因为柳火火觉得新店开张，应该选在中秋节这天。

牌匾上的“欢乐坊”三个字是柳火火自己写的。柳火火深吸一口气，提笔把中间的那个“乐”字写得特别大，大得像一只水桶，好像生怕人家会看不见它。现在甘左严看着牌匾，觉得不够满意，他认为那个“乐”字实在太高大，还写得歪歪扭扭，看得他脖子都扭酸了。柳火火赤脚登上梯子，裙子下摆卷起，在膝盖下面打了一个结。她把牌匾重新擦了一次，抓着抹布说甘左严你闭嘴，你一开口就让人觉得是个外行，你知不知道以后老娘的欢乐坊里，所有人走出去，都是把酒喝饱了挺着个怀孕一样的肚子，每一步都走得歪歪斜斜。不然你说，咱们这欢乐坊到底是乐在哪里？

你总是有道理。甘左严抓了一把胡子说，反正我讲不过你。

柳火火就把湿答答的抹布一把扔在甘左严头上，说我准备跳下来了啊，你看准一点，想办法把我给接住。

柳火火卷起袖子正要往下跳的时候，冷不丁看见从东边武侯铺巷子里走来的田小七。田小七带了一群人，有好几十个，那副样子好像是要去找人打架。柳火火认得那些人，他们是杭州城的火丁队。火丁是扑火的，平常要是哪里发生了火灾，这些火丁就提着水桶扛着竹梯去灭火。田小七一路朝欢乐坊走来，后面还跟了丧尽天良陈留下和土拔枪枪他们。柳火火于是急忙从梯子上滑下，跟甘左严说，你那个姓田的兄弟来了，你可能又要出征了。

很快，田小七就在欢乐坊的牌匾下将接下去的任务分头作了布置。根据松吉写下的“塔”字的提示，他决定即刻搜索杭州城所有的塔，看看到底能发现什么。

陈留下列了一下，能够想得起的塔分别是雷峰塔、保俶塔，以及钱塘江边的六和塔和白塔。田小七让甘左严带了十个火丁去雷峰塔，剩下的由他和刘一刀、土拔枪枪负责。柳火火看着他们一个个离开，感觉此时的甘左严已经换了一个人，他是在执行一项了不得的任务。她把嘴凑在田小七的耳朵边，气息温软地跟田小七讲，欢乐坊是你买下的，晚上我一定要请你喝酒。

田小七说，你的确蛮像春小九。

土拔枪枪带队前往西湖边宝石山上的保俶塔，一行人静悄悄地将保俶塔四周围住。他趴在草丛中，把声音压得很低，跟那些火丁说等下听我的号令，一旦冲进去以后，要是真能见到被困在里头的火器局总领赵士真，那我们就立下了头等功，巡抚大人肯定会重重地奖赏你们。

午时，当望楼上的钟声响起时，土拔枪枪第一个冲到九层高的保俶塔塔身前。阳光正好照在头顶，在塔前投下一片比较狭窄的阴影，土拔枪枪举起铁锹，勒令那些准备大干一场的火丁说：搜！

土拔枪枪清楚，就在这个相同的时间点里，田小七和甘左严他们也已经冲进了各自负责的塔中。但是他很快就会知道，这场声势浩大的分区域搜索，最终还是落得一场空，四支队伍再次集合在一起时，谁也没有发现任何有用的线索。

田小七站在众人目光中，说了声解散。陈留下便挥挥手，让那些火丁赶紧散了，他讲刚才只是巡抚安排的一场演习，晚上欢乐坊酒楼开张，大家记得过去喝酒，全都记在我账上。

土拔枪枪一屁股坐下，叹了一口气。他觉得这个上午的时光算是被浪费掉了，早知道这样，还不如陪杨梅去逛逛西湖，哪怕只是坐在她家里，就那样安静地看着她，那种感觉也是蛮好的。

陈留下在回家的路上碰见了上街买菜的余船海和金彩。两个人买了一条很肥的鱼，还买了很多牛肉，余船海说陈留下，你岳父找到了吗？陈留下就讲台州佬，我岳父又不是你岳父，关你屁事。你一开口我就觉得你在幸灾乐祸。金彩把两片嗑开来的瓜子壳扔在陈留下脸上，她讲丧尽天良你就是狗嘴里吐不出象牙，不识好人心。

余船海提着菜篮走远，心里一直想笑。他昨天跟刘元霖下棋下得很晚，后来就干脆睡在了刘元霖的书房。早上醒来他听见刘元霖因为乐乐死于非命而悲痛欲绝，还听见田小七过来向刘元霖要人。回到自己家中，余船海就第一时间放飞了一只鸽子。鸽子送出去的情报，是松吉已除，锦衣卫可能马上又要搜城，他希望阿部和灯盏小心防范，别再出现类似于松吉这样的被俘的意外。

想起了松吉，余船海心里不免还是有点难过。他昨天夜里蹲在守戍军军营的围墙上，眼看着自己射出去的弩箭穿透了松吉的脖子，松吉一点声音也没有发出，好像被海浪收走的一堆细沙，十分彻底地离开了这个世界。

松吉是一个月前和灯盏一起从台州府过来杭州的，在巾山社戏班里，他负责选择联系演出场地，布置搭台，也负责喂养那几只猴子。而最早的时候，松吉则是和余船海一同生长在北海道，一个到了春天就漫山遍野开满樱花的村子。余船海记得自己十岁那年，和松吉一起去海边捡贝壳，两个人迎着海风不停地奔跑，身上有使不完的力气。这时候海滩的那边走来一个目光阴郁的武士，武士扛着一把刀，盯着余船海和松吉讲，我叫子丑，你们愿不愿意跟我练刀？余船海说为什么要练刀？子丑就拔刀指向很远的日落的方向，跟两个少年说海的那边，在你们两个根本无法看清的地方，有一辈子都吃不完的鱼虾和粮食，还有享用不尽的美酒以及赏心悦目的女人。他说那里的土地跟天空一样宽广，光流过门前的一条河，就有几千里长。河上还漂满了船，船里的人都非常幸福，连路过船帆顶上的那些白色的云朵也驻足停留，十分羡慕他们。

那次松吉踮起脚尖，视线紧贴着子丑举在阳光下的刀，刀光闪闪发亮，呈现出一种五光十色。他听见身边的余船海也就是少年时期的石田六郎眯着眼睛跟子丑讲，你在骗人，怎么可能会有这样的地方，那一定是天堂。

没错，那里就是天堂。子丑讲，那是东方的中国，中国的明朝。但是想要征服他们，只有靠我们手里的刀。你们两个，到底敢不敢？

余船海就推了一把松吉，说我们两人有什么不敢？反正家里也是穷得叮当响。

松吉疲倦地眨了眨眼睛，可能是刚才晃荡在子丑手里的刀光让他有点晕眩，他后来坐在细沙充斥的沙滩上，让涌过来的潮水一阵阵冲刷他瘦弱的脚丫。他跟余船海说，石田，你真的想要练刀，也想要去中国？

余船海说，难道你怕了，胆子跟细沙一样小？

我们还会回来吗？

既然那里是天堂，我们为什么要回来？那里以后就是我们的家。

松吉撑着屁股底下的沙滩站起，细沙上留下他两只脚印。他对少年时的余船海说，石田，那我就决定跟你一起去。我们两个从此以后并肩作战，同生共死。

余船海在少年松吉的胸口捶了一拳，说对！并肩作战，同生共死！

3

副千户薛武林是在这天上午回到家中。昨晚因为松吉被暗杀，他就睡在了军营，结果睡得很不安稳，脑子里浮沉的，都是深插进松吉喉管里的那小半截弩箭。

屋子里热腾腾的，妻子陈汤团正在煮芋艿。杭州人过中秋，除了月饼和石榴，还要吃几只芋艿。煮熟的芋艿剥去一层黑不溜秋的皮，他们讲是剥鬼皮，可以逢凶化吉。陈汤团的腰身明显胖了一圈，一双脚也已经有点浮肿。薛武林从后面抱住她，整张脸埋进她发丛，闻见一股熟悉的芳香。薛武林说，你是不是洗过澡了？

陈汤团笑了一下，抓住薛武林的手。她喜欢薛武林这么抱着她，好像是抱着一个蓬松的枕头。薛武林后来扶她坐到靠椅上，又把家里养的那只兔子放进她怀里。兔子红着一双眼，缩着脑袋愣愣地盯着薛武林，陈汤团一边抚摸它一边慵懒地讲，我们家小白都不认识你了，你是不是走错了家门？

薛武林说，我今天不出门了，今天就在家里陪你。

陈留下跨进门槛的时候，看见姐夫薛武林正在缝补脚上脱下来的那只缎面皂靴。薛武林的皂靴是那天在德寿宫赌馆，被郑翘八的烧烤竹签给刺破的。现在他双腿夹着那只黑色的皂靴，从靴筒里抽出一根很粗的针头，说一天到晚不在家里，你这是又去哪儿了？

我能去哪儿，陈留下说，当然是去找我的岳父。

薛武林也是到了这时候才知道，田小七刚才带了几十名火丁，分头搜索了杭州城的几座塔。他把缝补好的靴子放下，盯着缩在脚边的兔子说，你们是和火丁一起去的？

陈留下说是的，怎么了？

薛武林把脚套进靴子，踩在地上试了试脚，说没怎么。你以后待在家里，不要到处乱跑。

陈留下看见薛武林低头走去院子里，好像有很多的心事。他后来去锅里抓出一只滚烫的芋艿时，听见薛武林推开院门，已经一个人走了出去。

刘元霖很快在自家厅堂里见到了赶来的薛武林，这其实也是他意料之中的。刘元霖手托着一只月饼，眼睛却盯着站在那里的薛武林，他只是细细地咬了一口月饼，便有许多芝麻屑纷纷掉落，落在他早已准备好的手掌间。刘元霖说，坐。

薛武林依旧站着，说他们带了几十名火丁去搜索，是不是对我们守戍军不放心？

这事情我也正想问你。刘元霖说，昨晚到底发生了什么事情？

薛武林就将松吉被暗杀的事情从头到尾讲了一遍，直到刘元霖问他，你还看见了什么？薛武林说，没有了，一切实在发生得太快。

发生得太快就有问题。刘元霖说。

什么问题？

刘元霖想了想，说，你这么聪明，你自己想。

我能想到的，是田小七为什么要把这件事情绕过我。守戍军那么多的人手，他难道觉得都不放心？

我没觉得他是绕过你，他只是绕过守戍军。刘元霖说，俘虏被暗杀发生在本应该是戒备森严的军营，而且还发生得那么快，你不觉得诡异吗？

薛武林坐下，缓缓把眼睛闭上。事实上，这也是他昨晚在床上一直在疑惑的问题。这时候他听见刘元霖讲，你太累了，该回去好好睡一觉。

刘元霖掸了掸裤腿说，都这把年纪了，其实我们都很累。

4

田小七睡了一觉。

在午后那场短暂的梦里，他看见自己趴在朱翊钧送他的宝通快马的马背上，巷子四周都是黑黢黢的围墙，他又冷又饿，宝通快马也仿佛迷失了方向。后来天空下起了一场雨，眼前飞过一浪高过一浪的蝙蝠，雨点打在蝙蝠的翅膀上，像击打着一片黑色的尘土。很快，脚下的石板被淹没，越积越深的雨水沿着砖墙迅速往上攀升，田小七听见宝通快马嘶鸣了一声，声音类似于一种孤独和苍茫。

在醒来之前，田小七在梦中最终看见了一枚瓷片，就躺在青石板路面的中央，虽然被晃荡的雨水深深覆盖，却依旧闪耀着一团幽冷的光。

田小七后来一个人走去了十五奎巷，他想去一趟刘四宝的家。巷子幽深而且僻静，似乎和忙碌的节日无关。几只大雁充满忧伤地飞过，田小七抬头看一下天空，看见天空被屋顶许多野草所遮掩，那些大雁飞过狭窄而且拥挤的灰蓝色天际，如同飞越过一条忧伤的河。

刘四宝的父亲刘天壮，比田小七想象的要更加瘦一点，脸上挤满了可能是这几天刚刚长出来的皱纹。刘天壮在吃一碗昨天的剩饭，眼前是一碟比盐还要咸的咸菜。他那只缺了一个口儿的饭碗摆得离桌沿很近，往嘴里扒饭的时候大半个身子斜顶着扑在桌板上，整张脸差不多盖住了碗口。寂静的幽暗中，田小七望向刘天壮左侧高耸起的肩膀，肩膀上笔直垂下一截袖子，袖口扁塌塌的，看不见里头伸出来的手。

你以前是军人，田小七说，你被人砍去了一条胳膊。

刘天壮愣在碗口前，嘴里塞着一团冷饭，说，谁跟你讲的？

田小七就望向挂在墙上的一把军刀，说没人跟我讲，是它告诉我的。

军刀像一片寂寞的沙场，让人想起高挂天边的一弯月亮，以及月光下多少有点悲凉的号角。田小七远远地望着它，说如果没有猜错，你这把刀的刀尖略微上翘，呈圆弧形，刀身上只开了一条血槽。

刘天壮转头，如果不是田小七提醒，他似乎已经忘记了这把搁置了很多年的刀。此刻，他的目光仿佛陈旧的刀鞘，也落满了诸多灰尘。

你不是杭州人。刘天壮说，你过来找我，想必是因为我的儿子。

田小七上前把刀子摘下，一口气吹飞那些灰尘。他把刀子捧在手上，像是自言自语，大将南征胆气豪，腰横秋水雁翎刀。他说我突然想起，我以前也有这么一把雁翎刀。因为我跟你一样，也曾经征战沙场。

刘天壮在飘飞的灰尘中沉默了很久，他最终侧着身子给田小七抓来一张低矮的凳子，又抬起右袖口来回擦了擦。他说这凳子原来是我儿子的，最近几天一直没人坐。我想你已经知道，我儿子叫刘四宝。

在刘天壮的记忆里，刘四宝出事的那天深夜，他追赶着黑压压的蝙蝠，差不多追过了大半个城市。蝙蝠消失得无影无踪，他也跑光了身上所有的力气，最终只是捡到刘四宝掉落下来的一只鞋子。

是在哪里捡到？田小七说。

在南屏山的山脚下。刘天壮说完，从怀里掏出那只半新不旧的鞋子，说鞋子是我过年刚给他做的，没想到他脚长得那么快，到了端午节就有点紧了。

田小七一直陪刘天壮坐着，后来有一段时间，两个人谁也没说话，彼此都觉得这个中秋节的下午，时光走得有点荒凉。

刘天壮的那把雁翎刀，曾经跟随他一起征战朝鲜。壬申年倭乱，杭州籍的将士中有上百名军人前往朝鲜参战，最终回来的只有两个。那年明军的主将是李如松。就在朝鲜国都西北部的碧蹄馆一战中，部队遭遇埋伏。在一场昏天暗地的厮杀中，刘天壮的手臂被倭寇的长刀整条卸了下来，他当场昏迷过去。如果不是老乡战友一定要把他背回，那次血淋淋的刘天壮或许就永远留在了朝鲜的死人堆里。

刘天壮不会忘记那一年正月瓢泼的大雨，地上冰雪初解，泥泞不堪，每一步都像走在鬼门关里。他趴在老乡战友的背上，说你走，不用管我。那人却擦一把脸上的泥浆和血浆，拖着一条受伤的腿吼了一声，你能不能省一点力气别再唧唧歪歪，要是找不到部队，我就背着你回杭州。

田小七听着这些惨烈的往事，仿佛听见无数的风雪声在耳边呼啸。他最后说，你很幸运，因为有这么一位生死相交的战友。

刘天壮笑了，说你应该认得他。

是谁？

就是薛武林，杭州守戍军的副千户官。刘天壮说。

田小七怔怔地愣住，然后突然就笑了。他讲就在今天上午，我好像已经得罪了你这位生死相交的战友。你说这事情是不是有点荒唐？

5

南屏山山洞。此刻灯盏正躺在一片宽阔的石板上，石板上盖了一层厚厚的老虎皮，灯盏侧身躺着，正在专心地剥吃一颗滚圆的石榴，负责给她按摩的是她男人阿部。阿部手法一流，每次都能极其准确地找到穴位，按压的力度也让灯盏觉得恰到好处。灯盏伸长脖子，无比酸爽地呻吟了一声，明显是十分舒服。她目光迷离地望向四周燃烧的蜡烛和篝火，感觉那些火苗都在山洞里头蠢蠢欲动。

这个山洞当初是松吉发现的，松吉那次带着猴子上山采野果，结果猴子一转眼就钻进了漆黑的洞口。松吉跟随猴子一直往里走，竟然越走越宽，宽得就像他们在台州海边开辟出来的练兵场。

灯盏将剥下来的石榴颗粒一把送进嘴中，慢慢咀嚼了一阵，又将咬剩的石榴渣吐出，吐在阿部的手心里。她跟阿部说，没想到松吉这个软骨头，我爹当初还是看他看走眼了。还好昨晚余船海及时把他给灭掉。

灯盏的爹名叫子丑，就是许多年前余船海和松吉在北海道沙滩上碰到的那个扛了一把长刀的男人。子丑以前跟随丰臣秀吉在日本国四处征战，后来又带着余船海和松吉两人练刀，并且带领他们渡海来到台州。在台州，子丑麾下的一百多号人马分布在巾山附近，以平头百姓的身份，俨然成了另外一个渔村的村民。在给丰臣秀吉送去五花八门的情报时，他也时刻没有忘记练兵，并且给这支队伍取了个意味深长的名字，叫巾海道。为了掩人耳目，巾海道还创立了一个像模像样的戏班子，名叫巾山社。

这天上午，灯盏先是收到余船海的鸽子送来的情报，说锦衣卫又要开始搜城。她于是下令，没有自己的允许，谁也不能离开山洞。果然时间过了没多久，就有暗伏在山洞外的眼线跑来禀报，说有一群人包围了对面山上的雷峰塔，带队的是一个长得十分矮的男人。灯盏的脸即刻灰暗下来，她想锦衣卫既然搜查雷峰塔，说明松吉在被余船海除掉之前，可能已经开始交代跟“破竹令”有关的信息。但她很快又笑了，因为事实也很显然，锦衣卫目前掌握的，最多只是他们巾海道一半的秘密。

灯盏起身，一双脚套进阿部给她送来的木屐。她撩开一层遮挡的帘布，看见自己这间密室的外头，赵士真正颓然靠坐在一块石头边，似乎有很多复杂的心事。这时候她突然想起赵士真的侍卫山雀，那个被她成功色诱的很猥琐的男人。她靠近阿部，一双手来回抚摸着他脖子，然后凑到他耳根热气腾腾地讲，我跟那些大明的人上床，你心里有没有吃醋?

阿部的手落在她丰腴的臀部，渐渐把她抱得更紧。他说，我为拥有你这样的妻子而自豪。我要感谢我的岳父，能把你嫁给我。只要能够完成“破竹令”，那就是我们一辈子的荣耀。

灯盏的呼吸变得更加急促，她现在已经把自己的衣裳解开，并且说来吧，好好做一回我的男人。

密室里的篝火，此时燃烧得更旺，像是要把两个滚在地上的人给吞没。

赵士真后来在山洞里能判断出时间的进程，是因为听见了南屏晚钟。雄浑的钟声响起时，他感觉声音比之前每天听到的都要洪亮，所以他也有理由相信，眼前的山洞离净慈寺不会太远，可能就在南屏山。

刘四宝耷拉着脑袋，垂头丧气着朝他走来。赵士真也是在这时才发现，原来刘四宝脚上只穿了一只鞋。刘四宝抽了抽掉在嘴唇上的鼻涕，在地上坐下，目光却跟锤子一样砸向那些正在活吃生鱼的倭寇。他说这帮人就是野兽，我爹早晚会过来收拾他们！我爹有雁翎刀。但是他话刚讲完，一个女人慌兮兮地跑来，急忙盖住他嘴巴，竖起手指嘘了一声说，小点声，会死人的。

刘四宝认得这个疯疯癫癫的女人，他们叫她傻姑。傻姑是上午刚被带进山洞的，据说是在山上采野果，撞见了倭寇的眼线，于是就把她扣押了进来。

傻姑用手指卷着自己的头发，又不时吮吸一下手指，说很咸。她的头发上插了一片淡蓝色的野花，她把野花摘下，突然对赵士真讲，爹，我是不是长得很好看？赵士真愣了一下，又听见傻姑笑嘻嘻着说，骗你的，其实我爹早就死了。可是你嘴上的这把胡子，是不是从我爹那里偷来的？

在一边听到这些的刘四宝十分痛苦地把头埋下，一双手掌合并在一起，在头顶拜了拜，说傻姑求求你，离我们远一点。

傻姑于是急得就要哭，她讲谁说我叫傻姑？我爹虽然死了，但我晓得怎么从这里跑出去。

6

田小七也听见了这天的南屏晚钟，钟声敲响时，刘天壮正送他走去十五奎巷的巷口。

一路上，刘天壮高一脚低一脚，踩着那些鹅卵石，在飘荡的钟声里走得恍恍惚惚。他记得那天夜里蝙蝠排山倒海般出现时，刘四宝就是奔跑在眼前这条巷子中，正在乐此不疲地追赶一群萤火虫。

那天萤火虫到处飞舞，刘四宝一边奔跑，一边哼唱起父亲刘天壮之前教他的一首儿歌：

萤火虫，挂灯笼，
飞去你家飞我家，
我家没有红西瓜。
萤火虫，照灯笼，
飞到西来飞到东，
飞过钱塘飞仁和，
钻进人家红窗格。

此刻黄昏已经很具体，在一轮渐渐升起的朗月中，田小七走过许多人家门口，看见摆在门前四方桌上的月饼，以及插在月饼上祭月的香柱。他就这样一路走去，似乎走进巷子两旁升腾起的炊烟深处。在一阵迎面而来的酒香中，刘天壮已经送他走到巷口。也就是在这时，田小七冷不丁发现横在刘天壮身后的一副剃头担子，担子上落满黄叶和尘埃，显然有好几天没人动过。

田小七看着剃头担子，心里突然就想起很多。他听刘天壮讲，担子属于隔壁一个剃头匠，最近也不晓得人跑去哪儿了，家里门锁着，却把担子一直扔在路口。田小七顿时目光拧紧，此刻他不由更加清晰地想起，两天前的上午，在运河边仁济粮仓的屋顶，那个亡命飞奔的倭寇曾经朝他扔出一把锋利的刮胡刀。

田小七转头，即刻奔进巷子，跑到那扇深锁的院门前，他一脚踹开门板，第一眼看见的，便是种在院子里的两株鬼箭羽。鬼箭羽微微抖动，在淡淡的月影中闪耀着一团墨绿色的光泽，好像是心怀叵测，已经在那里暗藏了很久。田小七于是又不得不想起，当初那个色诱过山雀的鲤鱼，在她家门口，同样也是栽种了这样一丛枝条怪异的植物，绿得让人发慌。

田小七带上刘天壮，迅速奔向按察使司府衙。在府衙停尸房，走进一片白茫茫的冰雾，然后在仵作的指引下，田小七哗的一声揭开一面白布，让刘天壮瞬间看见一具肚子剖开来的尸体。刘天壮一点也不惧怕尸体，他仔细看了一阵，最终却对田小七摇了摇头说，不是，这人不是我邻居。然而就在仵作正要重新盖上那层白布时，田小七却突然喊了一声，等一下。

仵作看见田小七弯下腰，一双眼睛凑到尸体面前，他伸出手去时，已经抓起尸体脖子上一层因为风干而稍微有点卷起的皮肉。田小七提着那层皮，试着慢慢揭开，在一阵细小的撕裂声中，刘天壮渐渐看见两片分离出的皮肤。然后田小七猛地一撕，最终抓在他手里的，果然是一张皱不拉叽的人皮面具。

刘天壮见到了尸体的又一张脸，虽然已经没有一丁点血色，但那并没有多少改变的面容，却完完全全地呈现在他眼前。他上前一步，仔细又看了一眼，然后说没错。就是他！在十五奎巷，我们都叫他剃刀金。

此刻八月十五的月亮，已经高高悬挂在了停尸房的屋顶。

7

凉风吹拂，西湖边熙熙攘攘，人群走出了非常秋天的步子，一个个盛开着葵花一样的笑脸，为的是要去湖中赏月。

人海中突然冲出几匹快马，扯开一条道，在一片哗然中直奔南屏山而去。

一刻钟以后，田小七已经带着一众人马站在南屏山的一片崖壁前，眼底的崖壁下是一排茂密的鬼箭羽。两天前，根据唐胭脂提供的线索，田小七曾经带着猎犬搜到这里。那天他虽然一无所获，却也曾经对这排招摇的鬼箭羽印象深刻。现在他几乎能够确定，崖壁下那片树木遮阴杂草丛生的范围，很可能就是倭寇的另外一处藏匿地点。他的理由有三点：

1. 唐胭脂那天跟踪的剃刀金，当晚就曾经消失在南屏山上，第二天又在这里重新出现。

2. 刘四宝被劫以后，刘天壮就是在南屏山的山脚，捡到了儿子掉落下的那只鞋子。

3. 鲤鱼家门口和剃刀金院子里，都有一丛鬼箭羽。而刚才他们再次搜了一遍南屏山，发现所有的区域，只有这里才有鬼箭羽。

田小七的眼光扫过刘一刀和土拔枪枪，两人随即纵身跃入崖底。没过多久，刘一刀又出现在一棵松树妖娆的枝丫上，他朝田小七挥了挥手，又指指月影斑驳的脚下。刚才在那排鬼箭羽前，他跟土拔枪枪已经发现一堵紧闭的石门，门前有许多被踩伏在地上的草，进进出出数不清的脚印。土拔枪枪上前推了推，石门纹丝不动，却惊起倒挂在藤条和树枝上的一群蝙蝠。现在蝙蝠纷纷飞上崖顶，有几只就在田小七的眼前冲撞。蝙蝠狂乱地飞舞着的时候，陈留下看见赵刻心拔剑，像一片风中被吹落枝头的树叶，纵身飘下了崖底。

此刻的山洞中，刘四宝正缠着傻姑不放，他想要搞清楚，傻姑到底能不能带他跑出去。傻姑却带着那帮男孩，不知道从哪里搞来一把竹签状的烟火。她跟刘四宝说我告诉你一个秘密，今天是中秋节，我手里的烟火等下会闪闪发光，就像天上的一群星星。

傻姑点燃烟火，烟火果然在她面前喷溅出一团火花，让那帮原本愁眉苦脸的男孩围着她羡慕不已。刘四宝看着星星点点的火花，心里想起的却是父亲教他的那首萤火虫的儿歌，他看见傻姑把剩下的烟火分给那些孩子，孩子们于是也纷纷点燃了烟火。在那场绚烂的烟花中，刘四宝目光模糊，心中无比想念他父亲。他跟傻姑讲，我教你唱歌，你带我离开这里。怎么样？

傻姑即刻蒙住他嘴巴，说小声点，会死人的，会死很多人。

不远的洞壁边上，像一条狗一样蛰伏着的赵士真后来看见刘四宝追赶着傻姑手里的烟花，和那帮孩子一起，他们共同唱起一首儿歌：

萤火虫，挂灯笼，
飞去你家飞我家，
我家没有红西瓜。

后来，刘四宝好像唱累了，重新在赵士真跟前坐下。赵士真说，傻姑怎么讲，能不能跑得出去？刘四宝把声音压得很低，说我要跟你讲另外一件事情。刚才大家围着傻姑的烟花时，我听见两名倭寇在旁边窃窃私语，他们好像在商量过两天要送一批火药去六和塔。

六和塔？赵士真说出这三个字时，心中格登了一下。然后他听见刘四宝又说，他们真是这么讲的，送一批火药去六和塔，我听得很清楚。

8

余船海这天也融入了去西湖赏月的人群中。他从马车上下来时，牵着金彩的手，看上去十分斯文。金彩一路走着，许多次感叹怎么会有这么多的人，都快把路给踩断了。余船海就跟她说，你别看人，今天晚上是看月亮。路上，余船海堆着笑脸，和碰见的熟人一一打招呼，他们都是红盖头喜庆坊以前的客主和以后潜在的客主。

此刻三潭印月的三座石塔，周边的每个石孔都已经被人用纸片糊上，因为里头点了蜡烛，所以投射出来的圆影映照在湖面上，让人觉得湖水中像是一下子多出了十五个月亮。余船海这天是有准备的，他早就让人搬来一堆硕大的烟花。烟花被抬上游船一个个摆放好，等到他点了点头时，就有人抢着替他点燃烟花。耀眼的火花一下子升起，带着几声巨响，瞬间将整个西湖绽放成一片令人难忘的璀璨。余船海张开嘴巴笑了，金彩也笑了。金彩看见空中开满了一丛丛艳丽的花，就说有钱真好，整个杭州都看见我们这么风光，风光也真好。但也就是在这时，远处的南屏山突然轰的一声炸响，让人以为那边也在放烟火。金彩转头，竟然看见一团冲天的火光。火光升腾起黑漆漆的浓烟，遮盖了半边天。

余船海整个人蒙了，他望着南屏山的方向时，看见金彩收起了笑容，张大嘴巴说，怎么了？

南屏山上爆炸的，是刘一刀和土拔枪枪两人在山洞石门前点燃的炸药，巨大的声音震得山洞里的赵士真头皮发麻，身上也被头顶震落的许多小石块砸中。赵士真之前一直在想刘四宝跟他讲的倭寇要送炸药去六和塔的事情，能够想到的一种可能性让他后背发凉。这时候他看见黄山鱼急匆匆从石门的方向跑来，神色慌张，他好像跟阿部讲，锦衣卫带了一群守戍军追踪到这里，山门已经被包围。阿部铁青着脸，故作镇定地说，有必要这么慌吗？

黄山鱼说，他们在埋炸药，要把山门给轰开。

洞里一下子炸开了锅，黄山鱼开始寻找之前的麻袋时，赵士真意识到，自己肯定又要被送去另外一个地方。他很着急，一边在地上涂画，一边忙着叮嘱刘四宝，等下有机会就想办法跑出去，一定要把听见的事情跟锦衣卫讲。话刚说完，山门那边就震天动地一声响，能够看见的全都是硝烟和火光。

在巨响的余音中，赵士真推了一把刘四宝，说快跑，一直跑！

炸裂的石门被推开，田小七带着刘一刀和土拔枪枪等一堆人冲了进去，而赵刻心已经和她的梅花剑一起步步迈进。浓烟消散时，他们看见站在对面的，是一队严阵以待的倭寇。倭寇整齐排列，明显是训练有素的军人。在他们头顶的崖壁上，刻写了三个遒劲的字：巾海道。

土拔枪枪抓起铁锹首先挥舞了过去，一瞬间，刀剑狭路相逢的声音此起彼伏，像是进了一家铁匠铺。

田小七时刻战在赵刻心身边，很快他们杀出一条血路，两人直接奔去山洞的最深处。路上，田小七看见黄山鱼扛着一个麻袋左冲右突，装在麻袋里的人正在拼命挣扎。田小七举起绣春刀，说，把人放下，我留你一条命。

黄山鱼一双眼睛瞟了一下，看见另外一个可以冲出去的路口也已经被赵刻心给阻挡住，他干脆反转刀子，刀口指向麻袋，说哪条命值钱，你们自己想清楚，识趣的话就让开。

田小七看了一眼赵刻心，犹豫了片刻，说，让他走。但也就是在这时，空中突然钻出一支飞镖，直接命中了扛在黄山鱼肩上的麻袋。裹在麻袋里的就是赵士真，飞镖扎进他后背，他感觉一股凉快，随即便是一阵剧烈的疼痛，痛得他天昏地暗。

黄山鱼也没有想到飞镖的出现，他只是稍稍蒙了一下，田小七挥过来的绣春刀已经砍断了他拿刀的手臂。黄山鱼的心里绝望地哀鸣了一声，他看到离他而去的一把刀和一只手想，人生充满凶险。他还看到田小七奔向了麻袋，麻袋里解救出来的赵士真满头大汗，痛得嗷嗷直叫。田小七背着他，一路挥舞着绣春刀，挡开不停冲杀过来的倭寇，笔直朝山洞外奔去。在一旁跟上来，并紧紧护卫的赵刻心看见父亲已经神志不清，钻心的剧痛让他狂躁成一头狮子，最终一口咬住田小七的肩膀，让她听见一阵皮肉撕裂开的声音。

田小七咬了咬牙，继续往前飞奔。当赵刻心的梅花剑刺透阻挡在石门前的最后一名倭寇时，他便背着赵士真一头冲进了血光四溅的夜色中。秋风紧紧裹挟着田小七，并且掠过如潮般的人流的头顶。秋风中田小七背着赵士真在街道上狂奔。人群在他眼前散开，又在他身后合拢。他转身穿插进一条巷子，看见脚下的青石板洒满中秋夜潮湿的月光，一直往前延伸。当一行人最终接近钱塘火器局时，愤怒的狗叫声已经响成一片，而赵士真却安静地睡着了。

赵士真趴在田小七背上，睡得像疯了一个通宵的孩子，嘴角淌着细细的口水。

田小七撞开火器局的门，然后他背着赵士真，就这么长久地站在火器局的院子里，感觉自己的喉咙因为快速奔跑，正像火一样燃烧着。在这样长时间的静默中，他突然觉得他背着的是一个亲人。除此之外，他还想，这真是一个令人记忆深刻的中秋，充斥着火光、月光与血光。

第五章

万历三十年（1602 年）八月十六日　晴转雨

1

子正三刻，钱塘火器局。

刘一刀猛地撕开田小七肩膀上的飞鱼服，闻见一股浓烈的血腥味。他朝田小七绽裂开的皮肉喷出一口酒，田小七抖了一下，全身绷紧犹如一块铁。刚才从南屏山回来的路上，抓狂的赵士真最终咬下他肩膀上的一块肉。那块肉连着一截皮，在田小七奔跑的时候颤颤巍巍，每一阵风吹过都跟刀割一般。田小七想，赵士真肯定是疯了，不然下嘴怎么会这么狠。

望着田小七血淋淋的伤口，赵刻心眼前一阵晕眩。她试着将他肩膀上的衣服碎片一点点揭开，其间停下来好几次，感觉自己的两只手是僵硬的，每一个动作都显得异常笨拙。直到将那片伤口包扎好，赵刻心感觉整个人已经虚脱，好像是经历了一场漫长的战争。

田小七松了一口气，对赵刻心笑了笑，又抓过刘一刀的酒壶，把所有的酒灌进嘴里。酒很凶，他瞬间就脸红心跳了。最后他抹了一下嘴角，看见窗外的月光十分奢华，像是记忆中的京城欢乐坊酒楼，那是一座堂皇富贵的销金库，无恙姑娘和春小九在一片喧闹的歌舞声中卖酒，卖得风生水起。

刘天壮就是在此时奔进火器局的。他刚才听人说南屏山发生爆炸后，陈留下从山洞中抱出来一个孩子，可是还没到达山脚，孩子的身体就凉了。现在刘天壮战战兢兢，目光一片凄惶，他茫然地看着陈留下，又转头望向田小七，干涩的喉结只是抖动了一下，却最终什么都没说出口。田小七盯着刘天壮空荡荡的袖子，感觉他看上去显得更加单薄，似乎稍微来一阵风就能把他给吹倒。他抿紧嘴唇，想了想说，已经查明，抱出来的那个孩子姓严，家住城南东坡巷。他也是当初第一个被劫走的孩子。

刘天壮愣在那里，似乎没有听见田小七讲了什么。

再给我几天时间，田小七说，我会救出刘四宝，包括其余那些孩子。

刘天壮依旧像一棵残败的柳树，寒碜地站在那里，呆呆地望着田小七，好像是望着一堵陌生的墙。

后半夜的风凉飕飕的，刘一刀站在门外，感觉月光很慷慨，仿佛是在地上撒了一把昂贵的盐。此时他并没有发觉，土拔枪枪已经离开火器局，正在前往杨梅家的路上。土拔枪枪边走边按着肚子，痛得满头大汗。他觉得很奇怪，这一晚怎么肚子一直在翻腾。之前在南屏山山洞里，他挥舞着铁锹拍打向倭寇时，整个人就有点不舒服。他感觉脑子很沉，手上使不出足够的劲道，就连铁锹拍下去时也是不稳的。

土拔枪枪想，会不会是因为他下午在杨梅家里吃下去的那碗藕粉？

杨梅家的门前有一口池塘，月影在水中晃荡，土拔枪枪一路走去，似乎看见门前一个疲惫的身影，正试图要抱紧那截低矮的门框。他跑到门前，看见杨梅正好吐出一口白沫。杨梅的目光软绵绵的，望向土拔枪枪的时候，眼泪一下子就涌了出来。杨梅说，你总算过来了。你要是再晚一点，可能都见不到我了。

院子里的长条凳上，搁着一个竹匾，竹匾里晒着一摊还没有收起的藕粉。土拔枪枪一把将杨梅抱起，感觉钻进脖子里的夜风很凉，可是杨梅的身子却越来越烫。杨梅后来靠在床头，声音细若游丝，说有件事情我要跟你讲，咱们晒在外面的藕粉，被人下毒了。

土拔枪枪目光喷火，但剧烈的疼痛又让他全身抽搐了一下，好像有人要抓走他肚皮里的一副肠子。他立马想起西湖花舫里那群叫他三寸丁的公子哥，杨梅却摇头说不是你想的那么简单，我们是被暗算了。

是哪个不要命的兔崽子，土拔枪枪说，我去剁了他。

杨梅按着肚子，脸上的汗水跟雨点一般。她无力地把眼睛闭上，泪水终于夺眶而出。

土拔枪枪后来才知道，暗算他的原来就是倭寇。因为事实很明显，对方在傍晚找上杨梅的时候，威胁杨梅说想要拿到解药，必须用一本书来换。

什么书？土拔枪枪问。

是火器局赵总领刚刚写完的一本书，书名很长，我忘了。杨梅讲。

做他娘的狗梦。土拔枪枪捶了一把桌子，吓得杨梅心惊肉跳。杨梅说，我现在才知道，原来你来杭州真的是来办案。但是他们已经盯上了你，拿不到那本书，他们就想出了这等下三滥的法子，要把我们给毒死。

2

除了被田小七救回来的赵士真，以及被倭寇刺死的那个家住东坡巷的男孩，昨晚南屏山山洞里的那场混战，其余那些孩子都不见了踪影，现场也有许多倭寇逃脱。

薛武林眉头紧皱，看上去他的脸上有一层厚重的疲惫，灰头土脸的样子，眼睛中布满血丝。他带队在城里搜索了整整一个上午，直到后来伍佰问他，倭寇劫走这帮孩子，到底是什么目的。薛武林说，我要是晓得这帮狗杂种的心思，那我不也成了倭寇?

薛武林这辈子最恨的就是倭寇。此时他想起那一年风声呜咽、血腥遍野的朝鲜战场，冬天的雨打在脸上，硬邦邦的像是一场冰雹。那次他和刘天壮行走在队伍的最前面，一路上他什么都没说，脑子里浮现的都是几个月前送他出征的妻子陈汤团以及十来岁的妻弟陈留下。陈留下慷慨地把包在布巾里的两个藕合子递给他，说姐夫，你什么时候才能回来?薛武林摸了一把陈留下乱糟糟的头发，叮嘱他照顾好姐姐陈汤团，夜里记得要把门闩紧，再靠上家里的那个米缸。陈汤团那时候抹了一把眼角，看着城门上破败的旗杆说，十年二十年我都等你。那次薛武林想到这里时，猛然听见风雨中一阵山呼海啸，他一眼望去，四周全都是埋伏已久的倭寇。这时候身边的战友刘天壮打了一个哆嗦，扯了一把他冰冻成刀尖一样的衣角，说怎么办?薛武林一下子看见很多刀子，以及漫山遍野的倭寇。刀子向他涌来，雨点狠狠地砸在刀口，瞬间被切成一片粉碎。薛武林拔刀，咬了咬牙说，想要让自己活着，就只有让敌人死。天壮兄弟，上天入地，跟我一起冲过去……

葱包烩的香味拉回了薛武林的思绪，那个朝鲜战场已经远去，留在记忆里的只有肃杀的风和遍地的断手残腿。时间已经到了这天中午，薛武林和伍佰在摊前坐下。伍佰买下一堆葱包烩，一个个分给那些手下。他随即也咬了一口，嘴里鼓得满满当当，然后把摊主叫到跟前，指着几张摊开来的画像问他，这些孩子，有没有见到过？摊主是个斗鸡眼，他用比较集中的目光偷看了一眼伍佰的脸，看得十分艰难。他用力咽下一口唾沫说，没见过。

薛武林坐在一旁，说让你看画像，你看了吗？

摊主怔了一下，两颗斗鸡眼中掠过一丝慌乱，虽然很细小，却躲不过薛武林的眼睛。薛武林把刚刚拿起的葱包烩放下，说你慌什么？给我站在那里别动。

斗鸡眼很执着地用十分聚焦的目光盯着薛武林，一双手却忍不住在裤管上抓来抓去。他那两颗拼命挤在一起的眼珠，让伍佰觉得像是盯着一只正要向他发起攻击的苍蝇。

怎，怎么了？斗鸡眼说。

没怎么，你就站在那里别动。薛武林话还没讲完，斗鸡眼却一把抓起锅里的铲子，朝他狠狠地扔了过去。然后斗鸡眼像一只四只脚的老鼠，即刻就拔腿钻进了街边看热闹的人群中。

薛武林淡淡地笑了，在重新抓起桌上那只葱包烩的时候，他想今天运气还算不错，总算是遇见了一个目标，先让他跑一阵子也没问题。而他身边的伍佰却已经恶狠狠地追了上去，他这几天本来就窝着一肚子火。薛武林看见整条街道变得鸡飞狗跳，让这个很平常的午后一下子显示出十分生猛的样子。薛武林吃完葱包烩，两只手在裤腿上擦了擦，缓慢地起身喝了一口杯中的水，然后突然像箭一样射了出去。这位朝鲜战场上归来的老兵，身手并不比年轻的时候输了多少。

后来的事实证明，薛武林还是有点小看了这个斗鸡眼。斗鸡眼的确像一只老鼠，甚至是上蹿下跳的松鼠，他在很多巷子里飞奔，娇小的身影常常是倏忽之间一晃就不见了。后来斗鸡眼窜到了钱塘江边，劈手抢夺下某个商人牵在手里正在饮水的马，马鞭一甩，屁股后头就扬起一股四溅开的尘土。

薛武林于是搭箭上弓，朝视线中晃来晃去的马屁股嗖的一声射出箭羽。中箭以后，那匹马心中特别窝火，在连绵不绝的疼痛中，它好像厌倦了这一场午后的奔跑。马蹄收住时，它整个身子十分沮丧地倒塌在了泥地上。马背上的斗鸡眼翻滚着落在地上，他慌不择路地开始一场奔突，最终冲进差不多已经重新修建好的六和塔。踩着新鲜油漆好的楼梯板，他连滚带爬一直往塔顶逃窜。薛武林和伍佰也跟了上去，一路上，两人看见六和塔的里里外外的确是壮观又气派。

斗鸡眼跑到塔的最顶层，抬头一看眼前已经没路了，而此时薛武林和伍佰已经出现在顶层的楼梯口。薛武林停下，稍微喘了一口气，说你倒是继续跑呀，我看看你究竟能不能跑到天上去。

别过来。斗鸡眼拔出一把刀，刀子不长不短，刀口看上去有点钝，他讲别说我没提醒你，你们这样不舍不弃，最终对你们没、没好处。

薛武林睁大了眼睛，心想到底怎么个对自己没好处，倒是很想让他讲出来听听。他用小手指掏了掏耳朵，跟伍佰说，带他回去，我们坐下来听他慢慢讲。

你们要是敢动我，就是跟当朝太子作对！斗鸡眼的刀子指着薛武林，突然就冒出这么一句。他笑了，样子十分耀武扬威，说你一个小小的、小小的副千户，以为自己有多少能耐。实话跟你讲，你跟太子过……不去，最终会死得很惨。

太子？薛武林愣了一愣，好像是在自言自语，又看了一眼伍佰说，他刚才是在讲太子？

伍佰点了点头。

薛武林不再说话，一会儿他望向六和塔的远处，好像是要将斗鸡眼的话在脑子里好好过一遍。他看见钱塘江上有许多扯帆的船，船看上去很小，小得像一只行走在水面上的鸡。而更远的远处，天空有几片云层在翻滚，高低不平拥挤在一块。薛武林把目光从远处扯回来，跟伍佰讲，是不是有点闷？可能要下雨了。

斗鸡眼喷了喷鼻子，说怕了吧？你们还不快退下。

薛武林却笑了，他跟伍佰甩了甩头，说，拿下！

伍佰上前几步，逼得斗鸡眼急忙爬上栏杆，一只手紧紧抱着廊柱。斗鸡眼这时候挥舞起不长不短的刀子，样子很凶，说谁敢过来，就是找死。但是可能他用力过猛，一下子没有抱牢廊柱，身子摇晃了几下，结果整个人四仰八叉，就那样从塔顶绝望地坠落了下去。他的尖叫声，在瞬间就被风吹散了。

薛武林很快听见沉闷的声音，来自遥远的脚底。等他抬头探出栏杆时，看见塔底下一具血淋淋的尸体，尸体已经砸烂，压着身下的一摊血。薛武林叹了一口气，跟伍佰说，早知道这样，我们就不用追得这么紧。只要坐在塔底等他，他自然会乖乖地下去。

说完这一句，薛武林抬起了头，他果然看见一阵雨，从远方向这边赶过来，像天空中的一场潮水。

3

雨点起初下得很急，后来又变得淅淅沥沥，好像一场没完没了的春雨。

巡抚刘元霖站在窗前，已经给自己多套上了一件衣裳，一场秋雨一场凉，他嘴角的两片胡须时不时抖上一阵，想说什么又给咽了回去。

厅堂里还有田小七和薛武林。薛武林一直站着，根本没有坐下来的意思。在六和塔，他从摔成肉饼一样的斗鸡眼身上搜出一块铜牌，铜牌上刻了个名号，是太子朱常洛的洛字。刚才他忍不住跟刘元霖讲出一句，难道孩童失踪案真的是跟太子有关系？刘元霖不吭声，听见窗外的雨点突然就下得铺天盖地。在这场雨声中，刘元霖理了理思路：就在十多天前，杭州刚发生孩童被劫案时，因为几个失踪的孩子名字中都带有洛字，坊间传言是福王朱常洵借助蝙蝠作妖术，想要剪除太子朱常洛。但是现在整个事件好像又有了反转，似乎是太子为了嫁祸于福王，故意在幕后精心操纵了一场戏，让人劫走孩子后又传出福王想置他于死地的谣言。所谓贼喊捉贼。

现在刘元霖看了一眼田小七，终于开口说，你怎么看？

田小七什么也没说，他坐在那里摆棋，黑白的棋子先后一颗颗落下，很快就占据了棋盘上的一个角落。

刘元霖有点等不住了，说你倒是讲话呀，这事体要不要跟皇上禀报？可是等他刚说完，薛武林却突然在他跟前跪下，声音类似于哀求，说巡抚大人，请你三思。

刘元霖顿时感觉十分意外。他诧异地讲，你这又是怎么了？却很快听见薛武林说，在下只是个麻雀那么大的副千户官，绝不想以后成为太子的眼中钉。

田小七一直听着这一切，他把落下去的一颗棋子重新拿起，扔进棋盒的时候说，现在考虑这一切是不是还太早？关键是要找到那些孩子。再说，孩子八成是在倭寇的手上，怎么就牵连到了太子？

薛武林耷拉着一张脸，看见窗外飘进来的雨丝落在刘元霖稀疏的头发上，有几滴还顽强地渗向了他的头皮。刘元霖说，既然这样，那你们还愣在这里干吗？赶紧去查呀。

这天离开刘元霖的府上时，薛武林给田小七打了一把伞，两个人走在淅淅沥沥的雨中，鞋子一下子就溅湿了。薛武林后来在一家酒馆的店招前停住，他讲，咱们两个该喝一场酒。此时田小七已经抬腿跨了进去，他说其实我也是这么想的。

酒喝得很快，一下子就把秋凉给盖住。薛武林再次把酒给满上，说刚才多亏了你，不然我下一次喝酒，说不定是在牢里问斩的时候。田小七笑了，他讲其实这事情哪怕我不阻拦，巡抚也不见得就会去禀报皇上。他又喝了一口酒，说那天我带火丁去搜索几座塔，这事情你把它给忘了。

薛武林也笑了，摆摆手说，我们都是一条船上的兄弟。然后他抿了一口酒，犹豫了一阵后，从口袋里掏出一样东西，说你认不认得这个？

田小七看见薛武林摆在桌上的，是几片红色的花生壳。他不明白薛武林为何会把几片花生壳藏在兜里，只是有那么一点想起，土拔枪枪这几天好像一直在吃花生，吃得津津有味。这时候薛武林说，那天在柳浪闻莺和送松吉去守戍军军营的途中，地上都有这样三三两两的红色花生壳。花生在杭州比较少见，更别说是染红的，所以我猜测是路标……

田小七把酒杯放下，说你不用讲了，你的意思我已经明白。我当初的确以为松吉被暗杀，可能是你们军营里有奸细。但是你刚才的推断很有道理，他们就是顺着花生壳找到军营的，我敬你一杯。

薛武林当即就把酒给喝光，又抬手将那把花生壳一把扫去了地上。他跟田小七笑了一下，然后看了一眼门外说，雨好像停了。

4

没有人会知道，土拔枪枪经历了怎样的一天。这天杨梅在床上不停地翻滚，痛得死去活来，而土拔枪枪正要抱她去见郎中时，感觉自己的肚子又跟刀绞一般，整个人头晕目眩，根本无法抬腿。他把杨梅放下，看见她那只不怎么雅观的瞎眼睛黯淡无光。杨梅的眼睛是因为她十二岁那年贪嘴，爬到树上去摘杨梅，结果脚底打滑，整个人摔下去时，不仅割开了半张脸，还被枝丫戳瞎了这只眼睛。

杨梅说要是郎中有用，他们就不会提出用解药交换赵士真的《神器谱或问》了。

黄昏到来的时候，杨梅觉得自己可能挺不下去了，她跟土拔枪枪说，虽然才认识你三天，你却是这辈子对我最好的男人。土拔枪枪掉出了一排眼泪，一下子把她抱得很紧。他从来没有抱过女人，闻见杨梅身上的气息，感觉自己真正做了一回男人。他觉得自己快要窒息了。杨梅后来躺在土拔枪枪怀里，听见他心跳很快。她把眼睛闭上，想了一阵说，哥哥要是不嫌弃，我想做一回你的女人。你以后回去京城，一定要记得，我是你的第一个女人。

土拔枪枪顿时心跳停住，他知道杨梅讲这话的意思，但是这一切太突然了，他完全没有准备。他想了想说，不行，我们还没有成亲。杨梅却在他怀里挪动了一下，靠近他胸口说，傻瓜，我愿意把自己交给你。你现在不要我，以后就没有机会了。杨梅说完，低头犹豫着解开自己的衣裳，当最后一片肚兜滑下时，她已经把全部的身体都呈现给了土拔枪枪。

土拔枪枪一直坐在床边大口喘气，承受着前所未有的担惊受怕。他看见房间里刚刚亮起来的烛光，悄无声息地爬上杨梅的身子。杨梅的身子一片光滑，如同水里捞出来的一颗枣。她的胸脯跟随着呼吸，宁静而连绵地起伏，是那种能够想象得出来的柔软。她躺在那里，像一条昏昏欲睡的河。烛光柔和，有一抹影子落在她腰间，一颤一颤的，像摇摆在河水底部的草。

土拔枪枪大汗淋漓，觉得自己就要在一场潮湿的梦里沦陷。这时候他猛地转过脸去，喊了一声道，那帮兔崽子在哪里，怎么跟他们交换解药？我去拿赵士真的书来跟他们换。

你别傻了，杨梅颤着声音告诉他，为了我，不值得。

我已经想好了，值得。土拔枪枪声音很坚定。他想起之前赵刻心横竖看他不顺眼，开口闭口让他滚。现在也就是一本书，给了倭寇以后赵士真大不了重新写。土拔枪枪觉得“值得”的想法越来越强烈，他想杨梅是他第一个女人，怎么不能为她做点事呢。在这样的想法中，他扯开嗓门大喊了一声，值。然后，一切都平静了下来。

很久以后，杨梅起身，把衣服套上，又整理了一下头发。

你把书给我就行，他们不愿意见你。杨梅扣好扣子时说，这事情你千万不能告诉任何人，不然这场交易肯定就没法做了。

土拔枪枪听见这一句，眼皮突然跳了一下，他没有想到，重新穿戴整齐的杨梅，这一切竟然说得如此平静，好像只是在菜场里买下了一棵青菜。他越想越不对劲，感觉身上又出了一层汗，于是就盯着杨梅说，我们刚才是不是也在做交易？

杨梅把头扭过来，在扎好的头发上插进一枚发簪，她娇柔无力地说我听不懂你在讲什么。

你这几天怎么没去花舫？你刚才说等我回去京城要记得你，我们吃了一样的藕粉，既然我能回去京城，那你也不会有事。事实上我们都不会被毒死，也不会活活地痛死。土拔枪枪从床上跳下，抓起铁锹拍子，将杨梅一把抓到床边，盯着她说，你老实跟我讲，到底怎么回事？

杨梅说，轻一点，你把我抓痛了。

你是不是杭州人？你在这个地方住了几年？土拔枪枪说，我觉得你是被倭寇给收买了。

杨梅坐直身子，迎着土拔枪枪的目光，过去一口吹灭了蜡烛。她说你别那样看着我，好像我跟你有仇。你现在肚子不痛了，一下子就被你想明白了。那你说，我被倭寇收买了，你是想拉我去问斩，还是车裂？

你就不想找个理由？

我不找了。你现在要杀我也行，把你的破铁拍子拍下来。

土拔枪枪呼的一声举起铁锹，举在杨梅的眼前。杨梅坐在床沿一动不动，那只完好无损的眼睛就那样看着他，好像是看着花舫里刚刚上船的游客。这让土拔枪枪看见无比深沉的夜色，不能抗拒的夜色，以及能够将他一把推倒的夜色。他同时听见院子外打更的声音，那截竹梆子明显已经破裂，打更人也敲打得心不在焉，声音只是传出一半便戛然而止，最终让他听起来十分刺耳。

杨梅说，你心里有我，你舍不得我。

土拔枪枪说，你就这么肯定?

杨梅一把将土拔枪枪抱进怀里，让他整张脸都贴在自己辽阔的胸上。她讲我也是没有办法，我是被他们从台州府带过来的，我的脸是他们的刀子割的，我的眼睛是他们用一根筷子给戳瞎的。我要是不这么骗你，我在台州的父母亲会被他们扔进大海喂鱼。

土拔枪枪哭了，他把一张大饼似的脸藏在杨梅温暖的怀里，闻见一股迷人的气息，那种气息足以令他颤抖。一时之间，他哭得无比伤心，抹了一把泪说，我真的是喜欢你。

半个时辰后，土拔枪枪走在回去香榧客栈的路上。他走进巷子，拖着疲惫的身影，心里想了很多遍，要不要跟田小七讲清楚，杨梅是被倭寇控制的奸细。秋风一直胡乱地吹着，后来又有雨点零星地落下，土拔枪枪觉得心里乱糟糟的。他抬头看着眼前的桂花树，以及桂花树边的那棵杨梅树。许多桂花已经被雨点打落，刚才又被他踩了一脚，他想起那天自己在桂花树下喝的陈年绿茶，味道是苦涩的。土拔枪枪踌躇不前时，听见身后一阵窸窸窣窣的脚步声，他回头，看见的竟然是杨梅。杨梅一直尾随着他，此刻就站在巷子口，她之前收起的头发已经放下，遮住了那只被人戳瞎的眼睛，以及布满了伤疤的半边脸。杨梅站在雨中，身影楚楚动人，她望着土拔枪枪，跟他隔了一段距离说，如果官府不判我死罪，等我从牢里出来，你还愿意娶我吗？

土拔枪枪一屁股坐到湿答答的地上，心想这是多么令人肝肠寸断的爱情。他摇了摇头说，你先回去，我想一个人静一静。

这时候雨已经下得变本加厉。秋风中，土拔枪枪忍不住把自己抱紧。

5

赵士真躺在床上，睁着一双眼睛，很好奇地望着屋顶。自从醒来以后，他没有讲过一句话，像是一个没有了记忆的哑巴。赵刻心给他擦脸，他的目光始终是笔直的，仿佛在考虑许多遥远的事情。刘元霖过来看他，想要平易近人地喂他吃一碗薄皮馄饨，可是他嘴巴一直就那么半张着，送进去的馄饨又全都原封不动地漏了出来。刘元霖说你真是要急死我了，哪怕能喝下一口汤也是好的。

杭州知府先后派来好几个郎中，起初一个个都是笑眯眯的，煞有介事着诊脉，好像即刻就能手到病除的样子。可是后来给赵士真这里看看，那里摸摸，最后都把脑袋摇得很苦闷，说不出他是中了什么稀奇古怪的邪毒。最后一个郎中看上去瘦成一截竹竿，他跟守戍军的川东猎犬一样，用鼻子把赵士真全身闻了一个遍，又给他身上插满了细细的银针，把他插得像一个刺猬似的。然后郎中抓着不同的银针，左手捻一捻，右手转一转，最后离开床前的时候，他冥思苦想了很久，跟刘元霖说你别看他眼睛这么睁着，其实他是睡着了。

你就告诉我，他到底什么时候能醒。刘元霖眼里全是血丝，说别讲那些没用的。

这个不好说，反正等他醒来的时候自然就醒了。

刘元霖说，听懂了。滚!

刘元霖后来一直坐在赵士真床边，他想就这么陪他坐着，一直坐到天亮。可是他坐了没多久，又气呼呼地起身，转头望着赵士真说，你说我堂堂一个巡抚大人，你就让我这么干巴巴地坐着。你倒是发出一点声音啊，我求你了。

赵士真像一截木头一样躺在床上，嘴巴依旧那么张开着。

这天夜里，赵刻心一个人赶去了万松岭。此前她没有告诉任何人，包括陪在父亲身边的刘元霖。田小七也是到了后来才知道，赵刻心的这次单独行动，是因为赵士真的书房里这天突然射进一支冷箭。箭头钉在柱子上，插了一片纸，对方让赵刻心带上《神器谱或问》的母本，去交换赵士真中毒的解药。纸片上还特别交代，此事不能声张，不然赵士真这一辈子就只能待在床板上。

赵刻心把那支箭折断，随手扔出了窗外。

事实上，冷箭是土拨枪枪射的，那些歪歪扭扭的字也是他写的。土拨枪枪后来没有回去香榧客栈，他想去火器局偷了赵刻心的《神器谱或问》，却又不知道书会藏在哪里。后来杨梅跟他讲，你去带话，我们用赵士真的解药跟他女儿作交换。一个时辰后，就在万松岭。

赵刻心出现在万松岭，见到的是阿部。阿部把面罩拉低了一点，这样才方便看清赵刻心以及她的身后。赵刻心说，不用看得那么仔细，一路走来这里的，只有我自己。

阿部说，我有点怀疑，就这样拿到你们的《神器谱或问》，是不是太容易了？

赵刻心掏出怀里的一册书，在阿部眼前晃了晃，说看清楚，你日思夜想的东西就在这里。

阿部很清楚地看见了《神器谱或问》的封皮，的确是赵士真的手迹，跟之前拿到的子本上的字体一模一样。他伸手就要去接，赵刻心却收手，说别急，你至少要让我相信，你给出的解药，对我父亲真的有用。

阿部笑了，感觉眼前这个异常镇定的女子，在美女如云的杭州城，的确是独树一帜。

相信和不相信难道有什么区别？阿部笑眯眯着说，反正你又没得选，因为你只有一个爹。

世间也只有一本《神器谱或问》，对我爹来讲，这书比他的性命更重要。赵刻心说。

万松岭上吹过一阵风，吹落一些驻留在树叶上还没来得及掉下来的雨点。阿部摸了一下掉落在脸上的冰凉的雨点讲，你这话倒是让我听出了你的诚意。然后他从兜里掏出一个纸包，说解药拿回去，给你爹泡汤喝，连着喝两天，他准能行动自如，也能认得你这个宝贝女儿。说完阿部摸了摸嘴角，多少显得有点斯文，他说，这也是我的一点诚意。

赵刻心举着《神器谱或问》，将它摆在一片湿润的草地上。她抬起头，说解药扔给我。

阿部说你退开。可是他没有想到，赵刻心就在起身时，却从怀中掏出一把精致的短手铳，她虽然退后了两步，手铳的枪管却始终瞄向他额头。赵刻心说，赶紧扔过来，我不想让你的脑袋开花。

阿部扯了扯嘴角，等到身后的一批手下围上来，他才放心地把手里的解药扔出。他看见赵刻心抬手，很利索地接过空中飞来的药包，抓进手中的时候却说，书你暂时不用看，因为我带来的只有一半，等这包解药确定有效，剩下的一半我自然会找机会给你。

阿部摇了摇头，感觉到前所未有的沮丧，他一下子很不喜欢眼前这位清丽可人的杭州姑娘，甚至不喜欢眼下这种样子的万松岭。阿部挥了挥手，几名手下即刻拔刀，将赵刻心团团围住。

既然你破坏了规矩，那就把解药留下。阿部说，也可以把命留下。

但是赵刻心却并不急着离开，她只是把解药塞进怀里，并且在眼看着几把长刀一起朝自己挥舞过来的时候才断定，对方攻击得越是凌厉，到手的解药就越是没有问题。这时候她迅速扭转手铳，发射出的铁弹第一时间击中了冲在最前面的黄山鱼。黄山鱼毫无悬念地倒在大明朝火器的枪口下，在死去之前，他依旧听见耳边手铳声的回响，在雨后初晴的夜空中传得很远。

一场厮杀在所难免。阿部起初站在杀阵的外围，他想好好看一回赵刻心有几斤几两。

赵刻心频频举枪射击，娴熟的手法以及准确的命中度令人惊叹。后来赵刻心夺过阿部一名手下的刀子，她身轻如燕，刀子落下时，一片血光就在她飘飞起的脚下十分昂扬地喷溅了出去。阿部想，刀枪并用，这的确是一位英姿飒爽的女子，简直飒爽得让人赏心悦目。那么，他应该赶紧把她拿下。

6

此刻田小七和刘一刀正在从南屏山回钱塘火器局的路上，他们听见夜空中爆裂开的一阵枪响，打破了钱塘县城南的一片宁静。田小七于是腾空而起，如同天际划过的一颗流星，飞速朝着枪声的方向奔去。

赵刻心不会忘记，那天如果不是田小七及时赶到万松岭，她可能已经葬身在阿部和那些倭寇的长刀下。她记得那天夜里的刀光犹如闪电，一道接着一道，劈头盖脸着朝她砸来。然后她渐渐觉得招架不住，看见空中被劈碎的松树枝条纷纷扬扬，如同下了一场雪。在那场密集的雪中，赵刻心似乎看见了自己的母亲，母亲在许多年前的京城，倒在一片来势凶猛的火海中，此后便没有再站起。

田小七带着刘一刀很快便杀进万松岭的那片战场。田小七的绣春刀四面挥舞所向披靡，刀锋所到之处，倭寇一个个倒下。血光中，他盯着赵刻心，一步步杀开重围朝她靠近。赵刻心感受到了田小七的目光，好像能将她眼里的那些雪融化，也让她重新升腾起力量。两个人最后背靠背紧贴在一起，站成互相依撑的墙。赵刻心听见田小七的呼吸，温热且有劲，田小七在她背后说，没事吧？你的刀可以先休息一下。赵刻心于是一下子把刀子举得更高，她稍微转过头去，说，你来得正是时候。但此时她却看见，田小七肩膀上被她父亲咬伤的伤口已经裂开，血流淌得很汹涌，似乎很快沾湿了眼前的夜色。

赵刻心说，你在流血，小心伤口。

田小七却笑了一下，好像并没有感觉到伤痛，此时他劈出去的绣春刀带出一道明亮的光，准确切下了倭寇的一片手掌。那片手掌飞了出去，牵引出一条弧形的血线。他望向那条消失的血线，跟赵刻心说我没觉得身上有伤口，好像只是少了一块肉。

不远处，刘一刀正杀得兴起。刘一刀绷着一张脸，抡起刀子的时候好像心情很差，也似乎在埋头收割一批庄稼。

赵刻心再次放倒一名倭寇，她靠着田小七的肩膀，说你身上少掉的那块肉，是我们家欠你的。可是她说完这句，却很长时间没有听见田小七的声音。她转头，看见田小七一张脸都是惨白的，额头上挤满了汗珠。田小七把绣春刀插在地上，拄着刀柄说，你刚才讲什么？

赵刻心也是到这时候才发现，阿部和他那些剩下来的手下，顷刻间已经落荒而逃。被他们丢下的，是地上几具横躺的尸体。

追不追？刘一刀问田小七。

田小七咬紧牙关，使劲扶住绣春刀的刀柄，声音有点虚弱，说回去。此刻从他肩膀上涌出的血此起彼伏，已经将他一身飞鱼服彻底打湿。血沿着飞鱼服的衣摆不停地往下流淌，掉落在他身边的泥地上。赵刻心感觉田小七整个人已经浸泡在了血泊中，她有点晕眩，好像每次见到田小七的血就会晕眩。

你没事吧？赵刻心说。

只要你没事，我就不会有事。田小七说，流一点血而已，回去喝点酒就好了。酒对男人来说是补血的。说完，他好像一下子没有站稳，整个人倒了下去。

那天的后来，赵刻心听刘一刀说，他跟田小七刚才是又过去了一趟南屏山的山洞。山洞里，他们发现扔在地上的许多烟花竹签，以及竹签旁一排凌乱的小脚印。很明显，脚印都是那帮孩子的，他们可能在山洞中玩过烟火。刘一刀说田小七还发现了刘四宝的脚印，因为那双脚印一只是穿鞋的，一只是光脚的。后来刘一刀举着火把，看见刘四宝的脚印旁画了一个图形，应该是用树枝画的，是三个叠在一起的三角形。而图形旁，则再次留了一排匪夷所思的符号。

什么符号？赵刻心问。

刘一刀一脸茫然，那种拐来拐去的符号，他根本不知道该怎么表述。

857142。田小七缓缓地说。

因为失血过多，田小七整个人已经透支。在昏睡过去之前，他又迷迷糊糊着跟赵刻心讲，数字肯定是你父亲留下来的，他好像有什么事情要告诉我们。

刘一刀也是到了这时候才明白，原来地上那些鬼画符一样的东西，竟然全是数字。但他有一点还是没明白，怎么田小七就懂了这些所谓的曲里拐弯的数字？他后来翻来覆去揣摩了很久也不得要领，最后只能在田小七醒来以后很虔诚地向他请教，于是才好像有点模模糊糊地知道，原来他刘一刀或许也可以写成刘 1 刀的，而且那个 1 必须要写得竖直。那时候，刘一刀还知道了世界上很远的地方有一种人，他们叫大食人。而恰恰是大食人的一，是站立起来的 1。

刘一刀想，要让他一辈子站直成刘 1 刀，多累啊。大食人，真是吃饱了撑的。

7

田小七整整昏睡了一个多时辰。醒来时，赵刻心坐他身边，已经替他重新包扎好伤口。赵刻心说你昨天救了我爹，今天又来救我。可惜我只能替你包扎一下伤口。我是不是欠你很多？

田小七忍不住笑了，他想自己以后的伤口或许都可以交给赵刻心，因为她已经很有经验。

无恙是谁？赵刻心突然说。

田小七愣住，他看见赵刻心在收拾那些包扎的布条，以及涂抹在伤口上的药粉。赵刻心只留给他一个背影。

你刚才做噩梦了，好几次叫出无恙的名字。赵刻心转身，又说，你在梦里很担心。

田小七按住伤口，目光飘到远处，过了很久才说，可能她人已经不在了，去了另外一个世界。

赵刻心心中格登了一下，她看见田小七目光伤感，好像是蹲坐在凉薄的水边，眼看着很多事情漂浮在水上一路走远。

凭什么讲她去了另外一个世界？你是不是想多了。

凭我的直觉。田小七说，在我到达杭州的第一天，就看见了空中的一颗流星。

流星不能代表什么。流星只是流星。

田小七努力笑了一下。就在刚才的梦境里，他看见了无恙的背影，轻飘飘的，像一朵急着赶路的云。他记得无恙是从北镇抚司的诏狱里走出，脚上拴了一根铁链，然后就被推上一辆囚车，看样子是要送去午门候斩。囚车启动的时候，巨大的车轮碾压着田小七的胸膛，他想把车轮推开，推得人仰马翻，更想斩断那根铁链子，带上无恙飞奔进无尽的血色黄昏。但是那时候有人把田小七死死地摁在地上，他在田小七耳边一字一句说得很清楚：朕的天下，容不得反贼，这是朕做人的底线。那人面目模糊，声音却斩钉截铁，还说你不能怪我，是你自己爱错了女人。她不仅不向朕认错，还想带动一帮辽东的叛党越狱。她今天越狱，明天就还想着造反，那么朕的龙椅还坐不坐了？难道你想让朕的大明江山，摆在一片摇摇晃晃的沙滩上？

在那场梦中，田小七后来发现，头顶那张渐渐清晰起来的脸，无比熟悉又十分陌生。他看着对方霸气而且阴鸷的面容，声音类似于乞求，说你让我带无恙走，我们从此不在京城出现一个脚指头。但是那人转身，一袭龙袍的背影裹走了苍凉的暮色，他在暮色中说，晚了。田小七于是看见一道无比宽阔的铡刀，那时候无恙已经被按住头颅，她不得不跪下，然后昂首朝人群中的他凄美地笑了一下。铡刀猛地抬起，黄昏应声降临。田小七看见残阳如血，他在血光中声嘶力竭着喊了一声无恙，随即便醒了。

现在田小七仿佛依旧看见那一抹凄厉的残阳。他还蓦然看见，赵刻心呆呆地坐着，眼底似乎有点潮湿。这让田小七猝不及防，他说你是不是也有什么伤心的事情？如果我讲对了，你最好能让那颗眼泪掉下来，那样你心里的忧伤就会变得轻一点。

赵刻心果然就掉下了一行泪，似乎已经存储了很久。她转头抹去泪花时，笑着说，你让我突然想起了我的母亲，因为她也去了另外一个世界，就像一颗无声的流星。

我懂了。田小七想了想，又说，那我要不要跟你讲讲我的母亲？

田小七很小的时候，母亲死在一口井里，她是投井自尽的。

而在此之前，田小七的父亲也战死在了辽东战场。他和刘一刀、土拔枪枪以及唐胭脂，加上一个最小的弟弟吉祥，都是在京城吉祥孤儿院里长大的，抚养他们成人的是孤儿院的嬷嬷马候炮。马候炮和他们几个的父亲都是辽东平叛战场的战友，她样子很凶，有一张苦大仇深的脸，一天到晚托着根烟杆，坐在自己喷出来的如山似海的烟雾里。她把烟杆在桌腿上一拍，说你们几个给我死过来。再不去洗澡，身上都可以搓下来一斤盐了……

田小七的故事充满着灰尘，他最后说，你就是让我讲一千次，我也讲不出我的亲生母亲到底是什么模样。马候炮既是我们后来共同的母亲，也是我们这辈子共同的父亲。只是她现在也不在了，她死了，我们把她埋在了京城郊外的土里。

赵刻心感觉钱塘火器局的夜色在慢慢变淡，好像被水洗过了一次。她看见那些深夜忙碌完的工匠，走在回去营房的路上时透过窗口对她笑了一下。这时候田小七说，好像我刚才讲的这些才是我的伤口，至于肩膀上少了一块肉，那其实根本就不能叫伤口，因为它太浅了，不用两天就长回去了。

夜色开始变得寂静时，赵刻心和田小七一起，给赵士真服下了解药。赵刻心带去万松岭的《神器谱或问》，其实只有一张封面是真的，里头的页面全都是空白。对此，田小七其实早就猜到，他讲你要是带去了真的《神器谱或问》，那你就是一个虚假的赵刻心了。

你明天就可以回去京城，带上《神器谱或问》。把它交给皇上，你的任务已经完成。

田小七听赵刻心说完，却止不住笑了。

我是大明王朝的锦衣卫，潜伏在杭州的倭寇不除，我要是去面对皇上，岂不是个天大的笑话。田小七这么说着，心里却觉得，自己好像已经喜欢上了杭州这座城市。而这一切，好像是从当初那个流了一脸鼻涕的刘四宝开始的。

田小七说，你教我学大食人的数字吧。就像你爹当初讲的，以后一定能派上用场。我喜欢这些数字。

赵刻心也笑了，她想，只要是田小七喜欢的，她都愿意教。她甚至愿意跟田小七讲讲一千多年前，有个头顶扎着一方布巾的南北朝范阳郡人祖冲之，那人测算出了精确的圆周率。而那样的数值，又曾经被人编成一首儿歌：山巅一寺一壶酒（3.14159），尔乐苦煞吾（26535），把酒吃（897），酒杀尔（932），杀不死（384），乐尔乐（626）……

8

刘一刀抱着心爱的刀子，一个人独自坐在香榧客栈的二楼楼梯口。他是坐在一截楼梯板的中间，刀柄靠着结实的胸膛，身边搁了一壶酒。刘一刀在等土拔枪枪，已经等了将近半个时辰，壶里的酒却没有喝过一口。

刚才从万松岭回到钱塘火器局，在赵士真的书房，田小七看了一眼之前通过冷箭射进来的那张纸条。他按住流血的伤口问刘一刀，咱们的土拔枪枪，他人在哪里？我来杭州总共也没见过他几眼，他怎么比朱翊钧还要忙。刘一刀也看了一下纸条，于是就莫名地想起了土拔枪枪的字迹，那些字写得歪歪扭扭，类似于一条潜行的蜈蚣。

现在土拔枪枪终于回到了客栈，他一路吃着花生，踩上楼梯板见到刘一刀的时候，盯着他怀里的那把刀说，你是准备抱着它睡在这里吗？我要不要给你拿一个枕头？

刘一刀捡起土拔枪枪丢下的花生壳，拿在手上，慢慢碾碎。他说花生哪来的？我知道它很香，我还知道男人吃了补血。

土拔枪枪看见一把碾碎的花生壳，被刘一刀撒在了楼梯板上。然后风一吹，那些碎屑就没了。

我不明白你的意思，土拔枪枪说，让开，我的床板在房间里，我不想睡楼梯板。

刘一刀于是将那片射进火器局的纸条摆在了土拔枪枪眼前。他说我希望我看走眼，这些都不是你写的。但是刚才在万松岭，我们几个差点就回不来了。你知道吗，田小七流了很多血，他现在还躺在床上。

土拔枪枪看见楼道很黑，他还听见唐胭脂养伤的那间客房里，好像有一点声响。他想，唐胭脂说不定是醒了。

冷箭是我射的，土拔枪枪说，我要是不这么做，赵刻心也别想拿到解药。难道你不觉得这一切很周全吗？

那你接下去还想怎么周全？

你都已经抱着一把刀子，我还能怎么样？我只想睡觉，天大的事情都等睡醒了再说。我太想睡觉了。

刘一刀听见一阵隐隐的雷声，在很远的天边滚动，似乎接下去紧跟着又是一场雨。他后来什么也没说，眼看着土拔枪枪在自己眼里走远。他躺到床上，一直抱着那把刀，感觉此刻能懂他的，只有沉默的刀。刀子是嬷嬷马候炮留给他的，在刘一刀十六岁之前，马候炮始终将这把七星刀摆在刀架上，不让人碰一个手指头。直到那年春天，桃花开得漫山遍野的时候，马候炮在一个清晨让刘一刀在刀架前跪下，她捧着那把刀说，快叫一声爹。

刀子是刘一刀的爹生前用过的。刘一刀那次目光一片空白，他根本不知道自己的爹到底长什么样子，就连爹叫什么名字也从来没听人讲过。马候炮那时托着烟杆喷出一口浓烟，差点就要把刘一刀给呛死。她讲你爹跟你一样，也叫刘一刀。说完马候炮呛啷一声抽出刀子，让刘一刀看见镶嵌在血槽上的七颗银星，如同七只死不瞑目的眼睛。她说万历十年，泰宁部落酋长速把亥和他弟弟炒花进犯义州，我和你爹奉命去收拾他们。我记得那个刘一刀站在战场上就像一座塔，胸膛和肩膀比城墙砖还硬。可是臭小子，我现在看看你这副熊样子，你能行吗？

刘一刀说我不行。马候炮就一个巴掌拍在他脸上，说没用的东西，你根本就不配叫刘一刀，你应该叫刘一草。这世上再也不会有一座塔一样的男人，那样的刘一刀已经死了，永远地死了……

刘一刀这么回想的时候，土拔枪枪正在床上发抖。土拔枪枪的肚子再次开始翻江倒海，痛得他生不如死。之前杨梅跟他讲，藕粉里的毒性要过两天才能过去，所以你要慢慢熬。土拔枪枪想，那就熬吧，等熬过了这一阵，他就带着杨梅去台州。他不知道台州到底是一个什么样的州，但居家过日子总应该可以吧，跟杨梅生一大堆的孩子也可以吧。

疼痛让土拔枪枪的手指深深地抠进床板，直至抠断了一整片指甲，疼痛一次次滚动着袭来。他将那枚浮动的指甲从手指上摘去，看见自己血淋淋的指头，浑圆，毫无遮挡。这时候他却听见刘一刀说，知不知道，你这是死罪？

土拔枪枪咬着牙根，将那片带血的指甲抛弃。他说我不怕死，我只怕自己活了一辈子，也没有一个心爱的女人。

那你就不后悔？刘一刀说。

土拔枪枪继续望着自己血淋淋的指头，说你不用管我，所有的事情我自己扛。刘一刀睁着一双眼，看见窗外的树梢不停地摇摆，又一阵雷声滚过去的时候，雨终于还是落了下来。雨点飞进窗口打在床头，也有很多砸在刘一刀的脸上，像是马候炮多年以前拍过来的巴掌。刘一刀聆听着秋风秋雨，觉得夜晚很长，深夜很深，人心很痛。直到后来他转过头去，才发现土拔枪枪的那张床上已经是空的，被抠破的床板，以及通往客房门口的地上，都留着几滴新鲜的血，在这个夜晚显得特别触目惊心。

刘一刀猛然冲向门口，冲到楼道上，撞见了伤势复原的唐胭脂。

唐胭脂声音尖细而清脆地说，他走了。

第六章

万历三十年（1602 年）八月十七日　雨转晴

1

在唐胭脂的记忆里，万历三十年杭州城八月十七日的凌晨，背景永远是一场漆黑的雨。那天雨下得很凶猛，天空似乎被扯开了一个口子，他在半夜里醒来，走去过道上时正好撞见了另一间客房里奔出的刘一刀。刘一刀提着那把刀尖锯齿状的七星刀，说让开。唐胭脂觉得，刘一刀这样火急火燎的，好像是要去抓鬼。他说人都走了，心可能也散了，你去追他回来又何必？但是刘一刀又说，让开！

时间仅仅过了不到一个时辰，唐胭脂就听说刘一刀出事了。陈留下跑来客栈，说刘一刀的身子被人卸成了八块，割下来的头颅漂浮在一个水塘里，是田小七游去水中央才给抱回来的。陈留下说着说着就哭了，他说你就一点不伤心吗？唐胭脂趴在楼道前的栏杆上，看着瓦片上落下来的雨，一点一滴，怎么也落不完，好像是刘一刀落下去的身影。

唐胭脂说，我很后悔，后悔没有把他拦住。我只是跟刘一刀讲，人都走了，心可能也散了，你去追他回来又何必？唐胭脂说完，终于掉下了两行泪，泪水冲淡了脸上刚刚涂抹好的胭脂。他说这就是兄弟，但这也是前世修来的命。

一个时辰以前，土拔枪枪在大雨滂沱的时候冲出香榧客栈，他在雨中一路狂奔，最后一脚踢开了杨梅家的门板。杨梅看见他从头到脚都是湿的，整个人像是一截被雨淋湿的冬瓜。她说你们那个赵刻心真是狡猾，送过去万松岭的书都是空白的。

土拔枪枪一句话也没说，上前一把抓起杨梅的身子。杨梅睁着那只正常的眼睛看他，说你这是怎么了？

跟我走，我送你去衙门。土拔枪枪说。

杨梅的眼睛变成灰不溜秋的颜色，她把土拔枪枪的手拿开，看见他抠破的手指上都是血。她说要是我不去呢，那你想怎么办？

这时候门被推开，杨梅首先看见一截被雨打湿的刀鞘，栗色的，然后才是走进来的刘一刀。刘一刀的刀鞘顶着门板，有许多水珠沿着一条线滴落。刘一刀说，去还是不去，先问问我的刀。

杨梅笑了，她讲想必你就是刘一刀，今天既然来了，那就不用走了。你们大明国好像有句古语，说下雨天是留人的天。说完，杨梅冷冷地看了一眼土拔枪枪，然后抬手伸向自己的额头，在发际线间寻找到一个缺口。她猛地一撕，让土拔枪枪听见一片类似于刀子切开冬瓜皮的声音，然后她沿着自己的整张脸，慢条斯理着将一片面具给完完全全地揭下。

土拔枪枪随即看见了另外一个杨梅，她的左眼不仅没有瞎，而且还咄咄逼人，放射出寒冷的光。

三寸丁，总应该让你看一眼我的真实面目。杨梅说，要不然死到临头，你还真以为我是半个瞎子。

刘一刀身后的门被轻轻合上，他转头，看见阿部将一把铜锁扣上。阿部抽出钥匙，门已经被他反锁上。

刘一刀看着阿部，说速度真快，刚才在万松岭，现在已经跑来了这里。阿部却打了一个响指。顷刻间，屋子里的床底下、灶房里和衣橱中，纷纷钻出好多个一声不吭的倭寇。刘一刀把刀子慢慢拔出，看见房梁上又跳下了三名男子，清一色的紧身黑衣。他于是看着土拔枪枪说，还愣着干吗？我们一直在寻找这些倭寇，现在人家送上门了。

土拔枪枪抽出插在腰间的铁锹，听见窗外的雨已经下疯了，似乎要把整个院子给冲走。他把铁锹在袖子上来回擦了擦，忽然想起唐胭脂曾经跟他讲过，女人是祸水。他想，是祸躲不过，既然如此，那就干脆让雨下得更猛烈一些吧。

2

田小七这天晚了一步，他赶到现场时，地上的血已经流到院子里，流成一条红色的河。刘一刀的尸体被分割成一块一块的，摆在眼前像是一个开张没多久的肉摊子。他的七星刀砍在一截窗棂上，雨水把刀身洗得很白，血槽上的七颗星星闪闪发光。田小七没有看见刘一刀的脑袋，只是看见他被切开来的脖子，一片巨大的伤口，直挺挺地呈现在雨夜中。

刘一刀被砍中的第一刀是替土拔枪枪挡下的，那时候刀光剑影，土拔枪枪大战犹酣。杨梅却一个人坐在屋子中央的桌旁，她在慢吞吞地吃茶。茶是刚刚泡开的，热气腾腾，所有的叶片都尽情舒展。杨梅一边吃茶一边跟挥舞铁锹的土拔枪枪讲，其实我不叫杨梅，你应该叫我灯盏。说完，她盯着碗里的茶叶，举起梳子细细地梳理自己的长发。她说以前每次抱你，都觉得十分恶心，巴不得把你的头给割下，掏空晒干了拿去点油灯。

土拔枪枪被包围在刀阵中，四面八方都是凶险的刀光，他把牙齿咬得咯咯作响，只恨自己不能多出一只手，去将杨梅直接拍成一块肉饼。阿部的刀子就是在这时候朝他背后砍来，刘一刀见土拔枪枪毫无知觉，便飞起身子迎了上去。那时候他听见刀子插进自己的胸膛，很凉爽，好像是夏天的夜晚吹过的一缕风。

阿部的刀子抽出，带走刘一刀很多血。刘一刀踉跄了一步，跟土拔枪枪说，你先走，这里交给我。说完他抡起刀子，砍断一片窗棂，抓起土拔枪枪就要把他朝窗外推出去。土拔枪枪手顶着一堵墙，说该走的是你，我说过了，所有的事情我一个人扛。这时候，又有一把刀子捅进了刘一刀的大腿，刘一刀看着那些喷涌出的血，连头都没抬，反手劈出去的七星刀瞬间就劈下了那名倭寇的头颅。

刘一刀说，枪枪，别争了，你现在让我出去，我跑也跑不动了。快去叫咱们的哥哥田小七，他或许还会原谅你。

土拔枪枪看见窗外瓢泼的大雨，以及刘一刀慢慢展开来的笑容。刘一刀说，兄弟，走！说完他抱起土拔枪枪，把他抱得很紧，好像这辈子都不想分离，然后就用上所有的力气，将他朝窗外扔了出去。土拔枪枪在地上滚了一下，等到在浓墨重彩般的雨帘中回头时，看见屋子里的刘一刀正用整个身子挡住破败的窗口，而很多刀子正向他接二连三地砍去。

刘一刀看见自己仿佛被砍成一只可怜巴巴的羊，有许多被砍碎的肉已经掉在地上，掉在一团远离他而去的血液中。他把眼睛闭上，朝窗外的土拨枪枪凶猛地喊了一声，快走，不要回头！

唐胭脂记不得这天的雨是在什么时候停住的。他只记得自己踩着连绵的积水，跟着陈留下恍恍惚惚走到事发现场时，他一下子趴在了地上，无论如何也不能把刘一刀的身体拼凑到一起。他看见刘一刀连嘴里的牙齿也被敲碎了，里头掉落出一把钥匙。唐胭脂后来试着将钥匙插进挂在门板上的那把铜锁，锁啪的一声打开了。唐胭脂于是想，刘一刀临死前应该是抢到了这把钥匙，为了阻止倭寇去堵截路上的土拨枪枪，他于是把钥匙塞进了嘴里。那把钥匙有手指那么长，唐胭脂想，如果不是因为太过坚硬，刘一刀当时肯定就把它直接吞进了肚里。

唐胭脂抓着那把钥匙，身子轻飘飘的。他跪在刘一刀跟前，很长时间没有发出一点声音。直到田小七走来，在他身边蹲下，把脱下来的衣裳盖住一块一块的刘一刀时，唐胭脂才突然之间哭成了一个泪人，咿咿呀呀的像一株带雨的梨花。

土拨枪枪失魂落魄，一直坐在地上。后来伍佰带着守成军赶来，搜过一遍屋子，衣橱打开时，里头滚出来一具已经差不多风干的女尸。土拨枪枪愣愣地看着，发现女尸的一只眼睛是瞎的，这时候他如梦方醒，知道这才是真正的杨梅。原本那个花舫上烧水倒茶的杨梅，其实是被灯盏给灭口了。土拨枪枪笑了，笑着笑着就哭了，在陈留下的眼里，他好像是疯了。

3

那天凌晨，甘左严在欢乐坊酒楼听见有人敲门，门敲得很响。他把门打开，看见淡淡的天光中，田小七衣衫褴褛，满身血污。赶过来的柳火火披着一件衣裳，站在甘左严身后冷得有点发抖，她听见田小七身边的陈留下说，还愣着干吗？店里有多少酒，全都拿上来。

陈留下一身都是湿答答的泥，他扶着田小七一步步走进酒楼，在椅子上坐下，这才跟甘左严讲，刘一刀走了，他是被倭寇给活活砍死的。我们刚刚去南屏山，把他给埋了……

甘左严颓然坐下，望着田小七,一句话也没讲。

田小七后来一口接着一口喝酒。陪他过来的唐胭脂一直看着他，觉得他再这么喝下去，会把自己给喝垮了。唐胭脂悠悠地叹了口气，款款抓起刘一刀留下的那把七星刀，抽出刀子戳向站在一旁的土拔枪枪的额头，说从今往后，你别再跟我们一张桌子喝酒。

土拔枪枪就那么站着，什么也不说，好像根本没有看见唐胭脂的刀子。

唐胭脂说走啊，你去找你的女魔头啊。这里以后没有人是你的兄弟。

把你的嘴闭上，土拔枪枪讲，至少刘一刀认我是兄弟。

唐胭脂就一个巴掌拍了过去，拍在土拔枪枪脸上，他说你还好意思提刘一刀。兄弟一场，竟然落得这个下场。

田小七只顾着一门心思喝酒，甘左严看见他坐在那里，好像是要一直喝到明年。后来土拔枪枪和唐胭脂两人扭打在一起，田小七却盯着碗里的酒不停地发牢骚，他一拳捶在桌上，说甘左严你怎么回事，欢乐坊的酒都这么淡吗？根本就不能把人给喝醉。说完他一仰脖子，一下子把壶里所有的酒都喝光。然后他低下头，渐渐地，就有两滴泪水冒出眼角，先后啪嗒一声掉落在碗里的酒中，声音很清脆，让柳火火看着觉得心酸。

柳火火说甘左严你就是个木头。田小七的兄弟也是你兄弟，他兄弟被人劈成八块，脑袋浮在池塘里，你却愣在这里不知道过去陪他喝酒。

甘左严于是抱来两个酒坛，一抬手哗的一声把封口给掀了。他抱着酒坛，直接把酒倒进了碗里。

田小七说痛快！又一把抢过甘左严的酒坛，朝扭打在一起的唐胭脂和土拔枪枪两人扔了过去。酒坛被砸得粉碎，田小七说你们两个过来。他看着唐胭脂手里的七星刀，说今天我教你一句，刀子不是指向自己兄弟的，这个道理以后你懂了吗？说完他连着倒了三碗酒，跟土拔枪枪说跪下！把这些酒都喝了，我替刘一刀原谅你。

土拔枪枪跪在桌腿前，把第一碗酒洒在地上，说我先敬刘一刀。田小七看见他衣服破破烂烂，被刀子割开好几道口子，每一道口子上都沾满了血。他说把衣服脱下来，我帮你缝一缝。

陈留下记得这天清晨到来之前，田小七举着柳火火拿来的针线，借着那盏油灯明灭的光，很仔细地替土拔枪枪缝补衣裳。他一边穿针引线，一边问跪在地上的土拔枪枪，以前我们衣服破了，是谁替我们缝补？

土拔枪枪说，是嬷嬷。

我穿过的旧衣裳，嬷嬷接下去会给谁穿？

给刘一刀穿。土拔枪枪说。

刘一刀穿过以后呢？

刘一刀穿过以后再给我穿。土拔枪枪说到这里时，已经哭得泪水涟涟，痛不欲生。他看见田小七低头咬断一截线头，说嬷嬷走了以后，我们的衣裳要是破了，是谁来帮我们缝补的？

是唐胭脂。土拔枪枪把头重重地磕在地板上，磕了一下又是一下。他哭嚎着说，哥，我错了。

那你以后的衣裳就要自己缝了。田小七把缝补好的衣裳抖了抖，盖上土拔枪枪的身子时说，缝不好衣服没关系，但是做不好人，不行。以后你要是去了地底下，嬷嬷会骂死你。

土拔枪枪一句句听着，泪眼模糊。他跪在地上痛哭流涕，说是我害死了刘一刀，该死的人是我。然后他抓起铁锹，说唐胭脂你看好了，我现在就把自己给拍死，我拍死给你看。

但是田小七劈手夺过他手中的铁锹，用一块抹布将沾在上面的泥土擦干净。田小七说，你还是不懂道理，一个人要死很容易，关键是死要死得值得。

说完，田小七替土拔枪枪擦干眼泪，拍拍他肩膀讲，枪枪，照应好自己，从此咱们恩断义绝。大路朝天，各走一边。

土拔枪枪听见一阵寂静的雷声，就滚动在耳边。

这天天光放亮时，田小七走出酒楼。他抬头看了一眼欢乐坊的牌匾，好像自言自语着说，字写得不错，几家欢乐几家愁。柳火火抹着几滴眼泪，看见田小七带上唐胭脂，两人萧瑟的背影随即在欢乐坊门外的堕落街上渐行渐远。地上积满了水，田小七每踩出一步，就溅起许多清凉的水花。

土拔枪枪跪在门口，哭得像一个孩子。他一直看着田小七远去的方向，觉得自己从来没有这么低矮过。后来他不知不觉收住眼泪，然后一把抓起铁锹，面朝自己的脑袋，毫不犹豫地拍了下去。

土拔枪枪听见一场风的声音，灌进他耳朵，犹如京城风沙滚滚的秋天。他似乎看见飘飞在空中的嬷嬷马候炮，也看见紧跟在马候炮身后的刘一刀。但是风在他耳边擦肩而过时，那把铁锹头却笔直飞了出去，飞得很远。土拔枪枪看见，最终抓在自己手上的，只是一截光秃秃的铁锹棍。这时候他哭得更猛了，他想起田小七说的，死要死得值得。他终于知道就在田小七刚才替他擦铁锹时，已经暗地里把铁锹棍给折断。

天空灰蒙蒙的，云层中好像又埋伏着一场诡计多端的雨。陈留下看见土拔枪枪手脚并用着爬到欢乐坊门外，像一条没人要的狗。土拔枪枪趴在一片脏兮兮的水里，面对田小七的背影声嘶力竭着喊了一声，哥……！

声音朝着田小七追赶了过去，陈留下看见田小七在天空底下颤抖了一下，然后他似乎停住脚步，停在阴沉沉的天光云影里。但是田小七想了想，最终却还是没有回头。

酒楼里，只有甘左严一个人在喝酒。

4

这天清晨，薛武林在一个异常恐惧的噩梦中惊醒。

梦中他见到妻子陈汤团在怀胎十月后突然难产。那是一个大雪纷飞的冬天，家中卧房门口垂挂着无数层陈旧的布帘，他揭开一层又是一层，一路上听见接生婆的叫喊声从惊慌失措变成了歇斯底里。床上备受煎熬的陈汤团已经整整挣扎了一天，最终失去了知觉。这时候接生婆抱出一个血淋淋的孩子，薛武林见到这一幕时心惊胆战，他试着掀开那条包裹着孩子的被褥，猛然看见藏在里头的，竟然是一只巨大的蝙蝠。蝙蝠裂开三角形的嘴唇，慢慢朝他露出一排细碎的牙齿。

薛武林吓得大汗淋漓，醒来以后很长时间坐在靠椅上惊魂未定。他昨晚是在半夜里回家，之前已经听说了刘一刀遇害的事情。那时候陈汤团在床上睡得很沉，有着轻柔的鼾声，薛武林不想吵醒她，于是就小心翼翼地退出，在靠椅上打发了这个夜晚。

现在薛武林渐渐平复下来，发现陈汤团已经起床，并且给他盖上了一层被子。

陈汤团正在灶房里煮稀饭，薛武林听见灶膛里柴草燃烧的声音。火一定是烧得很旺，他还听见米汤在锅盖下噗突噗突翻滚的声音，似乎带动那些升腾的米粒一颗一颗绽裂开。薛武林起身，看见陈留下的房里，床上胡乱卷着一条被子，房间里空空荡荡。这让薛武林有点心烦，他之前告诫过这位被称为丧尽天良的妻弟，留在家里别到处乱跑，可是陈留下每天都屁颠屁颠地跟着田小七，似乎成了他形影不离的兄弟。

薛武林担心的是，杭州最近出了太多的事情，连他自己都心里乱成了一团麻，他不想陈留下再给家里添什么乱。

院子门口响起一阵拨浪鼓的声音，是一个挑货郎担的小贩，在叫卖虎头鞋、小孩平安锁以及五色线等。薛武林想，这家伙可真会踩点，说不定是早就看准了他们家肚子圆鼓鼓的陈汤团。果然，陈汤团挺着个肚子从灶房里走出，她在围裙布上擦了擦手，跟薛武林笑了一下说，醒了？我刚给你炒了一盘黄豆芽，你去看看盐是不是放多了一点。

陈汤团走去巷子没多久，薛武林从灶房里探出头，看见院子里好像钻进一个人影，那人大摇大摆地踩过门槛，一下子就踩进了屋子。薛武林把筷子搁下，听见这人已经笑呵呵地开口，说薛大人好久不见，最近是不是很忙？

这是德寿宫地下赌馆的郑翘八，薛武林哪怕是闭上眼睛也能听出这个流里流气死皮赖脸的嗓音。他不会忘记，那天自己带队巡查到赌馆时，郑翘八咬着一串香喷喷的油炸知了，不可一世地问他这是什么朝代，难道连赌钱也犯法，薛大人你是不是在演戏？

出去。薛武林说，你竟敢闯到我家里来，是谁借给你的胆子。

不用借，你知道的，我这人天生胆子就很大。郑翘八抬腿踩在薛武林刚刚坐过的靠椅上，提起被子的一角擦了擦靴子，他讲，怎么样？要不要借个地方说话？

薛武林猛地一腿踢了过去，郑翘八当即闪开，说，火气这么大，对你没好处。嫂子几个月了？她胎气正吗？

此时陈汤团在货郎担里看中了一双虎头鞋，她喜欢那种喜庆的红色，虎头鞋的鞋口以及虎耳朵和虎眼睛处都镶了一层细柔的兔毛。她把两只鞋子摆在手上，发现尺寸不对，两只鞋子好像长短不一样，于是把鞋子放回原处，说我想看另外一双。这时候小贩的脸上就挂不住了，他讲嫂子你看也看了，摸也摸了，就买这一双。

陈汤团愣了一下，觉得这话听起来怪怪的，她说有你这么做买卖的吗，你是不是杭州人？小贩却甩了甩头，把那双虎头鞋硬塞到她手里，说听我一句没错的，给钱。

陈汤团的确被吓到了，这时候她很自然地回头，想要叫一声屋里的薛武林，却看见家中已经多了一个陌生的身影。那人和薛武林面对面站着，两个人一言不发，只是盯着对方，空气好像是凝固的。陈汤团即刻转头，说你们想干吗？这里是杭州。我男人是守戍军的副千户官。

小贩笑了。现在他靠在巷子里一堵歪斜的砖墙上，头顶着一团密密麻麻的青苔。他说嫂子你吓到我了，副千户官是不是很大的一个官？那你还不赶紧给钱，你以为我是在跟你开玩笑？

小贩说完，吹了一声口哨，跟屋里的郑翘八远远地笑了一下。陈汤团看见，他抬起的袖子里，藏了一把短刀。

这天的后来，陈汤团跑进屋子，看见郑翘八撑着墙根从地上爬起，他笑呵呵地擦了一把嘴角，手上嘴上都是血。

陈汤团还看见提在薛武林手里的刀，于是急忙说虎头鞋我买了，我这就给钱。

郑翘八却讲嫂子别误会，我只是来找薛大人聊天，顺便试试他们守戍军的军刀。说完他抱起陈汤团养的那只兔子小白，将手上的血在小白的皮毛上来回擦了擦，总共擦了三次。

陈汤团不会忘记这天的院子门口，郑翘八吹了一声口哨，带着那个挑货郎担的小贩摇头晃脑地走远。在巷子口，郑翘八不失礼貌地回头，跟陈汤团摆了摆手，说不用送了。

薛武林因此而沉默了一个上午，他不停地给兔子洗澡，洗了一遍又是一遍。陈汤团看见沾在小白身上的血在水中一点点化开，跟散开来的雾一样，让她感觉头皮一阵阵发麻。她已经猜到，刚才的这一切，都是因为自己的弟弟陈留下。此刻如果陈留下在家，陈汤团必须让他在父亲的灵位前再一次跪下。因为陈留下，陈汤团这么多年担惊受怕，操碎了心。

那年吴越酒楼老板娘金彩的娘淹死在钱塘江，陈留下暗地把浮起来的尸体重新按到水底，并且压了一块大石头。他跟金彩索要一笔数目不菲的捞尸费，还掰断金彩老娘的手指，取走她一枚硕大的宝石戒指。这事情后来露馅，陈留下于是被人戳着脊梁骨唾骂，骂他真是丧尽天良。

时间到了半年前，在一个春雨绵绵的夜里，陈汤团听见家里的门板几乎被拍碎，她跟薛武林在床上惊醒，看见门外照耀着许许多多火把。那天冲进家里的是一帮来自京城的东厂厂卫，领队的档头脚踩白皮靴，头上戴了一顶被雨淋湿的尖帽，说哪个是陈留下，带走！

薛武林上前挡住，说在下姓薛，杭州卫守戍军副千户，敢问陈留下犯了什么王法，能否适当通融？档头就很不耐烦地瞥了他一眼，掏出一本无常簿书写了一通，说好的，你刚才的话我记录下了，你想替妖孽通融。那么我现在告诉你，陈留下事涉结党造书、妄指宫禁的妖书案，在杭城公然传播《忧危竑议》手抄本，干扰影射大典，惑世诬人。

薛武林怔住了，他十分清楚，妖书案是"国本之争"的延续，涉及郑贵妃和太子之间的权益争斗，朝野间耸人听闻。这时候档头已经把无常簿收起，并且把笔筒套上，他讲薛副千户，你是准备让开呢还是继续挡在我面前？

陈汤团看见薛武林沉默地退到一边，那时候陈留下已经从床上被拖起，光着一双脚，当即就被扣上了枷锁。陈留下在雨中被带走，薛武林愣在门前，眼看着细雨纷飞。他后来笑着跟陈汤团说，没什么，我会把他救出。

陈汤团急得掉出了眼泪，她觉得薛武林的这种宽慰多少有点空洞。薛武林却又笑着说，哪怕把房子卖掉，我也要把他救出。

现在陈汤团已经明白，当初薛武林虽然四处奔走从牢里救出了陈留下，但是看来纸终于还是没有包住火，这事情又节外生枝了。很明显，刚才闯进家里的郑翘八，无非是之前帮助打点的人，如今又找上门来想继续敲诈他们家一笔。

薛武林给兔子洗完澡，站在院子里，对着一堵院墙发呆。陈汤团看着他背影，心里不免一阵酸楚。但是她并不知道，事实上，她刚才的猜测完全是错的，此刻薛武林有着更为深刻的担心，担心到他后背发冷。

5

雨是在中午时分落下的，紧随着一场秋风。

在西湖边，风吹得比较急。你要是站得高一点，比方说在湖滨路西子客栈的顶楼窗口，便能发现细密的雨丝几乎是横着飘飞过去的，类似于流淌在空中的一条河。

此刻田小七就站在西子客栈的门口，他看见不远处的西湖空空荡荡，苏堤上见不到一个人影，水面上也看不见一条游船，整个西湖像是孤独地睡着了。

西子客栈是杭州最豪华的客栈，里里外外花团锦簇，进进出出的都是达官贵人。屋子里日夜香薰缭绕，哪怕是这样的正午，楼上楼下也是点满了灯火。

陈留下和唐胭脂两人来到柜台前，陈留下敲了敲桌板，说叫你们掌柜的过来。

里头一个算账的男人正在数着一把银子。他把银子包好，锁进一个铁箱子，说你觉得我不像是掌柜吗？

陈留下于是说，把你的入住登记簿拿来我看。

掌柜的站起身子，目光一下子被唐胭脂所吸引。他看着唐胭脂的那张脸，精致得无与伦比，于是就默默地笑了。

你是不是觉得他很好看？陈留下说，你把登记簿给我看，就有足够的时间站在这里好好看他。你还可以猜猜看，他到底是男的还是女的，猜对了有奖。

唐胭脂有点烦恼，说陈留下，你就不能正经一点？

掌柜的这才回过神来，他看着陈留下说，是男是女还用得着你来跟我讲？原来你就是丧尽天良，那么我要是把登记簿给你看，岂不是很没面子？

陈留下一下子就笑了，他说没想到我的名头在你们这一带竟然有这么响，那我就干脆跟你讲得更加直白一点，找你是因为锦衣卫办案。

说完，陈留下的视线缓缓转向站在门口的田小七，让掌柜的能十分清楚地瞧见田小七身上的飞鱼服。陈留下说，那是我哥，以后别叫我丧尽天良。过去有些不堪回首的历史，该忘的就忘了。

唐胭脂后来翻看着登记簿，他撩了撩遮盖在眼前的头发，面色红润地说，掌柜的，不对呀。二楼靠南边的那几间房，我们刚才明显看见窗口有人在，可是你这里为何什么也没记录？

掌柜说，对不起，我帮不了你。

上去看看。陈留下说。

站住！掌柜的盯着陈留下，说你不能上去。

怎么就不能上去？陈留下环视着富丽堂皇的客栈，说我就上去看一眼，难道能把你这客栈给看旧吗？

这时候掌柜的已经从柜台里冲出，他挡在楼梯口，身边随即多出了几名卷起袖子的店小二。掌柜的摇摇头说，我还是那句话，对不起，帮不了你。

田小七走了过来，他看着掌柜说，让开，里头哪怕是住着皇上，我也必须上去看一眼。

说完，田小七听见头顶的楼道上响起一阵脚步声，随后就有一个声音从头顶飘下，说让他上来，我让他看个够。

田小七抬头，看见站在楼上的，竟然是礼部郎中郑国仲。这人也是郑贵妃的哥哥，也就是当今的国舅爷。

郑国仲是昨晚到达杭州的。在那场滂沱的大雨里，他觉得这个城市已经被雨水浸泡，眼前都是乱糟糟的。在西子客栈，先期到达的随从提前包下了二楼南边的八间官房。他从马车上下来的时候，客栈周遭已经被他的护卫戒严，头顶竖立着整整一排撑开来的伞，让他不至于被雨点打湿身子。

田小七上楼，看见国舅爷的官房里，每一盏油灯的灯座都是亮闪闪的金子。地上铺着厚厚的波斯地毯，他踩在上面，感觉是踩着一片绿油油的草。田小七刚才赶往西子客栈，是因为陈留下听人讲，昨晚从杨梅家院子里离开的那几名倭寇，是往湖滨路方向逃窜的，田小七于是就沿途展开了搜查。

郑国仲此次来杭州，为的是那几个被蝙蝠卷走的孩子。他是福王朱常洵的舅舅，在京城里早就有人跟他禀报，这次扑朔迷离的案情，谣言已经指向他的外甥。此事非同小可，关系到包括他以及郑贵妃在内的整个家族。

案件查到什么份儿上了？郑国仲缓慢而低声地说，田小七你在我面前什么也不用隐瞒。

一言难尽，田小七说，现在事情跟潜藏在杭州的倭寇连在了一起。

倭寇？难道不是跟太子连在一起？郑国仲一边讲，一边细细地看着田小七。

田小七心中格登了一下，还没来得及开口，就听见郑国仲又说，你们手上已经有了太子在幕后谋划整个事件的证据，为什么还迟迟不报？倭寇归倭寇，太子归太子，这事情你能分得清楚吗？

田小七说，等我找到那些孩子，所有的事情就都水落石出了。

可是我怕的就是水被人搅浑了，到时候连石头渣子也没了。郑国仲说，田小七你好糊涂，里外不分，这样会让我妹妹很伤心。

郑国仲的妹妹就是郑贵妃。在被选入宫以前，郑贵妃是叫郑云锦，和田小七在京城同一个胡同里长大。那时候在郑云锦的嘴里，田小七叫小铜锣，而田小七叫她为云锦姐姐。

现在郑国仲站在窗口，看见所有的西湖水都在眼中一览无余，而远处是水雾迷蒙中的山峦。他说好一个山水江南，诗画浙江，我早上醒来时还错以为杭州是春天。田小七那时候我就想到了你，我真想跟你一起去水里钓鱼，因为我们之间的缘分。你知道吗？我最喜欢雨天的湖里，跳起一条一条的白条鱼。有时候我很羡慕鱼，能那样无忧无虑地生活在水里。可是我们现在没有时间啊，我们都太忙，忙得连睡觉都是一种奢侈，人生真是难。

田小七坐在柔软的皮毛椅子上，一双眼也望向西湖。在郑国仲滔滔不绝的声音里，他似乎也突然感觉到一阵深深的疲倦。然后他视线模糊，好像在苏堤上看见了一个人影，那人踽踽独行，脚步类似于漂浮，手中提着一把栗色的刀子。

郑国仲并没有回头，一直看着雨中的西湖，却说，你在想什么？

田小七叹息一声，说我在想我的兄弟刘一刀，就在昨晚，他被倭寇卸成了八块。他死了，享年二十六岁。

郑国仲说，回去京城，我让皇上给他立碑。你们几个兄弟，救出了赵士真，都应该加官进爵。

田小七笑了，笑得有点苦，说不用，那样我们会成为人家的笑话。

总之你抓紧，郑国仲皱着眉头说，既然太子跟我们过不去，我们也不是吃素的。一旦有机会，我们就要展开反击。最后的结果你不用担心，有我在，也有郑贵妃在。

这时候田小七听见一阵敲门声，他过去把门打开，没想到看见的是薛武林。薛武林愣了一下，站在门口退后一步说，怎么你也在？田小七觉得薛武林心事重重，就笑了一笑，然后想了想说，我正准备走。

田小七后来走在湖滨路上，一个人走得很急。陈留下踩着地面上的水，噼里啪啦赶上他，说哥你刚才在楼上坐了那么久，你见到的那个家伙这么牛，他到底是谁呀？

是当今国舅爷。田小七说，不信你可以回去问你姐夫。

陈留下顿时吓傻了，脸上堆满了惶恐，他讲哥你不要骗我，难道那人是郑国仲？难道刚才我姐夫也在？

你姐夫忧心忡忡，难道你就没见到他？田小七说。

陈留下神色不安，站在一团积水当中说，完了完了，那我这回死定了。

唐胭脂却莞尔一笑，他讲杀人放火金腰带，陈留下你做人那么缺德，不会死得那么快。

陈留下急忙拖住田小七的衣裳，说哥你一定要救我。然后他盯着田小七，说我已经是你血浓于水的亲弟弟了是不是？那我要是死了，是不是就等于你家里死了一个人？那你家里人不能死，你是不是就一定会救我？

唐胭脂说你语无伦次真是啰嗦，到底什么事情？

陈留下就深深地叹了一口气，他讲，说来话长，你先让我理一理。

6

傍晚，刘元霖在家吃饭。他没胃口，扒进嘴里的饭菜搞不清楚是什么稀里糊涂的味道。郑国仲来杭州，他在家等了一天，也没见到有人过来通知他去西子客栈见面。田小七在他面前出现时，他说你想不想陪我喝酒？我这个老掉牙的巡抚，国舅爷是不是已经有想法让我回家养老？

你知道他来杭州了？田小七说，我也是碰巧见到。

老子要是连这点消息渠道都没有，那我在浙江这么多年也是白混了。刘元霖说老子再过几个月就四十七了，如果他不是国舅爷，也就是个正五品的礼部郎中而已。他要是不差人来找我，我从二品的官员干吗还非得要低头哈腰去见他？说不定还碰得一鼻子灰。我乐意装一个瞎子和聋子，啥都不晓得。

田小七坐下，说我来找你，是因为薛武林。

薛武林怎么了？刘元霖说，国舅爷第二个见的就是他，就在你后面。

田小七笑了，说我心里有很多疑问，想找巡抚大人聊一聊。

请讲。刘元霖放下筷子，抓起一根牙签。于是这个雨后变得晴朗的傍晚，刘元霖一下子听田小七讲起了很多事情。首先是这天下午，田小七去过了一趟按察使司，他从停尸房的仵作那里了解到，昨天被薛武林追到六和塔上又摔下来摔死的那个斗鸡眼，两只脚上都有一圈乌青，痕迹很深。仵作判断，这家伙曾经戴过镣铐。可他昨天正想要记录下这一点的时候，送去尸体的薛武林却直接把尸体推进焚尸炉给烧了。

你是想告诉我，斗鸡眼刚从牢里放出来？刘元霖说，但是你跟我讲这些究竟有啥用？

田小七并不急着回答，他接下去又问刘元霖，巡抚大人一定知道杭州城今年春天的妖书案吧？陈留下因为传播事关太子和福王之争的妖书《忧危竑议》手抄本，被东厂连夜缉捕。

我晓得。薛武林后来摆平了这个坑，陈留下没过几天就从牢里释放了。

那巡抚大人是否晓得，当初薛武林是找谁摆平了这事？

我不想猜，你尽管讲就是。刘元霖说。

田小七从椅子上站起，他看着窗外，有那么一点隐隐露出夕阳的样子，但房间里的空气却多少还是潮湿的。他过了很久才说，我要是不讲，巡抚是不是就能猜到？

刘元霖一下子眉头锁得很紧，好像是要看清田小七额头上的每一根头发，他说难道你的意思是，正因为如此，所以郑国仲来杭州见的第一个人反而是薛武林，而你只是因为碰巧撞在了前面。

薛武林去见国舅爷，走的是后门。那时候唐胭脂和陈留下就在楼下，都没见到他上楼。田小七说。

看来薛武林和郑国仲私交不一般。刘元霖讲。

斗鸡眼身上搜到的那块刻有“洛”字的铜牌，牵涉到太子，这事情后来巡抚大人有没有跟别人讲过？

我没那么傻。刘元霖说，八字还没有一撇呢。

但是国舅爷怎么就知道了？

刘元霖一下子就愣住了，很长时间闷声不语。田小七把窗子打开，让更多的空气灌进来。他看见风吹起刘元霖稀疏的头发，其中有几丛发丝是灰白的。而这一点，他在来杭州的第一天时，在春水酒楼里和他面对面坐着也没发现。他想，巡抚的头发，难道是在这几天里突然变白的？

刘元霖后来抬头看了一眼田小七，说你到底想告诉我什么？难道你的意思是，斗鸡眼是薛武林安排的一颗棋子，目的是要把案件的元凶指向太子。而这一切的幕后，都是郑国仲在操纵，因为他对薛武林有恩，他从牢里放出了本该是死罪的陈留下。

其实我也跟巡抚大人一样，希望刚才说的几件事情都是我脑子发热胡思乱想。田小七说，所以我才想过来跟你聊一聊。但是有一点是确定的，陈留下从牢里释放，薛武林当初找的那条路就是郑国仲，这是陈留下今天中午亲口告诉我的。

刘元霖愣在那里，感觉夜幕一下子就降临了，很宽广。他后来摇了摇头，说麻烦你把窗子给关了，我怎么觉得有点冷。

7

薛武林这天忧心忡忡地赶去西子客栈，离开时又心有余悸。事实上，最近几天他都感觉自己仿佛漂浮在水上，随时都有翻船的风险。特别是上午，郑翘八去了他家中。而没过多久，又有人通知他去西子客栈，那人手上拿了一张令牌，令牌上刻着一个福王的福字。薛武林知道，是郑国仲。

在客栈那间官房里，薛武林一直站着，两片膝盖止不住发抖。他听见郑国仲说，按照之前的计划，那些孩子该现身了，你是准备把事情拖到明年吗？

薛武林张嘴，欲言又止，脸上除了未擦干的雨点，又冒出许多新鲜的汗。

我刚才听田小七讲，这事情还牵涉到了潜藏在杭州城的倭寇。郑国仲说，我没想明白，你是不是该跟我解释一下？

薛武林努力让自己不抖，他知道这几天一直在担心的事情，最终还是浮出了水面。

其实也谈不上倭寇，薛武林说，最多只是倭寇的奸细。因为我找的那人，也同时帮倭寇劫持了火器局的赵士真，现在是两件事情很凑巧地撞在了一起。

撒谎！郑国仲说，我从来不相信这世界上会有凑巧，你以后别再跟我讲这两个字，我一点也不喜欢。你现在只用告诉我，什么时候能让孩子现身，我要的那个结果什么时候能公开？

再给我几天时间。薛武林说着，看见自己的汗珠滴在那片波斯地毯上，很快就被吸走了。

郑国仲摇头，这么多年的经验告诉他，世上最可怕的事情就是夜长梦多。

我不会给你那么多时间，过了明天，你就没有机会了。郑国仲说，我要在明天让所有的人都知道，劫走那些孩子的是太子，传播谣言说福王作妖的，也是太子。反正一切的一切，都是因为心狠手辣的太子。你甚至可以讲，太子是跟倭寇勾结。

郑国仲最后转身说，你可以走了，还是走后门。

薛武林后来恍恍惚惚地行走在湖滨路上，并没有意识到雨其实早就已经停了，而头顶还出现了一点太阳。他撑着一把伞，一个人走在路中央，让身边的路人多少感觉有点好笑。半年前，因为陈留下的杀头之罪，他最终找到了来杭州督办妖书案的郑国仲，结果没花半两银子就把事情搞定了。只是郑国仲提了个条件，要他办一件极其绝密的事情，这事情必须在杭州闹得满城风雨，先是给福王脸上抹黑，最终又查明是太子在幕后别有居心地做局搞鬼陷害福王。那次薛武林被吓到了，眼神似乎被冻僵。郑国仲开出的条件远远超出他想象，他感觉自己正站在悬崖顶，既不能回头，脚下又找不出一条可以下山的路。郑国仲说你在怕什么？你已经是一个副千户，以后跟着我，保你飞黄腾达。

我原本只想救出我小舅子。薛武林说得很轻，说我小舅子无知，不知道脖子上的脑袋有几斤几两。他要是出了什么三长两短，我也不知道我妻子陈汤团该怎么办。

郑国仲笑了一下，他讲说实话，你今天要是不来找我，我也不知道你们这个家庭接下去该怎么办。陈留下惹下的事情很麻烦，太麻烦。

薛武林最终答应了。他答应找人劫走杭州城一帮名字中带有“洛”字的孩子，然后在坊间传言是福王在背后作妖，想要剪除太子。为了寻找理想的办事人，他花了很多时间，心里搜肠刮肚排出来的人选，最终全被他否定掉。有一天他去官巷口巡查，在聚远楼里碰到了从未谋面的郑翘八。这人给出的路引显示是台州府人氏，他讲自己原本在临海紫阳街卖笔墨字画。薛武林从头到脚看他一眼，突然问他你们店里卖过的最贵的一幅画是几尺几寸，署名是哪位高人。郑翘八眼皮跳了一下，张口说忘了。薛武林就接着问，卖字画的怎么来了杭州开赌场摇骰子，莫非你还能自己画银票出来卖？郑翘八扯了扯嘴角，说我喜欢。

薛武林听着郑翘八嘴里脱口而出的我喜欢，感觉他说得毫不拖泥带水。这么多年，他在杭州还是第一次碰见这样的男人，不仅丝毫不把他放在眼里，还当面说谎说得这么利索，而且脸上很清楚地写着傲慢。他认为这家伙无所畏惧，啥都不怕，所以就在把路引条还给郑翘八的时候说，待在这里别走，我还会过来找你。

郑翘八说，随便。

再次和郑翘八碰面时，薛武林把地点选在了宝石山下。那里人迹罕至，说话方便，万一有什么讲不拢的，他也可以拔刀，随时抹灭了这场见面。郑翘八听薛武林把事情讲完，脸上很坦荡，说劫持每个孩子给多少银子？事情完了以后，我再把藏好的孩子都给放了，你也查清案子成了杭州城的神探，又会给我额外补多少赏钱？薛武林说你尽管开价，我会让你满意。

有没有其他的要求？

有。每次劫走孩子，现场都必须出现一群蝙蝠，蝙蝠越多越好。

这又是什么道理？

你不用明白，知道得越少越好。

但是薛武林没有想到的是，郑翘八按照他吩咐一连劫走了七个孩子时，火器局的赵士真却在这个节骨眼上被倭寇劫走了。那天他见到刚来杭州的田小七时，一下子觉得这人非同一般，可能会给自己带来麻烦，所以才在后半夜装模作样去了一趟聚远楼，还假装跟郑翘八狠狠地吵了一架，目的是要提醒他接下去千万小心，因为有锦衣卫加入巡查，到时候藏匿好的孩子可别节外生枝。

薛武林没有想到的还有更多。随着田小七对赵士真一案追查的深入，他最终发觉，郑翘八和那帮倭寇竟然是一伙的，这家伙可能同时也被倭寇收买了，正在两头做买卖。这几天里，薛武林一直在暗地里寻找郑翘八，却始终没有见到他身影。一直到这天上午，郑翘八居然直接出现在了他家。

薛武林一路这么惶恐地回想着，眼看就要走到自己家门口。他觉得这一路走得很累，好像是走过了千山万水。眼前一堵低矮的院墙，已经被雨后的凌霄花和薜荔藤挤占得满满当当，看得薛武林简直就要透不过气来。他想还是回去守戍营吧，要不然，自己这副灰头土脸心事重重的样子，他真不知道该怎么面对老婆陈汤团。

事实上，刚才在西子客栈，薛武林并没有跟郑国仲说出所有的实情。他讲郑翘八是被倭寇收买的奸细，但事实上，那人就是十足的倭寇。他也是到了今天才明白，郑翘八不仅利用了他，还掌握着他一段不为人所知的秘密。而这个天大的秘密，薛武林原本以为神鬼不知，连他自己也几乎完全将它抛在了脑后。

壬申年那场风雪凄迷的援朝战争，薛武林曾经背叛明军。在成了丰臣秀吉手下的俘虏后，倭寇头目扒下他裤子，将他赤条条扔到战俘营外的雪地上。那次薛武林赤身裸体躺在朝鲜国冰冻的泥地上，分不清空中飘飞的是雨还是雪，他感觉身上所有的血管都在凝结，似乎很快就要冻成一团冰。接着，倭寇头目又让自己十来岁的儿子用烧红的烙铁戳向他屁股，那人还哈哈大笑着说，服不服？不服再来。

薛武林被烙铁烫得皮开肉绽，赤裸的身子又几乎被冻得失去了知觉。他最终实在扛不下去了，跟倭寇头目求饶说家里还有妻子，以及未成年的小舅子，小舅子跟你儿子长得一样高。于是那天晚上，又一场雪花到来时，薛武林成了叛徒。他指点倭寇深夜出击，杀进明军军营，并且掠夺走了明军的两门天字号火炮。

现在薛武林相信，当年用烧红的烙铁戳上他屁股的倭寇头目的儿子，的确就是郑翘八。他并且记得这个凶狠的少年，当年手臂上文着一只蝙蝠，他的日本名字是叫阿部。上午在他家里，阿部捋起袖子，让他看见了手臂上的那只蝙蝠。阿部说薛大人不要忘了，你是我们的人，那年我在你屁股上烙上了一只跟我手上一模一样的蝙蝠。另外我还保存着当年你盖了血印的投诚书。你要是现在想反水，我随时都可以在杭州城公开你的秘密。那么嫂子她，还有她肚子里的孩子，我都不知道下场该是怎么样了。

薛武林拔出刀子，刺向阿部的时候说你真无耻。可是话刚讲出口，他就觉得自己已经又一次被打败了。现在，他已经成了国舅爷郑国仲和倭寇手下的双重间谍。

8

田小七回到香榧客栈，看见门前的那棵桂花树下，赵刻心和唐胭脂两人正在点燃一炷香。

唐胭脂倒了三杯酒，酒杯前摆着刘一刀的七星刀。他接过赵刻心递来的香柱，垂首拜了三拜，说刘一刀，你刚过去第一天，过了鬼门关就是黄泉路，路上走得慢一点，前面有条忘川河。忘川河上有座桥，叫做奈何桥，你喝了孟婆汤，就会忘记了人间的一切……

田小七的泪水差点就要掉落下。他默默站在一旁，看见几片桂花在头顶纷纷扬扬坠落，心里终究还是止不住的伤感。赵刻心的眼里也是湿的。她给田小七也点了一炷香，递过去的时候讲，我来给你的伤口换药，你别让它化脓。

田小七说，不用担心，哪怕是化脓了又怎样。我兄弟死了，才是我真正的伤口。

天井里，唐胭脂揪着一颗心，眼看着田小七脱了衣裳，然后赵刻心慢慢揭开他肩膀上包扎的布条。伤口渗出许多血，唐胭脂很想让赵刻心轻一点。他想说，很痛的。他闭上眼睛，好像受伤的是他自己的肩膀。

田小七后来坐在凳子上，看见桂花树下的香柱越烧越短，那缕烟雾也越来越细，好像把时光也给烧细长了。他听见唐胭脂说，刘一刀现在正化成一股烟，哥你要记住，以后就剩下我一个人陪你了。你千万要小心。

田小七想，刘一刀走了，自己以后记住他的日子会很漫长。人这一辈子，要是有人能始终把你放在心上，其实也挺好。

尘世如潮人如水，田小七说，哪一天要是我也不在了，你们最好也记得抽空想我，人就是一滴水。

乌鸦嘴！唐胭脂忍不住骂了一声。然后他看见赵刻心仰头，深深吸了一口气。赵刻心说，你们两个大男人，就不能讲一点开心的?

田小七扑哧一声笑了，他说男人偶尔讲讲一些不开心的，自然就慢慢地开心了。又说我现在就有点开心，因为可以一路送你回去了。

唐胭脂有点落寞。后来，他看着田小七和赵刻心两人的身影在巷子口走远，猛然觉得客栈里又只剩下了他自己。唐胭脂想，人的一辈子注定是孤独的，也注定有一颗孤独的心。这么想着的时候，他就回到房里，一个人对着油灯又开始了漫长的绣花。这一次，他想要一下子绣两朵牡丹花。

狮子街上依旧亮着几盏暗红的灯笼，光线打在赵刻心的脸上，有那么一种朦胧的味道。田小七于是想起自己第一天到达杭州时，在去钱塘火器局的路上，自己也是这样陪着赵刻心一直往前走，好像怎么也走不到尽头。可是时间才仅仅过了几天，他现在却感觉恍若隔世。

我来杭州几天了？田小七说。

今天是第六天。赵刻心说。

可是我怎么感觉已经过了六年。

有些时光注定会显得很长。你还记得吗，上次走到这里时，我爹应该刚刚被倭寇劫走，可是现在，你已经把他救回来了。所以，这六天比六年还要长，我会一直记着。

田小七笑了，转头看了赵刻心一眼。赵刻心闪了闪眼睛，说你看我干吗？

田小七又笑了，他讲只不过这六年一样的六天里，好像有些事情一点都没有改变。

你是说丝绸铺子没有变，桂花香没有变？

田小七摇头。他讲上次走到这里时，我也看了你一眼，然后你也是这么问：你看我干吗？

赵刻心低头，浅浅地笑了。她说你记得这么牢，那我还讲了什么？

你还讲，我脸上又没有路。然后……

然后怎么了？

然后我告诉你，你让我想起了一个人，你跟她很像。

你说的这人就是无恙吧？

对的。田小七说，那时候，我是想起了无恙。

两个人这么一路走着，像是要把杭州的夜晚给走遍。田小七后来想起，那天赵刻心的背上还挂了一支威武的掣电铳，她的手里还提着台州知府送给刘元霖的一座纯金打造的袖珍六和塔。这时候他愣了一下，脚步突然停住。

赵刻心看着他，说，怎么了？

你还记得你爹留在南屏山山洞里的数字吗？

记得，857142。我爹当初留这行数字，估计也是担心自己又要被送去另外的地方，所以通过这种方式提醒我们，他曾经在山洞里待过。

857142是142857的几倍？

六倍。赵刻心说，这又怎么了？

那就没错了。此刻田小七如梦方醒般，他说那次我们抓捕到的倭寇俘虏松吉，他给我在桌上写了一个字，是“塔”字。

六……塔？赵刻心猛地叫出一句：六和塔。

对，就是六和塔！我现在又想起，那次在857142的旁边，你爹还画出了三个叠在一起的三角形，很明显，这些三角形就代表一层一层的塔。

田小七说完，即刻和赵刻心朝着火器局奔去。他们并不知道，此时的火器局里，陈留下正陪在赵士真身边。

赵士真躺在床上，依旧像一截木头，睁着眼睛一直望着一个方向，仿佛已经和这个世界分开。陈留下刚刚熬好了一碗鱼汤，他把鱼汤吹凉，想抱着赵士真坐起喂他喝下一口，这时候田小七和赵刻心就冲了进来。陈留下的鱼汤于是一下子洒在了床板上，他似乎是吓了一跳，以为突然之间又闯进来了两名倭寇。

田小七让陈留下靠着坐起的赵士真，他在一片纸上写下了857142，并且将纸片举到赵士真面前。赵刻心一字一句地说，爹，你好好想想，还能记得这个数字吗？你要是记得的话，你就眨眨眼。

赵士真没有反应。但是田小七似乎感觉，他的视线好像是闪了一下，眼神中跑过一丝光。十分微弱，而且短暂。

田小七看了一眼赵刻心，赵刻心于是捧起已经抓在手里的台州知府送的那座金制六和塔，将它呈现在父亲眼前。她屏住呼吸，一直盯着父亲的反应。她相信，只要父亲有一点清醒的意识，就肯定能看清这座袖珍的六和塔。

但是赵刻心失望了，她站在那里等了很久，赵士真仍然呆呆地坐着，目光僵成一条冰冻的线。

陈留下叹了一口气，看见赵刻心终于沮丧着把金制的六和塔收起。他正想要扶着赵士真重新躺下时，却突然喊了一声，快看，我岳父醒了，他刚才动了一下。

赵刻心回头，陈留下突然收声，愣了一下才说，你看你父亲的手指。

田小七于是看见，赵士真原本僵硬的手指的确在微微颤抖，而他的目光也开始缓缓移动，似乎急着想要抓住赵刻心手里的那只六和塔模型。

六和塔！田小七说，刘四宝他们可能就是被送去了六和塔。

9

薛武林也没有回去守戍军的军营，他后来坐进一家酒馆，一个人沉默着喝酒。

薛武林只是喝酒，桌上几个菜都已经凉了，他却几乎没有动过筷子。阿部也就是郑翘八上午在他家里讲，想要让他交出手里的那帮孩子，薛武林必须答应他一个条件。薛武林说你别想错了，这是杭州，你要挟不了我。阿部却摇头讲，看来你没有摆正自己的位子。你当初既然在朝鲜战场上写了投诚书，还盖了手印，那我现在就是在给你下达任务。

薛武林现在觉得，这真是一场彻头彻尾的噩梦，他想安排一切，却最终被人安排了一切。他当初设计了很多环节，包括从牢里捞出正在服刑的斗鸡眼，让他配合自己演一场戏，当做一个嫌疑犯一路跑去六和塔，然后讲出孩童失踪案件的幕后是太子在操纵。只是斗鸡眼并不知道，薛武林其实还留了一手。薛武林让伍佰逼着他爬上栏杆，但是之前栏杆上已经被薛武林涂了一层桐油，所以斗鸡眼才从塔顶坠落了下去。如此一来，这其中的实情，就永远没有人会知道了。

黄昏到来的时候，薛武林在酒馆里听见一阵拨浪鼓的声音，敲得很急。随后他看见阿部的身影在酒馆门口晃了一下，他于是急匆匆跟了上去。

时间没过多久，阿部便离开热闹的街市，在一条僻静的巷子里回头看了一眼薛武林，说跟我走。薛武林眼见着天在慢慢变黑，感觉挑着货郎担的阿部似乎挑着一担子的夜色。他并不知道，当自己跟着阿部穿梭在一片山野间的时候，其实正在一步步接近刘天壮的儿子刘四宝。

此刻刘四宝和那群孩子正被囚禁在一座废弃的土地庙里，位置就在六和塔以西的开化寺附近。那天刘四宝按照赵士真的吩咐，在山洞被炸开时拼命想奔去洞口，路上却被赶来的倭寇一把拽住。倭寇随即将他提起，死死蒙住他嘴巴，并且迅速给他套上了一个麻袋。在土地庙，刘四宝听着第二天的雨声整整等了一天，也没有再见到之前跟他关在一起的赵士真。最后是傻姑告诉他，那个老头子可能已经被倭寇杀死了。傻姑的手掌在脖子跟前一抹，说我早跟你说过，会死人的，会死很多人的，你就是不听。咱们以后不能乱跑，不然就会死得很快，特别快。

你以为我怕死吗？刘四宝说，我爹早就跟我讲过，越是怕死的人死得越早。

那你怕什么？

我怕见不到我爹。我也怕我爹认为我已经死了。刘四宝垂头，可怜楚楚，说那样我爹会很伤心，我爹伤心，我也就跟着伤心。

傻姑咬着手指，一双眼睛细细地望向守在门外的几名倭寇，她说你比我还傻，你以为你这双腿能跑得过他们的刀子？这时候她看见又有一个男孩出现在土地庙门口，一下子把外头的夜色挡住了一半。刘四宝转眼一看，男孩竟然是自己的邻居金鱼。在十五奎巷，刘四宝和金鱼是最好的朋友，两个人一起掏鸟窝，抓知了，也抓萤火虫。那次在相国井前见到田小七时，陪在刘四宝身边的人也就是金鱼。金鱼比刘四宝高出半个头，每次打架时他都冲在刘四宝前面，两个拳头砸得特别凶，眼里什么都不怕。

金鱼现在站在一片黯淡的光里，一张脸跟铁一样黑。他看见刘四宝朝自己走来，轻声问他怎么你也被抓来了这里？金鱼就抹了一下嘴角，说我爹死了，我现在成了孤儿。

刘四宝于是攥紧拳头，说金鱼哥你别怕。不是不报，时候未到。我爹一定会杀了这些倭寇，替你爹报仇。

金鱼却推了刘四宝一把，将他推倒在地上。他瞪着刘四宝说，杀死我爹的人是锦衣卫。你敢不敢帮我找锦衣卫报仇？

刘四宝愣住。他哪里会知道，事实上，金鱼的父亲剃刀金就是潜藏在十五奎巷的倭寇。剃刀金是在仁济粮仓的屋顶，被赵刻心的掣电铳击中。

金鱼后来在刘四宝身边坐下，刘四宝挪了挪身子，觉得很多事情让他突然搞不明白。他看见夜色正在变深，而门外土地庙的不远处，茂密的树丛里渐渐钻出两个人影。其中走在后面的那个，刘四宝觉得，好像十分眼熟。

过来的人就是薛武林和阿部，两人来到土地庙前，头顶已经出现了淡淡的月影。阿部站在一丛高大的灌木中间，说孩子就在土地庙里，你明天就可以派人过来搜查。我会留下足够的证据，让你们明白这一切的背后都是太子在搞鬼。

薛武林看着参天树木下的土地庙，说你有什么条件？是不是帮助你们离开杭州？

阿部却扯开挡在眼前的一根树藤，说我需要一批烈性火药，越多越好，我要把火药带回去日本。

如果我答应你，你是不是就可以把当初我写下的投诚书还给我？

阿部笑了，笑容在月光里显得有点惨白。

你还是记挂着那张纸。阿部说着，抬手拍死眼前飞来飞去的一只蚊子，摊开的手掌上于是沾了一团血。他闪了闪眉头，说可以还给你，反正只是一张纸。

阿部话刚说完，突然听见土地庙那边有人拔刀，声音惊动了树枝上的一群鸟。薛武林转头望去，看见庙里已经冲出一个男孩，男孩像猛兽一般，钻进灌木和草丛后，瞬间只能见到他一直往前冲刺的脑袋。薛武林盯着那颗瘦小的脑袋，终于看清，原来那是刘四宝。

刘四宝拼命奔跑，脸上被荆棘划开好几道口子。薛武林看见他摔了一跤，在地上连滚带爬着朝自己叫喊，叔，快跑，这些人是倭寇……

薛武林感觉刘四宝是拼尽所有的力气在叫喊，嘶哑的声音几乎将茫茫的山野撕开一道口子。薛武林听着那些声音，很快就看见刘四宝滚到了自己脚跟前。刘四宝抱住他的腿，像抱住一根救命的稻草。此时他看了一眼阿部，一只手却已经抓向了佩刀的刀柄。

阿部愣了一下，说薛武林，你想干吗？把刀放下！

10

这天的子夜时分，当田小七和赵刻心，以及唐胭脂和陈留下他们赶到六和塔时，看见余船海正指使着一帮手下拆除六和塔前的最后一堆脚手架。

余船海身边燃烧着几团用来照明的篝火，熊熊的火焰升腾起一股股黑烟，让他简直热得受不了。他敞开衣裳，抹了一把烟熏火燎的眼角，看见重新修建好的六和塔已经顺利完工，正通体呈现出一团火红的颜色。然后他又看见突然赶到的陈留下他们举着火把从马背上跳下，不由分说着冲进了六和塔。余船海急忙跟了上去，踩着楼梯板追着他们一步步拾级而上，他讲你们这是干吗？大半夜的不睡觉吗？都小心一点，别碰坏了油漆。明天就是八月十八，钱塘观潮节，巡抚大人刘元霖要在这里举行一场盛大的庆典。我负责张灯结彩，也负责喜庆和烟花。

田小七把余船海拦住，说这里没你的事，你下去。

余船海看见田小七一身飞鱼服，以及举在手上的绣春刀。但他还是踩上一级楼梯板说，到底发生了什么事情？你们就不能透露一点？

陈留下冲到他面前，说台州佬你烦不烦，锦衣卫办案，我还给你透露个屁。

余船海头昂得很高，忍不住指着陈留下大骂一通，说好你个丧尽天良，你竟敢喷我一脸的口水，你以为你是锦衣卫？我呸！

田小七说，搜！

第七章

万历三十年（1602 年）八月十八日　晴

1

杭州城在曙光中醒来。连日积存的水汽于清晨的阳光下蒸发。

这天一大早，豆腐巷就显得不怎么宁静，因为薛武林突然带了一队守戍军赶来这里。甲壹号位于豆腐巷的最北边，原先是一片空旷的砂石地，用来给杭州卫守戍军当作操练场。守戍军军士每天从军营跑步过来，练习各种格斗和射击，整片场地于是一年四季沙尘滚滚。后来守戍军军营扩建，拓展了更为宽广的校练场，空置出来的甲壹号于是被刘元霖送给赵士真当作火器局的弹药库。砂石地上盖起了很多库房，安排值守的军士，总共七个人，领头的伍长叫水牛，萧山瓜沥人。

水牛这天没想到薛武林会这么早过来，跟往常一样，他那时正举着一把木头刀，和几个手下共同练习捉对刺杀。虽然是值守库房，但水牛并不懈怠，一直坚持着守戍军每天晨练的规矩。看见薛武林时，水牛把木头刀挥了挥，跟那帮手下讲，都愣着干吗？还不快叫哥！

一群人异口同声叫了声哥，薛武林摆手，沉默着笑了一下，好像是意味深长。这么多年，他对军营中的手下关照颇多，大家喜欢叫他哥，他也没怎么反对。此刻，他带来的十多个军士呈一字形排开，笔直站在他身后。薛武林告诉水牛，这些都是新入伍的兵勇，不知天高地厚，我带他们过来一起练练，你觉得如何？

水牛捏了捏手腕，视线从那排新兵脸上一一掠过，觉得这帮家伙还真是派头不小，好像根本没把他放在眼里。水牛于是转头跟手下喊了一声，弟兄们，要不要再出一把汗？

练！手下立即回了一声。

薛武林略微点了点头，从场地中间退出，什么也没说。

两帮人摆开架势，隔开一段距离用眼光对上阵的时候，薛武林一个人低头走去门口，把库房的门板给闩上。没过多久，他便听见兵勇们拳脚相向，以及木刀砍向木刀的乒乒乓乓的声响。薛武林抬头，看见一片阴沉的云在空中飘浮，然后又很快被风吹散，阳光于是即刻变得很好。

水牛这天没有想到，说好的对练才开始没多久，手下正练得得心应手的时候，那帮新兵却一下子丢开手中的木头刀，直接拔出了挂在腰间的佩刀。水牛于是吼了一声，你们想干吗，还讲不讲规矩？输不起就不要进守戍军。可是他话还没讲完，绕去他身后的一名家伙就已经一刀戳进他后背。刀子扎得很深，那人转动了一下刀柄，喷了喷鼻子说，你去另外找一个地方讲规矩吧。

水牛顿时傻了，眼看着一团热腾腾的血，泼洒在自己脚后跟，溅起很多尘土。他蒙了一下，朝薛武林的背影喊了一声，哥，怎么回事？

薛武林站在门前，仿佛什么也没听见。他不想回头，也不可能再回头。

事实上，那些所谓的新入伍的兵勇其实是阿部和他的手下，他们身上的军服是薛武林提供的。昨晚在土地庙前的丛林里，阿部提出要一批火药，薛武林想到的就只有钱塘火器局的弹药库，但他如果支走水牛他们，以后案子查起来，自己难以摆脱嫌疑。此刻薛武林透过闩好的门板的缝隙，看见豆腐巷里很安静，望不到一个过往的行人。他想，但愿这一切早点过去，让阿部他们带上火药尽早离开杭州。要不然，倘若他在朝鲜战场上写下的投诚书被公开，那就是他们一家三口，不对，是四口人的灭顶之灾。

身后的厮杀声已经响成一片，薛武林横下一条心，把眼睛缓缓闭上，不想看见这个清晨里悄然展开的血光淋漓。此刻能让他回想起的，是那一年的朝鲜战场，阿部的父亲在战俘营里手起刀落，当场卸下了刘天壮一条活生生的手臂。刘天壮于是昏死了过去。

时间似乎过了很久，薛武林的思绪一直孤零零地停留在朝鲜国的暴风雪中，犹如一个飘荡的幽灵。现在他终于睁开眼睛，四顾茫然着转身时，看见的是弹药库里满地横躺的尸体，一共有七具。他低头走向阿部，路上远远地绕开那些尸体，像鸟巢中掉落的一只光秃秃的幼雀，每一步都走得心惊胆战。这时候，躺在地上的水牛突然醒了过来。水牛没有死透，他身上插着一把明晃晃的刀，在薛武林经过时突然转了一个身，用上毕生的力气抱住他大腿。水牛说薛副千户，这些人，这些人是倭寇。

薛武林垂着一双手，像一位沉吟良久又郁郁寡欢的诗人。他先是看见水牛身上的刀子在颤抖，如同一块颤抖的豆腐。然后他不得已着望向天空，好像望见又有很多灰蒙蒙的云层在头顶翻滚。他试着提了提腿，却发现腿很沉，被水牛抓得很紧。薛武林想，还是早点结束吧，何必这样拖泥带水。于是他抬手，抓住水牛身上那把长刀的刀柄，猛地用劲拔出，然后看都没看一眼，直接提起刀子再次朝地上的水牛扎了下去。

长刀扎进水牛的身体，声音听起来很脆。水牛不敢相信眼前的一切，他死死地盯着薛武林，却看见刀子再次提起，这一次是直接扎向了自己的脖子。

阿部看见水牛的手终于缓缓松开，这时候薛武林就踢了水牛一脚，让他整个人翻身仰躺在地上，睁着一双眼望向无比空洞的阳光。

阳光冲破云层，阿部喜悦着笑了。他扔掉手中的刀子，拍了拍手掌，然后对薛武林竖起拇指说，干得不错，我就喜欢这个样子的薛副千户。

薛武林的整张脸是铅灰色的。他看见弹药库的整个操练场上尘土飞扬，而尘土飞扬中，他又似乎望见无数个清晨里，水牛带领着那帮部下晨练。水牛他们挥汗如雨的身影，最终消散在一片白茫茫的晨雾中。

阿部后来去了伙房。他拍去身上的尘土，自己动手炒了两个菜，并且叫上薛武林，让他坐下陪着一起喝酒。薛武林喝酒喝得昏昏沉沉，好像是在灌下一碗又一碗的懵懂汤。他不知不觉夹了一点菜，送进嘴里时，胡乱嚼了一口又惶惶然停下。阿部看他一眼，笑着说怎么了，是不是炒得有点辣？

薛武林不响，茫然吞了下去，也顾不上它到底有多辣。阿部却眯着眼睛笑了，提起筷子说，是水牛的舌头，我刚割下来的，可能也是炒得不够熟。

薛武林吐了，瞬间吐得翻江倒海天旋地转。他后来趴在桌上，像是大病一场，眼前布满了一张巨大的蜘蛛网。他还听见阿部絮絮叨叨着讲，水牛这人倒是不错，唯一的缺点就是话多。你知道我不喜欢饶舌的人，所以就把他的舌头给割下来了。

阿部接着说，喝酒。

2

在六和塔，田小七和赵刻心他们并没有搜到什么。但田小七不想放弃，他相信赵士真在见到金制袖珍六和塔时的反应肯定是有原因的。结合松吉之前提供的信息，他认为这事应该和倭寇的“破竹令”计划，或者是失踪的刘四宝他们有关。搜索圈后来扩大到了六和塔周围几里地的范围，田小七让陈留下去了一趟守戍军军营，叫伍佰带上川东猎犬一起过来参加搜寻。

时间差不多到了巳时一刻，在一片草木丛生的山野里，忙碌了一个通宵的猎犬赛虎突然伸长脖颈抽了抽鼻子，然后目光炯炯着笔直冲了出去，很快就隐没在一堆半人高的灌木林中。

赛虎一连吠叫了好几声，伸直的脑袋沿着土坡不停地往前挤。最后它两条前腿在地上扒拉了一下，回头时，嘴上已经叼着一只裹满了泥浆的鞋子。

田小七拍拍赛虎的脑袋，接过鞋子甩去厚厚的赭红色的泥浆，发现鞋头有两个破洞，鞋帮也差不多散了。他沉默了一阵，最后跟伍佰说，是刘四宝的鞋子，我在刘天壮那里见过另外一只。

这时候，跑出去的赛虎又在草丛中呜咽了两声。田小七跟上时，看见地上一摊风干没多久的血，一群苍蝇正围绕着盘旋飞舞。田小七抬头，感觉脑子嘤嘤嗡嗡的。耳边吹过一阵山风，让他眼前的杂草和灌木叶子一阵阵颤抖，他一下子觉得，整片山野都异常萧瑟。

陈留下的目光也在抽紧，他似乎预感到什么，却不敢接着往下想。也就是在这时，赵刻心首先看见了视线的东北方向，突然升起一颗红色的信号弹。信号弹牵着一条悠长的光尾，在杭州城头顶摇摇摆摆着升空，留下一抹近乎诡异的颜色。

陈留下说糟了糟了，哪里又出事了。可他还没来得及回头，就听见身后的田小七和赵刻心两人几乎同时冲了出去，像是山野间吹过的另外一阵风。陈留下边跑边喊等一等，却听见唐胭脂把他甩在身后说，时间不等人的，红色信号弹代表十万火急。

田小七一路从山崖上飞下，他的宝通快马正在山坡下吃草，他最后踮一踮脚尖，腾空跃起时瞬间就落在了马背上。此时赵刻心也已经飞跃在空中，田小七于是甩动缰绳让马转了个身子，奔出几步正好稳稳地将她接住。

赵刻心侧身，看了一眼紧贴在自己身后的田小七，目光里涌动起一股暖流。

是豆腐巷的方向。赵刻心说。

田小七即刻挥动马鞭，在宝通快马奔驰的时候，他说，豆腐巷里是不是有你们火器局的弹药库？

赵刻心说，我担心的就是这个。

田小七说，坐好了，靠我靠得紧一点。说完，他狠狠地抽了一下马鞭。

信号弹是甘左严发射的，地点就在豆腐巷的钱塘火器局弹药库。甘左严这天和柳火火去豆腐巷买豆腐，想让田小七和唐胭脂两人晚上吃一碗豆腐饭，凭吊离开人世的刘一刀。两人在豆腐巷经过甲壹号弹药库的门口，看见紧闭的门板下静悄悄流出很多血。甘左严用手指沾了沾，血还是热的。他当即跃上围墙，又攀上一座屋顶，发现有人在练兵场上清理尸体，也有人忙着从库房里搬运出火药。这时候巷子里又走来几辆晃晃悠悠的马车，马车在弹药库门口停下，有人把门打开，查看了一眼四周，这才让马车进场，又把搬出来的火药一捆捆抬上了车厢。

甘左严想都没想，从屋顶飘落到地上，赤手空拳朝那帮倭寇冲了过去。他在奔跑时跃起身子，砸出去的拳头裹挟着一阵风。被砸中的倭寇脖子啪嗒一声转了一下，立马喷出一口血，血浆里有两颗纷飞的牙齿。甘左严夺过他的刀子，转身时，身边已经围了一群高低不同的倭寇。他且战且退，最终退进一间弹药房，找到了信号枪及摆在一旁的信号弹。

在田小七和赵刻心赶到之前，甘左严已经受伤，他的腿上被人砍了一刀，血流如注，几乎看得见里面的骨头。柳火火等候在巷子里，已经急得快要疯了。等到田小七和赵刻心出现时，她看见两个人一匹马冲了进去，即刻冲散那帮围着甘左严厮杀的倭寇，两人转眼从马背上落下，一左一右落在了甘左严的两边。柳火火破涕为笑，抹了一把泪时，看见唐胭脂的马也已经冲到了自己跟前。唐胭脂的马背上跳下一个陈留下，陈留下把自己站稳后，大笑着说，柳火火你掉什么眼泪，我不是已经赶到了吗？

柳火火说丧尽天良我警告你，此刻你不许笑。

此刻已经缓过来的甘左严越战越猛，他拖着那条受伤的腿，一刀劈了出去，让唐胭脂看见倭寇掉在地上的半条手臂。手臂在砂石地里滚了两圈，落定以后五根手指不明所以地跳动了一下，这才很不情愿地松开了抓在手里的刀柄。

唐胭脂皱了皱眉头。他挥舞着刘一刀的七星刀，虽然不怎么顺手，声音却柔情似水，说姓甘的，真讨厌，你这也太残忍了吧。

这时候一名蒙面的倭寇跳上马车，狠狠甩了甩马缰，车轮扬起一片尘土，即刻朝门口狂奔了出去。甘左严喊了一声，拦下他，车上有火药。

赵刻心愣了一下，把剑收住，随即扬手甩出挂在背上的掣电铳，朝远去的马车瞄准。田小七看见赵刻心举着掣电铳一直在发抖，眼睛睁开又闭上，始终无法按下扳机。赵刻心脸上冒出一层汗，马车在巷子里奔驰，跑得越来越远。田小七一个箭步冲上，夺过掣电铳，飞身跃上巷子前的一堵院墙，抬起枪管毫不迟疑地发射出了一枚火药弹。

陈留下首先看见一道冲天而起的火光，将整个豆腐巷照耀成一片红色的海。然后他才听见剧烈的爆炸声，如同响彻天际的一排雷电，但巨大的威力却是从他脚底下升起，仿佛要将他整个人彻底给掀翻。这时候陈留下恍恍惚惚地回头，看见赵刻心眼睛一闭，整个身子都在摇晃，而就在她缓缓倒下的时候，院墙上的田小七已经落到她身边。

陈留下看见赵刻心倒下，倒在了田小七的怀里。

3

爆炸发生时，薛武林已经回到家中，他不在弹药库。

阿部让薛武林吃了一口伍长水牛的炒舌头，薛武林吐了，吐得一塌糊涂。他回到家中，一双脚轻飘飘的，仿佛是踩在云朵间。他独自站到窗口，心里惴惴不安，然后想着想着，就提起一把短刀，并且把自己贴身的裤头给脱下。兔子小白蹲在他身边，若有所思地看着他。薛武林把兔子赶走，他转头，找准位置，手中锋利的刀口猛地朝自己的屁股扎下。然后他咬紧牙关，按住刀尖，在那块皮肉上缓缓挖出一道圆弧状的口子。

血在大腿间往下流淌，薛武林看见自己那块皮肉终于耷拉了下来，皮肉上烙印着一只黑色的蝙蝠，已经陪伴了他多年。薛武林没有感觉到疼痛，反而觉得有点轻松。黑色的蝙蝠是当初在朝鲜战俘营里，阿部用烧红的烙铁给他留下的，深深刻印进他的皮肉。现在薛武林想割了这块肉，如同割去一段惨不忍睹的记忆。

薛武林提着刀子，身子在颤抖，他还有很多不忍回想的记忆。昨天夜里在山野上的土地庙旁，刘四宝连滚带爬着奔到他跟前，途中掉落脚上仅有的一只鞋子。刘四宝抱着薛武林的腿脚，像抱着一根救命的稻草，他说叔，这些人是倭寇，你快拔刀。薛武林于是一只手暗自摸向刀柄，然后听见阿部说，你想干吗？把刀放下。但是薛武林却提起刀子，猛地扎向了脚下的刘四宝。

刀子扎进刘四宝的胸口，扎得很顺畅。在将它抽回之前，薛武林眨了眨眼睛，望着头顶细碎的月影说，四宝，你不应该看见这一幕。叔对不起你，你早点投胎吧。

薛武林在切割自己的皮肉时，他的老婆陈汤团正在家中的另外一个房间梳头。

陈汤团昨晚睡得很好，夜里感觉肚里的孩子踢了她一脚。她眯着眼睛笑了，轻轻拍了拍肚皮说，跟你爹一样，总是夜里不睡觉。陈汤团现在对着铜镜，想要试着扎出一个很好看的发髻，她把收起来的头发重新放下，想喊薛武林过来帮她一下时，天边突然响起一排巨大的爆炸声。声音从四面八方传来，也似乎从脚底传来，陈汤团看见眼前的那面铜镜被震得发抖，在桌子上摇摇晃晃，差点就要倒下。她急忙想把镜子扶稳，却看见镜子里的自己有着无比惊恐的眼神。这时候薛武林已经奔到她身后，薛武林抱住她说，别怕，我在家。我在家。

陈汤团缓过神来，说这是怎么了，难道是天塌了？说完，她看见眼前的薛武林竟然只穿了一条贴身的裤头，手上还提着一把短刀，刀尖上都是血。

薛武林把刀扔下，说别怕。然后他看了一眼窗外，好像是自言自语着说，豆腐巷，可能是豆腐巷的弹药库爆炸了。

弹药库怎么会爆炸？陈汤团很惊讶。

我过去看看。薛武林说，豆腐巷，是豆腐巷爆炸了，我过去看看。

薛武林刚走出去几步，又忙不迭着回头，说你待着别动，哪里也别去。你别担心，家里有我，一切都会过去。我等下就回来，过了今天，什么都会过去。

陈汤团的确是坐在镜子前一动不动。她只是在幽暗的铜镜里发现，转身过去的薛武林一瘸一拐的，屁股上流淌出一股新鲜的血，血已经将他的裤头彻底打湿，变成了触目惊心的红色，看上去像一面卷成一团的旗。

4

薛武林差不多和刘元霖在相同的时间里赶到了弹药库。

望着满地的尸体以及炸飞的巷子口，刘元霖在尚未散尽的硝烟中一连打了好几个抑扬顿挫的喷嚏。他没想到，自己当初把这块场地送给赵士真时讲的一句玩笑话竟然一语成谶，眼前的豆腐巷果然被炸成了一团豆腐泥。

刘元霖很忧伤。发生在杭州城的恐怖事件接二连三似乎没有尽头，让他感觉眼前的秋凉是那么具体，而他这个不堪承受的巡抚，似乎最多只是秋天里的一枚落叶。

薛武林围着那排尸体，在暗自寻找，他希望能见到躺在地上的阿部的那张脸。那样的话，他所有的担忧就能烟消云散，所有的事情也就一了百了。

半个时辰前，薛武林离开这里时，阿部和他那群手下正在忙着搬运火药。那时他试着问了一句阿部，你确定能带走它们，离开杭州带去日本？阿部将眼睛眯成一条缝，说其实我一点也不能确定。事实上我是想把它们送给眼前的这座城。我希望把杭州所有的城门给炸开，炸它一个稀巴烂，炸成一座四处漏风的城。

现在薛武林失望了，他在那排尸体中没有见到阿部，却很快见到了赶来这里的郑国仲。薛武林心里再一次抽紧，他知道自己又要面对另外一场担心。他想人生就是一道一道的坎，能不能跨过去就要看自己的造化。

郑国仲拉长着一张脸，脸色是阴暗的，眼圈周围布满着细密的皱纹，让人觉得他很痛心。此刻他望着眼前的一切，目光和飘散的硝烟有着共同的颜色。他最后挑了一个离薛武林很远的地方站着，直到看见刘元霖和田小七两人的背影，才上前走了过去。田小七跟他讲，现场一共十五具尸体，除了值守弹药库的明军军士，剩下的则全都是倭寇。根据甘左严的回忆，当时在场的倭寇有二十多人，那么说明其余的倭寇已经逃走。另外，守戍军总旗官伍佰翻出了弹药库的入库记录，又对比了各处的存量，发现即使是扣除了刚才在马车上爆炸的火药，估计消失的炸药还有几百斤左右。

郑国仲始终听着，一言不发。他后来走到刘元霖跟前，对他笑了笑，低头说本想这个时辰去你府上，我给你带了两盒东北野山参，却没想到发生了这种鸟事。

刘元霖擦了一把汗，说国舅爷，我这个巡抚当得很不称职。

田小七接下去就叫来了薛武林，他说几名死去的倭寇身上，穿戴的都是守戍军的军服，你觉得问题是出在哪里？

薛武林愣在那里，强打起精神说，这事情我会查，尽快给你答复。

此时田小七看见薛武林背后的裤子是湿的，里面好像渗出一团血。他说你怎么受伤了？快去包扎一下。

薛武林怔了一怔，随口说是痔疮，很多年了。

田小七心里格登了一下，他明明记得，那天和薛武林在酒馆里喝酒时，薛武林很会吃辣，那是痔疮的大忌。这时候，田小七看见薛武林的裤腿上有一团已经干裂的赭红色的泥浆，泥浆上并且沾了一片鸭跖草。这让他突然想起了刘四宝的那只鞋子，鞋子上也是沾满了赭红色的泥浆，泥浆中还有几片踩碎的鸭跖草。田小七于是掏出那只鞋子，跟薛武林说，你能不能陪我去刘天壮家里一趟？我听说他是你以前在朝鲜战场上的战友。

薛武林沉默，点了点头。他把视线从田小七的手上移开，因为他知道那是刘四宝昨天夜里穿在脚上的鞋子。田小七盯着他，又举着鞋子对不远处的猎犬赛虎晃了晃。赛虎叫了两声，跑到田小七跟前盯着那只鞋子，又转过脑袋看了一眼薛武林，这才凑向他裤腿抽了抽鼻子，然后又围着他转了一圈。

此时薛武林心惊肉跳，全身都在抽紧，他想把赛虎给踢走，赛虎却耷拉下眼皮呜咽了一阵，最终十分茫然地趴在了地上。

田小七说，薛副千户，你昨晚去过了哪里？

薛武林说，我哪里也没去，我在家。

你裤腿上的泥巴和我这只鞋子上的一模一样。难道是凑巧？

薛武林说，我在家。

田小七说，刘四宝是不是死了？

薛武林说，我在家。你别跟我提刘四宝。

倭寇身上的军服怎么回事？赛虎围着你转圈怎么回事？田小七说，薛副千户，这些好像都需要你来告诉我理由。

薛武林就快要崩溃了，他抬头，目光是灰色的。他在视线中寻找，最终看见了已经走开的郑国仲，于是说，国舅爷，我能不能走了？

此时郑国仲背对着他，想了想说，薛武林，你过来一下。

5

陈留下并不知道刚才发生的一幕。赵刻心晕倒以后，田小七抱她去了水牛他们的营房，让她在床上躺下。陈留下说没事的，她过一阵子就醒了。我听我岳父讲过，她一见到火光就会晕倒。

现在田小七回到营房，看见赵刻心果然醒了，但是陈留下远远地坐着，他不敢靠赵刻心太近。

田小七在赵刻心身边坐下，说，你怕见到火？

赵刻心把眼睛重新闭上，好像不敢回想刚才马车爆炸火光熊熊的一幕。

陈留下后来开始担心起自己，他想刚才外面那个跟巡抚刘元霖讲话的人，应该就是郑国仲。他问田小七，国舅爷走了没有？

田小七淡淡地看着陈留下，觉得他坐在那个角落里看上去有点慌。然后他想了想，说，郑国仲没走，他把你姐夫给叫去了。

陈留下一下子就被吓傻了，他站起来，整个人焦虑不安，说完了完了，他肯定是要抓我回去。

陈留下面对着一堵墙，停了一下又说，哥我想逃，我不想留在杭州了，我不想坐牢。我要是坐牢了，你以后就见不到我了。

田小七说，你哪里也别去，你坐着。

我怎么坐得住？陈留下差不多就要哭了，他讲我要是去了牢里，以后一辈子都是坐着，想站都站不起来。

田小七转头，很长时间看着窗外。他后来说，陈留下，看来你很不了解你姐夫。

也就是在这时，田小七看见不远处的伙房门口，门突然被嘭的一声撞开，冲出来的是薛武林。薛武林像一条被人扎了一刀的狗，他弓着身子，跌跌撞撞着想要逃走。但是紧随而出的郑国仲很快将他拦下，郑国仲提起他身子，想要把他一路拖回伙房。

此时刘元霖就站在门外，他像一截光秃秃的木头，看见伙房门口一路都是血。血从薛武林的胸口喷涌出，洒在砂石地上，走得歪歪扭扭。薛武林身子很沉，郑国仲最终把他扔下。郑国仲提着手里的刀子，回头跟刘元霖说，刘巡抚，薛武林是你们杭州城的奸细。他替倭寇卖命，给他们提供军衣，还帮他们运走火药。这样的人罪大恶极，死有余辜。

说完，郑国仲的刀子便再次扎了下去，扎进薛武林的后背。他转动了一下刀柄，想把刀子拔出，却感觉刀口陷得很深，凭他剩下的力气已经难以把刀子提起。他于是擦了擦额头，阴沉沉地讲，千刀万剐的东西，要是在京城，我会让皇上赐你一个凌迟！

刘元霖在秋风中缩紧脖子抖了一下，头顶稀疏的长发已经乱成一团干枯的草。他看见陈留下疯了一般跑到薛武林跟前，他把薛武林抱起，让他躺在自己怀里。薛武林随即吐出一大口的血，跟喝不下去的酒一样。这时候陈留下泪如雨下，他抱着姐夫嚎叫，薛武林你个王八蛋，你到底是不是倭寇的奸细？你就这么走了，留下我姐怎么办？

薛武林抓住陈留下衣裳，喉咙底下再次涌出一口血，说回去跟你姐讲，不用怕了，什么都过去了。

陈留下把薛武林抱得更紧，他紧贴着薛武林的脸，哽咽着喊了他一声姐夫，声音无比悲凉。此时薛武林艰难地笑了，声音缓缓着说，不用怕，什么都过去了。我走了，你们就没事了。

在薛武林闭上眼睛之前，陈留下已经哭成一个泪人。他最后面朝天空，声嘶力竭着嚎叫了一声，田小七觉得声音是那样苍茫，陈留下仿佛是荒野中被抛弃的一匹幼小的狼。

6

这天赵刻心陪田小七坐了很久。两人一直望向窗外，像是要把眼前的世界给彻底看透。

弹药库后来陷入死一般的宁静，很久以后，赵刻心说，你是不是早就怀疑薛武林是奸细？

田小七把头抬起，声音很虚空，说可是我到了现在却不愿意相信。

那你相信什么?

我相信一切就快要过去了。杭州城的阴霾也该结束了。

赵刻心眼中落满细细的灰尘。她认真地看了田小七很久，忍不住说，你瘦了。

田小七茫然地笑了一下，他想可能是最近发生的事情太多，虽然只是过了一个早上，却感觉时光好像又过了六年。他抹了一把疲惫的脸，似乎是意味深长地说，你怕见到火光，我却怕见到人心。火光要是能照得见人心，那该有多好。

赵刻心的眼角一下子有点湿润，她好像是被田小七触动到了往事，低头说其实我也不是天生怕火光。我想跟你讲讲我的母亲，除了我爹，这事情从来没有人知道。

田小七于是开始知道一个跟京城有关的故事，故事发生在许多年前的夏天。那天阳光炙热，女童赵刻心坐在屋顶，她扎了两条羊角辫，正在玩耍父亲的一枚凹面镜。凹面镜是住在鸿胪寺里的洋人使臣送给赵士真的，它射出去的光点在天空底下四处雀跃奔跑，让女孩赵刻心异常兴奋。赵刻心后来将光点聚焦在一间马厩里的干草堆上，她突然惊奇地发现，草堆竟然开始冒烟，仿佛西域人上演的一场精彩的魔法。她抓住凹面镜不放，想看看接下去还会发生什么神奇的事情，却猛然听见轰的一声，草堆起火了。

火灾就此引发。火势燎原，很快烧向了隔壁的一家赌馆。人群狼奔豕突间，远处赶来的赵刻心的母亲却逆着逃亡的人流向火场奔去。等她在慌乱中站定，看见火场的中间有一张男孩青涩的脸，男孩左右冲突，始终寻找不到合适的方向。赵刻心的母亲于是往身上泼了一盆水，然后想都没想，直接就冲进了燃烧的赌馆。

赵刻心感觉整个世界都被烧着了。她站在天空底下一直等，能够听见自己剧烈的心跳，跟火焰一样炙热。但她最终没有等到走出火场的母亲，只是看见那家茅草顶的赌馆，在劈啪作响的火舌底下似乎是痛苦地呻吟了一声，然后就轰然倒塌，像泼在地上的一摊水。

田小七听赵刻心讲到这里时，发现她整个人已经气喘吁吁，目光迷离，眼眶中含着无尽的泪水，整个人好像又要被一团虚幻的火光所掀翻。

那场火灾带走了我的母亲，也同时带走了一个无辜的男孩。赵刻心说，从此以后，我就怕见到火。我会在火光中见到母亲被烧焦的一张脸，似乎跟木炭一样。

田小七后来缓缓起身，仿佛是要从那场火灾中站起。他站到窗口，深深地吸了一口气，背对着赵刻心说，早知道这样，我当初在京城就不应该去打更，而应该去当少年火丁。那样我就会使劲帮你泼水，扑灭了那场火，免得它像一场醒不来的梦一样这么多年一直纠缠着你。

赵刻心喝了一口水，眼光稍稍放开。她讲你不懂，那是怎样的一场噩梦。

田小七却转过头来笑了，笑容发自心底，透明而灿烂。他看着赵刻心说，你一个上午愁眉苦脸，好像我欠了你许多银子。我送你回火器局吧，我决定跟你讲一点开心的。

你就确定我能开心？

当然确定。因为我是田小七，天底下没有不开心的田小七。

赵刻心后来走在巷子里。风静静地吹着，吹起她长发，也吹动她水草一般飘扬的思绪，让她看上去成了这个秋天最为宁静的一部分。田小七牵着宝通快马，看见风从马背上踏过，地上有新鲜的落叶，桂花香得如同一首刚刚写出来的诗。他想，或许这就叫做秋高气爽。

如果我告诉你，你刚才的故事只讲对了一半，你会相信吗？田小七说。

你好像成了丧尽天良的陈留下，一天到晚想编故事给人家听。赵刻心说，那几乎就是骗子。

那个男孩其实并没有葬身火海，他还活着。而且活得很潇洒。我不骗你。

我一点也不见得开心。赵刻心说得有点凉。

那场大火发生在十二年之前，在那一年的七月九日，京城的三保老爹胡同。那天被烧毁的赌馆，名号叫摇一摇，它是个茅草棚。田小七说，我都讲对了吗？

赵刻心猛然止步在秋日的风中，整个人彻底蒙住。她似乎再次看见那一年的七月九日，头顶骄阳似火，杨柳树上的虎头知了怒叫成一大片疯狂。她盯着田小七讲，难道那天你也在现场？

田小七牵着宝通马继续往前平静行走，这让赵刻心听见轻微而有韵律的马蹄声。马蹄踏响在整条巷子里，显得特别幽静，像一段过往的陈年岁月。

田小七说，那天被困在火场中的男孩，叫小铜锣。小铜锣以前在京城打更，他每天提着一只破锣，所以他才叫小铜锣。那天有个小姐姐救了小铜锣，他们两人奔出火海的时候，看见摇一摇赌馆果然是摇晃了一下，然后就在顷刻间化为废墟。

不可能。赵刻心赶上田小七，说这些都是你临时编的，你瞎编了一个小铜锣想要来骗我。

小铜锣长大了，他的真名叫田小七。他在几年前加入了皇上的锦衣卫秘密组织北斗门，又在七天前奉命来到杭州。现在就站在你面前。田小七转头，目光如水，看着赵刻心继续说道，我也觉得这事情跟假的一样，好像是关汉卿临时写的一场戏，为了赚取看客的一把眼泪。可它偏偏就是真的，一切都是真的，就连那个小姐姐也是真的。

田小七停了一下，最后说，我现在只是心存内疚，因为我，让你失去了挚爱的母亲。而你母亲原本是冲去火场想要救我。

赵刻心积蓄了很久的眼泪终于再次掉落。她想哪怕这一切都是假的，她也还是愿意相信。然后她就抑制不住惊喜，感觉沾在脸上的风，那种凉爽是如此真实，真实到不允许她否认。于是她在铺开的阳光下沉默了很久，想了一阵才说，救你的那个小姐姐，是不是就是无恙？你在梦中叫出她的名字。

田小七笑了，也让赵刻心蒙了。田小七说你真有本事，真的事情一下子又被你给讲假了。实话跟你讲，小姐姐姓郑，她以前叫郑云锦，跟我住同一条胡同，现在她……

现在她怎么了？

现在她搬走了，搬去了皇宫里，我们都叫她郑贵妃。她也就是礼部郎中郑国仲的妹妹。田小七说，我要讲的都讲完了，那你现在觉得开心吗？

此刻赵刻心已经泪流满面，像一个喜极而泣的孩子。她把头转过去，擦了很长时间的眼泪，又过了许久才说，十二年了，这是不是一场梦？

多好的一场梦，田小七说，所以你要赶紧从原先的那场噩梦中走出。我希望你笑一下。我一个上午讲了那么多，紧张得像是要去进京赶考。你笑一下，也算是对我的奖赏。

赵刻心流着眼泪笑了，笑容的确是发自心底。此时她看见宝通快马悠悠地看了她一眼，然后就脉脉含情着伸长脖子，无忧无虑地去吃长在墙头的一把绿葱葱的草。

7

西有湖光可爱，东有江潮堪观。八月十八的钱江大潮，杭州人已经期待了很久。毕竟，自八月以来，这一天的潮头最为壮观，吞天沃日，势极雄豪。按照习俗，每年的这一天，杭州城必定是倾城而出万人空巷。百姓们成群结队扶老携幼，从庙子头到六和塔，钱塘江绵延十多里的江岸上满眼珠翠罗绮，车马塞途，想要找一处站脚的地方都是十分艰难的。

络绎不绝前来观潮的还有杭州城附近的居民，他们来自绍兴、富阳、严州，以及北边的湖州等地。

到了午时，武林门外的官道上已经一片繁忙。外地人或驾车或步行，茫茫的烟尘中，眼看着秋日里黄绿相间的杭州城已经近在咫尺。

人群中有一个粗布灰衣的十来岁少年，背负一袋经书，肩头停着一只懒洋洋的豹猫。少年步伐轻快，最终在武林门的城墙根前站定。他抬头仰望了一眼蔚蓝色的天空，看见一群很像是绵羊的云，然后就擦干脸上的斑斑汗迹，连同那些沾附上的尘土，仿佛搓下一把黑色的盐。少年身边陪着一位年长的和尚，一袭袈裟，慈眉善目，有着一把飘逸的胡子。

城门下，少年转身，目光灵动如同春日里的溪水。他说师父，我好像是闻见了几位哥哥的气息。你说我哥哥他们会不会也在杭州？

如果你的确闻见了哥哥的气息，说明你们兄弟几个在杭州有缘。师父跟你讲过，几百年前，杭州也曾经是京城。

几百年是多长的时间？

就是几辈子的时间。生命来来回回走了许多遍。师父走了又来了。

我不想让师父走，我想永远陪在师父身边。

吉祥能这么讲，师父听了很欢喜。不过天下没有不散的宴席，师父终将在化身窑里化成一团袅袅的青烟……

少年名叫吉祥，是田小七在京城吉祥孤儿院里最小的一个弟弟。过去的很长一段时间里，吉祥一直跟随他师父满落法师四处云游，两个人这次是在几个月前离开了昆仑山，沿途星夜赶路，想要去一趟杭州的灵隐寺。

此刻满落法师托起羊皮袋，仰头喝了一口几天前还是从扬州青莲巷里打来的井水，舒缓的笑容于是在脸上渐次荡漾开。他盯着吉祥，抬手摘去飘落在他发丛间的一枚秋叶，说徒儿，你是不是在想家？

吉祥抿紧嘴唇，眼神中似乎有一抹淡如青烟的忧伤。

两个人走进城门，吉祥眼看着杭州城里辽阔的秋天，说，我想哥哥们。想唐胭脂，想刘一刀，想土拔枪枪，特别是想田小七。

满落法师提在手里的羊皮袋不禁抖了一下，然后他淡淡地笑了，说师父刚才已经见到你眼中的尘缘，像一根扯不断的丝线。

这时候，吉祥的眼角突然就掉落下一滴清凉的泪，随后又是一滴，慢慢滑行在他瘦削的脸上。这么多年，吉祥一直能闻见生与死的气息，那种感觉细密而且悠长。此刻他目光凄凉，跟满落法师哽咽着说，师父，我好像感觉到已经有一个哥哥不在了。他现在离我很近，自从咱们走进城门以后，他就离我越来越近。

吉祥看见了什么？

吉祥看见哥哥躺在杭州城的一片山坡上，身上盖满了土。哥哥的手指在泥土下张开，他的指缝间，正在长出一丛稚嫩的草。所以吉祥就同时闻见了生与死的气息。

满落法师听见吉祥的声音，也听见落叶离开枝头的声音。他缓缓闭上眼睛，单手成掌举到胸前，很久以后才说，我佛慈悲。

此刻吉祥眼中涌出更多的泪水，他看见秋天是白色的，如同悬挂在竹尖上的一片飞扬的经幡。

这是午初二刻的一幕，差不多和浙江巡抚刘元霖接到那个突如其来的消息是在同一个时间。刘元霖那时候正在府上，他正换上一套崭新的官服，准备参加即将举行的六和塔重修完工的落成庆典。这时候一个传令兵突然像疯子一样跑到他跟前，传令兵单膝跪下，上气不接下气，说皇上的队伍，一行上百人，已经浩浩荡荡地出现在了艮山门外。传令兵喘了一口气，还说路上尘土飞扬，黄旗招展，皇上骑在牛背上，走在队伍的正中央。

荒唐！皇上骑在牛背上，你怎么不说他骑在鹅背上呢？刘元霖说，你肯定是看见了一个假的皇上。怪不得我没接到半点消息。谎报上情者，拖出去斩了！

千真万确，在下看见的是龙旗。

刘元霖整个身子绷紧，新穿上的官服于是就显得更加宽大。他即刻看了一眼身边的礼部郎中郑国仲，声音细碎而且零散，说国舅爷，难道事情会来得这么突然？

郑国仲也感觉出乎意料。他看着摆在手边的两盒东北野山参，那是自己刚刚送给刘元霖的。凭他对皇上的了解，只要皇上喜欢，骑在牛背上也并不是没有可能。就像皇上可以连续好多年不上朝，天天待在豹房里养老虎喂狮子，并且一门心思静悄悄等待，等待一只艳丽的云南孔雀在某个漆黑的子夜里突然心花怒放地开屏。

郑国仲垂下眼帘，敲打着散落在棋盘上的一枚棋子说，既然如此，巡抚还不赶快去接驾？

但也就是在这时，守戌军总旗官伍佰又突然奔了进来。伍佰面容惨淡，声音有点沙哑，他说杭州城东的望江门，以及城西的凤山门，差不多在同一时间发生了爆炸。填埋在城墙洞中的火药不仅将城门炸开一个缺口，还炸死炸伤数十名无辜的百姓。此外，爆炸发生后，两处城墙现场的旗杆上，都出现了一条同样的字幅：炸开杭州城，一门接一门！

刘元霖愣住了，脱下崭新的官服说，快，快去叫田小七！

伍佰即刻转身，却看见田小七、赵刻心以及唐胭脂、甘左严等人已经站在门口。田小七说，不用叫了，我们都到了。可是他话刚说完，便听见又一声沉闷的爆炸声响，声音是从东边的望江门方向传来。

刘元霖慌了，头顶垂落下的一缕花白的头发吊挂在眼前，让他看上去像一个即将问斩的犯人。他愣在原地，目光前所未有地伤感，想不好是该赶去爆炸现场，还是先去给皇上接驾。

刘元霖最终看着田小七，声音在发抖，说怎么办？

田小七盯着郑国仲身边的棋盘，很久都没有说话，棋盘上的棋子一派凌乱。赵刻心看见他皱了皱眉头，然后突然就喊了一声，去艮山门，拦住城门外的皇上！

8

午初三刻，马背上的田小七一骑绝尘赶到艮山门，随后而来的就是赵刻心。

艮山门的城门两端已经围了很多人，城里的不敢出去，城外的也不敢进来。因为城门通道的正中央，不知什么时候被人稀奇古怪地敲下了一根黝黑的拴马桩，马桩上捆绑了一个憔悴的男孩，脖子上还飘挂着一条字幅：脚下有地雷。

男孩在嘤嘤哭泣，田小七感觉空气是凝固的。不用查证他也明白，男孩就是之前被倭寇劫走的其中一个。而此时他透过城门的通道望去，又望见门外的城东北地带，漫天飞扬的沙尘中，已经依稀可见两匹高大雄伟的仗前领头马。骑跨在马背上的是异常威武的锦衣卫卫队前指挥，两人高举的龙旗在午初三刻铺开的阳光中迎风招展，飘扬出一片灿烂的金黄。

甘左严和唐胭脂赶到时，看见田小七和赵刻心两人已经从马背上飞起，瞬间飘落在将近三丈高的灰黑色的城墙上。然后两人没有停留片刻，双脚点地浮起，如同一对俯冲的燕子，轻飘飘地降落在了城门外的官道上。

田小七高举着北斗门令牌，直接冲撞进了锦衣卫的护驾卫队，一个人冲到皇帝朱翊钧跟前，说锦衣卫北斗门田小七，奉浙江巡抚刘元霖之命，前来接驾。

皇帝的确骑着一头全身盖满丝绸的牛，他在宽大的牛背上眨了眨酸涩的眼睛，斜着脑袋说，我刚才看你那么一路冲来，跟我豹房里缺乏管教的老虎一样，把我眼睛都看痛了。现在又为什么还不跪下？

田小七说事态紧急，请皇上暂时不要拘泥于礼仪。

礼仪？你还说朕拘泥？皇帝此时又眨了一次眼睛，说那他刘元霖腿就这么短吗？为什么是让你来接驾？

请皇帝先下马，不对，是先下牛背，也让仪仗队停止前进。田小七说。

皇帝终于笑了，笑得比在豹房里还开心。他回头看了一眼身后一台挂满帷幔和珠帘的车驾，跟车厢里头的人讲，你看这人，答非所问。他经常这么耍我。普天之下，也就他敢耍我。

秋风吹动繁琐的珠帘，田小七听见它们摇摆出一阵叮叮当当的声响，音色很清脆。他知道坐在车驾里的一定是福王的母亲，也就是皇帝最为心爱的妃子——郑国仲的妹妹郑贵妃。

后来皇帝并没有接受田小七的建议，他无论如何也不愿意让队伍停下，不然一行上百号人像一群傻子一样待在城外。远远地，皇帝看着城门通道中依旧在哭泣的男孩，孤单而且忧伤。他说姓田的，杭州城离我也就是射出一支箭的距离，你现在却让我当着这么多百姓的面在这里停下，好像那个可怜的孩子跟我没有一丁点关系。那你说，我以后还当不当皇帝了？我还要不要这张脸了？

如果皇帝执意要立刻往前，那也请退到队伍的最后。田小七说着，卷起袖子提起飞鱼服的下摆，说大家都别动，等我先走一趟城门试试。

郑贵妃就是在这时候掀开摇晃的珠帘。她探出身子，目光有点忧虑，看了田小七一眼后，又平静地收回去望向了皇帝朱翊钧。她跟朱翊钧说，你别让小铜锣去蹚雷，最好是让他在你身边护驾。你刚才还说，要他带你登上六和塔，一睹钱塘江大潮的风采。

朱翊钧却抿嘴笑了笑，他看着深刻在城门上的艮山门三个字，说随便，我无所谓。

田小七提起步子，正要走向视线中的艮山门时，赵刻心将他拦下。

赵刻心说，让我去。

田小七即刻就笑了，笑得云淡风轻。他跟赵刻心轻声说了一句，给我个面子，我是男人，如果你去了，皇上以后肯定会看不起我。

但是弹药库里的确被搬走了一批陶瓷地雷，那是伍佰在清点库存时发现的。赵刻心说，不行，你不能去。

我这人命大，你难道忘了，连那场赌馆的火都不敢烧死我。地雷算什么，我正好可以把它给挖出来。说完，田小七挡开赵刻心，说我去去就回，然后就迈开步子朝远处的城门走去。

风吹着田小七的飞鱼服，也从他的绣春刀刀鞘上细细地滚动过。他忽然感觉这个秋天是如此地美好，美好得简直让人赏心悦目。他同时想起，自己在七天前骑着宝通快马奔进杭州城时，好像也是这样一个安静的中午。现在他一步步靠近城门，又莫名地想起了无恙，无恙的一袭长发似乎正在江南的秋风中飘扬，让这个午后显得十分令人难忘。在西子客栈，田小七曾经向郑国仲打探，无恙在诏狱里有没有认罪，皇上接下去准备如何处置她？郑国仲笑着说不就是一个娇小的女人吗，成得了多少气候，你以为皇上还真会跟她过不去？要不这样，等你回去京城就成亲，到时候我让我妹妹当你们的红娘。

那天田小七释然，心底跟湖水一样平坦，无恙应该还活着。他望向西湖，感叹之前的噩梦都是自己的一番胡思乱想。

现在田小七已经离城墙根不远，他回头看了一眼身后的官道，看见赵刻心正站在官道的正中央。尘土飞扬中，赵刻心满腹惆怅，就那样执着地望着他。目光似乎跨越时空，生怕他一转眼就会在视线中消失。远远的，田小七对她浅浅地笑了一下，然后他转身，义无反顾地走向城门。

唐胭脂记得，那天他透过艮山门门洞，望见通道那边的田小七从官道上一步步走向城门并且在城墙下回头时，甘左严却比他提前一步挥动起了马缰。甘左严回头看了唐胭脂一眼，抓着马鞭指向自己的一条腿说，我这条腿刚才被倭寇扎了一刀，以后走起路来肯定会有点瘸。所以说，你别跟我抢，炸死一个瘸腿的人要稍微划算一点。

甘左严说完，甩动马缰抽打了一下马的屁股。唐胭脂于是看见那匹战马扬开四只蹄子，驮着胡子拉碴的甘左严，笔直朝巍峨的城门奔了过去。

那时候田小七突然听见一阵马蹄声，声音很急。他看见城门对面的甘左严在马背上挥动马鞭，示意他退回去。他只是稍微愣了一下，就看见甘左严的马已经迅速到达了对面的城门口。在城墙下，甘左严仰身提了提马缰，马于是适时停了下来。甘左严趴在马背上，因为那条刚刚受伤的腿，他只能让自己的身子沿着马背慢慢滑落下来，然后才提着那条腿慢慢抵达地面。远远的，甘左严牵着那匹马，似乎是漫不经心地踩踏进了城门的通道。

通道里有点幽暗，田小七看见原本充沛的一丛阳光在甘左严的脸上一点点缩小，直至最终消失。甘左严走得一瘸一拐，可能是腿上伤口引发的疼痛，让他脸上冒出了一些汗。但甘左严也好像是故意要走得特别慢，从而不漏过地上的每一片土。他牵着那根马的缰绳，一个人，一匹马，总共加起来六条腿，一步步踩在拱形城门下干燥的泥地上。

田小七感觉整个世界安静得一塌糊涂，仿佛是被埋进了深不见底的水下。他看见甘左严已经走到了捆绑着男孩的马桩前，男孩的脚下，是一堆隆起的土。男孩停止哭泣，盯着甘左严的两条腿，一脚深，一脚浅，慢慢往前。这时候甘左严身后的马突然抬起前腿，昂头嘶鸣了一声，让田小七瞬间吓出了一身冷汗。

甘左严没有停止，继续往前，好像他这辈子的时光都是为了穿过眼前这条幽暗而又漫长的通道。慢慢的，田小七看见阳光又重新攀爬上甘左严那张脸，并且将他脸上每一根粗壮的胡子都照耀得异常生动。甘左严走出通道，田小七深深地缓了一口气，但是甘左严没有停下，他只是转了个身，又再次走进了通道。甘左严刚才是沿着通道西边的路线走过来的，现在他走回去时，选择的是通道的东边。

田小七感觉时光又一次凝固。他看着甘左严的背影，一点点被城墙的通道给收进，很快就变得越来越模糊。甘左严再次出现在唐胭脂跟前时，唐胭脂站在战马前，松开紧紧抓在马背上的手，说你这人真讨厌，快把我给吓死了。我要剪一片你的衣角塞在兜里，免得我夜里做噩梦。

唐胭脂刚刚说完，就看见有一块泥巴啪的一声砸在甘左严的脸上。泥巴砸得粉碎，有很多泥土掉进甘左严草丛一样的胡子里。唐胭脂开心地笑了，说肯定是柳火火，小心你的耳朵皮。

迎面冲来的果然就是柳火火。柳火火踢了一脚甘左严，差点把他给踢翻在地上。她扯开嗓子吼了一声道，甘左严你个王八蛋，你是不是想扔下我不管了？你要是被炸飞了，我就把春小九的骨灰罐子给扔了。

柳火火说着说着就哭了，说甘左严你有本事就抱着春小九的骨灰去踩地雷，永远都不要来管我。

那时候田小七和赵刻心已经站在柳火火跟前。在柳火火多少有点撒娇的叫骂声中，赵刻心看了田小七一眼，目光在他身上淡淡地停留了一下，随即又望向更远的远处。

此时在田小七的身后，皇帝的队伍已经浩浩荡荡地通过城门并且涌进了杭州城。队伍中，皇帝朱翊钧牵着那头慢吞吞的牛，一路上跟郑贵妃步行着往前。他看着哭哭啼啼的柳火火，跟郑贵妃打趣说，你看杭州女人，也真是蛮有意思，就连哭起来的样子也是那么好看。

郑贵妃却盯着田小七身边的赵刻心，她可能是觉得赵刻心更加好看。朱翊钧于是又说，你不认得她吗？她是赵士真的女儿，在鸿胪寺里长大的，以前在京城烧过一把火。

郑贵妃随便点了点头，朱翊钧说你有没有看出来，她好像很喜欢田小七。田小七这家伙隔三差五都会有艳福，他就是个走到哪里都会发出嫩芽的情种。但朕无论如何都不会羡慕他，朕只想和你在一起。

也就在这时，望着龙旗飘扬的浩大的队伍，以及身边拥挤的人群从田小七身边像流水一样流过。田小七站立不动，他想到了另一座城门，庆春门。

9

庆春门的爆炸是在午正三刻发生，当时田小七和伍佰他们就在现场。

按照田小七的吩咐，伍佰带了守戍军的十多名手下以及两只川东猎犬，在庆春门的城门区域搜查了所有可疑角落，最终未发现有填埋炸药的痕迹。伍佰收队，准备继续前往武林门排查。

现场恢复通行时，家住城门附近的一对夫妻终于放下一颗心，两人急忙抱了两床棉被，盖到城墙上面去翻晒，因为湖州那边有一帮亲戚过来杭州观潮，晚上要借住在家中。结果没过多久，田小七刚刚跨上马背，摊在城墙上的两床棉被下面便轰的一声炸响。田小七转头，首先看见一堆飞溅起的城墙砖，接着就是漫天飞舞的洁白的棉絮，好像这个秋天突然之间就大雪纷飞。

现场顿时一片混乱，马背上的田小七却目光如炬，迅速环视四周，在奔涌的人群中寻找那对夫妻的身影。田小七后来举起马鞭，直接指向城门广场的西南方向，看见指令的伍佰于是就扒开四散的人流，带头冲了过去，很快就将那对夫妻拦在了路中间。可是还没等伍佰开口，夫妻两人的刀子已经第一时间向他刺了过来。伍佰闪身，顷刻间发现，自己和手下已经陷入了一个包围圈，身边许多急着逃散的百姓，此时纷纷亮出了手上的武器。

田小七坐在马背上，看见一名乔装成驼背老人的倭寇抽出塞在背脊后面的一个枕头，然后拔刀指向天空，恶狠狠地喊了一声：杀！

爆炸发生的时候，柳火火正在欢乐坊酒楼给甘左严清洗伤口。柳火火撕开甘左严的裤腿，看见一道很深的伤口，她朝伤口泼了一碗酒，痛得甘左严即刻从凳子上跳了起来。柳火火说你是不是属蚂蚱的？你给我好好坐在那里别动。话刚说完，沉闷的爆炸声就响了起来，柳火火望见一团升腾起的黑烟，就在庆春门方向的天空底下。

甘左严抓了一块布胡乱把伤口扎紧，说我得回去。

为什么？

因为田小七正在那里。看来一场血战是免不了的。

你想好了吗？柳火火说着，慢慢转过身去，却正好望见头顶那块欢乐坊的招牌。招牌上，那个歪歪扭扭的“乐”字还是显得那么大，大得像一只箩筐。

田小七是我战友，甘左严还没讲完，就听见柳火火说，好，你果然重情义，我没看错你。他是你兄弟，哪怕不是为了杀倭寇，就因为他买下来的这间酒楼送给你和你的女人，你也应该去。

你去死吧。但最好能活着回来。柳火火又补了一句，为了你的兄弟，去杀！

此刻甘左严开始想念他的长刀，他的长刀很长，扛在肩膀上像一条油光发亮的扁担。柳火火记得自己第一次遇见甘左严时，甘左严就是扛着那把让她记忆深刻的长刀。那时候甘左严长刀的刀柄上挂了一个空空的酒壶，而他提在另外一只手里的，则是春小九的骨灰罐子。后来甘左严有一次喝醉，长刀掉进酒楼旁边的一条河。柳火火说我去帮你捞上来，甘左严却醉醺醺地吼了一声，刀子算个屁，你快给我倒酒！

柳火火现在跑去河边，直接跳进了涨水的河里。她像一条修长的鱼，游进密密匝匝的水草间。在摇曳的波光里，柳火火最终见到了甘左严的那把刀，正安静地躺在水底。

甘左严开始磨刀，磨得仔细而且悠长。柳火火每次看见他把刀身抬起，就朝磨刀石上倒下一碗酒，好像要让刀子也把酒给喝饱。

在背起长刀之前，甘左严用手指头弹了一下刀身，柳火火随即就听见龙吟之声嘤嘤嗡嗡地响了起来。

甘左严说，又要见血了。

10

此刻阿部和灯盏正站在庆春门附近一间民宅的二楼窗口。房子是阿部前两天租下的，方便和他的那些“巾海道”手下接头，并且给他们分头布置接下去的任务。自从南屏山山洞被田小七铲平后，“巾海道”的许多成员都四散在杭州城的各个角落。

远远地，灯盏看见田小七和赵刻心他们，以及伍佰带领的那些守戍军兵勇，正跟她的一帮手下厮杀得十分热烈。刀和剑碰撞在一起，叮叮当当，有很多血飞溅了出去。刚才她和阿部伪装成去城楼上晒被子的夫妻，两人在撕开的棉被中藏了一大堆火药。在被伍佰拦住后，两人并没有恋战，而是在刀光闪闪中抽身离开了那片杀声震天的场地，很快就潜入了这间民宅。

现在余船海也来到这里。余船海踩着楼梯赶到二楼，看见灯盏正在洗头。灯盏弓身坐在凳子上，身前摆了一个宽大的水盆，她茂密的头发浸在清水中微微荡漾，让余船海想起细密的水草。阿部站在一旁，提着木勺舀起清水，一勺一勺细细地给灯盏冲洗头发。余船海于是看见灯盏裸露的脖子一次次被水冲湿，显得干净细腻而且修长，像一截清洗过的藕，有那么一种生动并且美艳的味道。

灯盏洗好头，在阿部替她擦拭过以后，她坐在凳子上昂扬地甩了一把头发，房间里于是飘飞起许多细小的水珠，让余船海闻见一股淡淡的清香。灯盏走去窗口，静静地站着，好让照进来的阳光早点把她的头发给晒干。

石田君，一切都准备好了吗？灯盏望着窗外，头也不回地说。

准备好了，炸药已经藏进了六和塔。余船海回答。

灯盏搓动着依旧有点潮湿的长发，看见庆春门前的那场厮杀还在继续，在田小七和赵刻心两人挥舞的刀剑下，她已经有很多名手下英勇战死。但她很快停止住忧伤，说石田君，“破竹令”计划成败在此一举，我会设法吸引住锦衣卫和守戍军的注意力和战斗力，你就全力负责把六和塔给炸了。以告慰我父亲的在天之灵。

余船海愣住，眼中布满了诧异和惊讶。这么多年，他一直无法忘记那一年的北海道海边，灯盏的父亲子丑扛着一把刀问他，你愿不愿意跟我练刀，跟随我去征战大海那边的大明王国？

现在余船海在一阵难隐的悲伤中转头，呆呆地望向阿部。

我岳父已经不在了，就在今年的春天，死于一场风寒，我们把他葬在了临海的巾山下。阿部声音伤感，说岳父临走时还一直牵挂着你，希望你能完成“破竹令”计划的最后一环，那是他一场宏伟的梦想。

余船海笼罩在深刻的悲凉中，自从五年前被子丑由台州派来杭州蛰伏，他就一直无缘与子丑见面，平常的往来只是通过一年一度的两地间的信使。现在他已经明白，炸毁修建好的六和塔，不仅是子丑的梦想，还是日本国丰臣秀吉的残部给“巾海道”下达的一项绝密任务。自从丰臣秀吉归天后，日本进入德川幕府时期，四平八稳的德川家康清除了主战派势力，放弃对中国的觊觎，与明朝交好，这种软弱的外交一直让子丑痛在心底。子丑潜伏在中国多年，誓死效忠丰臣秀吉，他深谙风水，感觉六和塔的位置正是杭州城的龙脉所在，加上西北边的二龙山以及大凰山，整个地界呈龙凤升天之势。大明嘉靖十二年，也就是近七十年前，他的前辈就从日本窜入浙江，放火烧了六和塔。所以当得知杭州开始重修六和塔时，子丑就有了一个庞大的梦想，要在有生之年炸毁修建好的六和塔，以敲断杭州龙脉的脊梁骨，让这座富庶的大明朝城市永远在地上趴着。

余船海想起了这些，就在窗前跪下，面对台州府的方向垂首良久，以祭奠远去的子丑。他在地上洒了一碗酒，跟灯盏说我会完成你父亲的遗愿，用不了多久，就在今天下午。然后他起身，看了一眼阿部，微笑着说我走了，往后的日子你要照顾好灯盏，她就跟我的妹妹一样。

阿部听见门被推开，然后又被轻轻合上。他还听见就在余船海下楼的时候，一直待在楼下的河野突然吹响了他心爱的尺八，声音悠远而且缥缈，好像是要给余船海送行。

余船海走到楼下，走到长发飘飘的河野跟前，目光在他竖起的尺八上细细地抚摸了一遍，似乎想在这种令人心碎的乐曲声中再停留片刻。但他最终还是想了想说，河野君，别吹了。带上你的尺八，跟我去一趟六和塔。

11

浙江巡抚府衙，皇帝朱翊钧正在一棵硕大的金桂树下喝茶，坐他对面的是来自杭州云栖寺的莲池法师。此次来杭州观潮并且参加六和塔重建完工的庆典，朱翊钧只是提前派人告知了莲池法师。法师德行名播四海，被天下信徒及名贤大儒敬称为云栖大师。朱翊钧的生母李太后，甚至将大师的绘像置于宫中，礼敬有加。

刘元霖站在一旁，他已经从之前的惶惶不安中走出。站在芳香浓郁的一棵金桂底下，他想起当年建议朝廷重建六和塔，也是莲池大师最早提出的想法。早先的六和塔是在嘉靖十二年倭寇入侵杭州时被一场大火所焚毁，就此，大师一直心怀悲戚。大师认为重建新塔不仅仅是为了民间所讲的镇挡钱塘水患，更重要的是能让江南百姓目睹天下的日益兴旺。六和塔是杭州的，更是大明王朝的。

此刻莲池法师喝了一口茶，随行的和尚于是给朱翊钧送上了一幅法师昨晚刚刚连夜画就的春日塔景图。画卷展开，刘元霖看见一座崭新的六和塔，在春日细密的雨丝中显得超凡脱俗，如同一座恢弘的佛塔。刘元霖还看见一片翠绿的竹林，林中渐次起伏的春泥上，正有一排竹笋破土而出，笋尖刺破泥土中升腾的晨雾，正好与巍然屹立的六和塔相得益彰。

雨后春笋，六和塔！朱翊钧围着塔景图，不禁赞不绝口。他笑得像一个孩子，眼神中更是掠过一抹异样的光彩。然后他十分贪婪地吸了一口空气中的桂花香味，顿时感觉神清气爽，于是望向刘元霖说，离咱们的六和塔庆典仪式，还有多久？

还剩下不到一个时辰。刘元霖说，皇上是不是该准备出发了？

还等什么？朕都已经来不及了。说完，朱翊钧在院子里看了一眼，看见贵妃正在不远处的另外一棵桂花树下，在和郑国仲轻声交谈着什么，兄妹两人似乎有什么秘密的话题。朱翊钧于是笑了笑，笑得很淡，然后眯着眼睛问刘元霖，刚才给我接驾的田小七呢？他现在去哪了，难道他比我还忙？

田小七正在搜查城区各座城门。刘元霖抬起簇新官服宽大的袖口，按了按额头，才犹豫着往下讲，城里有倭寇。

此刻，庆春门前，田小七挥舞出的绣春刀正好砍下一名倭寇的人头。可他觉得有点奇怪的是，眼前的倭寇怎么越杀越多，好像是刚刚砍完了一批，地上又像韭菜一样长出了一批。他哪里能想到，这正是灯盏拖住他的缓兵之计。

透过闪亮的刀光，田小七看见甘左严也已经加入了战斗，甘左严踮着一只脚，他挥出去的长刀比赵刻心的剑还长，寒光闪闪。赵刻心就在田小七身边，她衣袂飘飘，一把梅花剑挥洒自如。但田小七这时候突然愣了一下，他似乎感觉就在转身的刹那间，仿佛是见到了吉祥的身影。身影一晃而过，如同一道清澈的光，让田小七觉得不可思议。与此同时，正挥舞着刘一刀七星刀的唐胭脂也叫了一声，哥，那是不是吉祥？

田小七于是笑了，说既然你也看见了，那就一定是咱们的弟弟吉祥。

的确，此时站在战场外围的就是吉祥。吉祥的身边，是双目微闭的满落法师。眼看着这场血光淋漓的厮杀，满落法师脸上布满了愁容，他双手合十，连声称罪过，罪过。

吉祥也见到了人群中的田小七和唐胭脂，但他数了数，自己的四个哥哥目前只有两个。刀光中，他始终没有见到刘一刀和土拔枪枪。吉祥于是想起了之前闻到的埋在泥土下的死亡气息，目光就再一次潮湿。他抱着一本土黄色的经书，紧紧贴在胸前，然后对着田小七战斗中的背影，嘴里稚嫩地叫了一声，哥。

田小七听见了吉祥的声音，如同吹过林间的一阵清风，好像是有点潮湿的。他望向吉祥，对他远远地笑了一下，感觉吉祥的目光似乎能让所有的秋天平静。但田小七也看见吉祥肩头那只名叫追风的豹猫，此刻正怒目圆睁。追风仿佛等不及了，即刻就想冲出去，撕咬下倭寇的一块头皮。而也就是在这时，城墙上的两名倭寇突然推下两个被绳子牵引着的男孩，男孩被吊挂在空中，腿上各自绑了一捆炮仗一样的火药，长长的导火线垂下，守候在城墙根的倭寇随即将它点燃。田小七诧异，两个男孩竟然长得一模一样。这时候他听见赵刻心说，是之前被倭寇劫走的那对双胞胎兄弟。一个叫洛阳，一个叫洛驼。

赵刻心话还没说完，绑到男孩身上并且拖到城墙下的火药导火线已经被倭寇点燃。

吉祥也看见了这一幕，他看见两个孩子已经被吓晕。此时他双手合十，转身面对满落法师喃喃地说，师父，有人在受难，他们是比我还年幼的孩子。

吉祥想怎么办？满落法师说。

吉祥想救下两个弟弟，不想闻见死亡的气息。

可是你有没有想过，一旦出手，就是开了杀戒。

满落法师望向天空，天空一派蔚蓝，蓝得令他惆怅。此刻他不禁想起记忆中绵延不绝的昆仑，他知道吉祥尽管垂首一言不发，但眼神中的杀气却越来越汹涌，如同涌到眼前的昆仑的山峦。法师在天空底下摇头，叹息了一声讲，师父这么多年花下的心血，看来都白费了，你是要破戒。

吉祥不想开杀戒，吉祥只想让这一场杀戮停息。

归根结底，你还是要开杀戒。但是你要想清楚，一旦破戒，这一生就没有回头路。

说完，法师放眼，望向很远的远处。他讲，现在你听到了什么了吗？

吉祥仿佛听见了天空中传来的梵音，如同潮水，在他头顶缓缓涌来，越来越雄浑，似乎要将他给淹没。吉祥流下了这一天的第二场眼泪，他终于缓慢地跪倒在法师跟前，听见师父的声音像是从水底升起，说既然如此，这一切就都是你的命。但在临走之前，师父要送你一个名号。从此以后，你，就叫昆仑。

满落法师说完，黯然转身，一片袈裟的衣角在吉祥瘦削的脸上轻轻飘拂过。吉祥在地上磕了三个响头，用衣袖仔细擦干眼泪，然后站直身子再一次双手合十，说，好，从此刻起，我叫昆仑。师父，保重。

昆仑话音刚落，豹猫追风就从他肩头冲了出去，犹如一道黑色的闪电。豹猫伸出四只锋利的爪子，直接扑向倭寇。唐胭脂随即看见，昆仑缓缓抓起地上一把刀。昆仑叫了田小七一声哥哥，然后举起那把银色的刀，如同另外一道闪电，几乎和田小七同时跃起身子，飞向了挂在城墙上的两名性命攸关的男孩。

此时赵刻心看见，田小七和昆仑的两把刀子差不多同时在空中落下，顷刻间就挑断了两名男孩身上捆绑住火药的绳子。随后两人又各自抱起一名孩子，就在两捆火药落地以后猛然炸开的一瞬间，他们已经抱着孩子稳稳地落在了城墙上。

昆仑并没有停下。他从城墙上飘落，面对出没在硝烟中的倭寇，他在嘴里数着一个，两个，三个……于是，倭寇在他挥舞的刀下纷纷倒下。

所有倭寇都成了躺在地上的尸体。硝烟散开，昆仑重新飘到城墙上，跟田小七站在一起。田小七蹲下，拍去他身上的尘土，说吉祥，你怎么来了杭州？

是师父带我来了杭州。昆仑望向西南方，说师父刚才走了，往那个方向走的。他给我留了一个名号，让我从此以后就叫昆仑。

为什么叫昆仑？

昆仑不懂。昆仑就想跟哥哥在一起救人和杀敌。

田小七抱起昆仑，一甩手，让他跟猴子一样踩到了自己的肩上。他说昆仑现在好好看看，还能不能见到师父的背影。

昆仑站在阳光下，就站在田小七的肩头。他伸长脖子，眯着眼睛望了很久，最终声音有点落寞，说师父已经走远，昆仑没有看见他背影。

不远处的赵刻心望向昆仑的一张脸，看见阳光照在这个少年的脸上，有那么一种毛茸茸的感觉。她问你看见了什么？

昆仑转头看着赵刻心，咧开嘴笑了，露出两枚光洁的虎牙。他说你可以叫我昆仑。他又说姐姐你是谁，我怎么不认识你？你跟一个人很像。

赵刻心隐隐地笑了，她随即听见昆仑说，我看见了六和塔。全身挂满彩带的六和塔，五颜六色的六和塔。

田小七也忍不住笑了，他看着飘飞在地上的一团花花绿绿的碎纸屑，那是刚才火药炸开后留下的，却让人以为是炸开来的烟花和鞭炮。他说昆仑你真啰嗦，就那么一座塔，被你说出了那么多花样，好像你是看见了一个新郎。

哥哥是不是也想当新郎，你想娶无恙姑娘。昆仑笑呵呵地讲，其实六和塔更像一根竹笋，很肥很肥的竹笋。

昆仑说完，感觉踩在他脚下的田小七的肩头突然颤抖了一下。田小七说，昆仑，下来！

田小七听见了昆仑说的竹笋，也突然意识到，倭寇刚才用的火药，是糊贴了一层烟花和鞭炮的包装纸。一连串的念头在他脑子里电光石火般闪过。

赵士真提示过的6……松吉写下的“塔”……还有赵士真见到袖珍六和塔时的目光。

六和塔……竹笋……六和塔庆典要燃放烟花鞭炮……倭寇把炸药伪装成了烟花和鞭炮。

破竹令！田小七突然喊了一声，倭寇破竹令的下一环，是要炸了六和塔！

听到此话的赵刻心心中格登了一下，很快又跳出一个念头，她讲，皇上要去六和塔！

可是赵刻心话刚说完，众人还没有回过神来的时候，城里又响起一声沉闷的爆炸，声音是从候潮门的方向传来的。

12

万历三十年八月十八，未时，杭州城候潮门发生爆炸。因为太阳在未时时分开始偏西，所以杭州人也将这个时辰叫做日跌。

那天在经历了一场血洗的庆春门前，在场包括赵刻心在内的所有人都看见田小七目光很冷。田小七说城里的爆炸暂时不用去管，当务之急，是要保住六和塔，救驾皇上！

伍佰说皇上身边有锦衣卫。我们为什么不剿灭城里的倭寇？

城里的倭寇是烟雾弹。田小七望着六和塔的方向，说此刻皇上危急，六和塔危急。然后他当即下令：所有人兵分两路，甘左严和唐胭脂以及伍佰的守戍军即刻抄近路赶去六和塔，昆仑也去。他自己则负责赶去朱翊钧身边，亲自护驾。

甘左严和唐胭脂的几匹快马冲出时，赵刻心跟田小七说，我跟你一起，过去护驾皇上。

你不能去。田小七声音很平静，却让赵刻心觉得没有商量的余地。田小七说，这将是一场生死攸关的战役。

既然是一场战役，那我就更应该去！赵刻心说，田小七你别想丢下我，我必须同你并肩作战。没有你，我已经死在倭寇的刀子下。没有你，我会一辈子惧怕见到火光。

田小七愣住，此刻他不敢去看赵刻心的眼睛，担心会被她的目光说服。

赵刻心又说，我昨天梦见了你再次受伤。我被这场梦惊醒。

田小七听见风从耳边吹过的声音，他看着流淌在地上的一摊血，血在慢慢散开，最终钻进城墙下的石头缝里。

你不能去！田小七这次声音更加坚定，说你回去，回去火器局，保护好你父亲。

说完，田小七即刻跨上宝通快马。他回头看了一眼赵刻心，看见赵刻心就那样茫然地站着，身影多少显得有点消瘦。但是田小七依然说，回去！

13

阳光开始往西偏移，六和塔前已经聚集了一群前来围观的百姓，受邀参加庆典的浙江各地知县知府也已经陆陆续续赶到。风吹着吊挂在塔身上的绸带，像吹着一面一面的旗。塔身外围的每一层廊檐上，都挑出了一排大红的灯笼，灯笼上写的，是一个金光闪闪的“和”字。

此刻余船海就站在六和塔前，他让红盖头喜庆坊的那帮手下将马车上五颜六色的鞭炮和烟花全部卸下，一捆一捆就摆在塔前那块空地的正东方。没有人会知道，红盖头喜庆坊的这帮手下，一个个都罩了一件喜气洋洋的大红短褂，骨子里却全都是倭寇“巾海道”的成员。而那些鞭炮和烟花，则是层层伪装的火药，是阿部之前从豆腐巷弹药库里运出的。余船海又拆了他从萧山运回来的各式烟花，将外层包装纸一张一张糊在了填装好的火药上。

余船海现在听见知县知府们聚在一起交头接耳，似乎在讲皇上刚刚到达了杭州，并且要亲自过来参加庆典。余船海有点不相信，就凑上去打听，各位大人是不是在讲笑话，难道皇上真的要来？

已经在杭州待了将近十天的台州知府在属于自己的观礼位上坐下，他笑眯眯地看了余船海一眼，说有没有讲笑话，你等下就知道了。我觉得你应该庆幸，这场由你负责操办的庆典活动会让皇上尽收眼底。

余船海有点蒙住了，他看着台州知府一张红光满面并且多少有点自豪的脸，他含含糊糊地笑了一下，笑得不是那么自然。接下去的一段时间，余船海都六神无主地站在塔前，对着地上一堆来来往往的蚂蚁发愣。后来他又一个人不由自主地走进六和塔，独自望着那些或鲜红或金黄的闪亮油漆，以及令人叹为观止的雕梁画栋和绘画入神的飞禽走兽，心里却一阵阵忐忑不安。按照原先的计划，余船海只需在庆典开场时点燃炸药，炸飞修建好的六和塔也炸死一帮包括刘元霖在内的官员，那么此次“破竹令”行动就大功告成了。但是现在猛地听说皇上要来，余船海的后背就不免被汗水打湿了好几次。他实在不敢想象，再过一点时间，当炸药轰然炸响时，如果连这个国家的皇帝也被炸去了天上，那将会是多么惊天动地的一场壮举。

皇上。大明王朝九五至尊的皇上。丰臣秀吉日日夜夜都想将他打败的明朝万历皇上。想到这些，余船海感觉心惊肉跳，同时也呼吸困难，好像所有的空气加在一起都不够他一个人使用了。他认为自己是怕了，的确是怕了。

但是时间没过了多久，当余船海转头，看见窗外那么辽阔的阳光时，心里就渐渐安伏了下来。他甩了甩头，似乎要甩去胆怯和阴霾，然后就开始暗自在心底里笑了。他一下子感觉阳光下的自己全身发烫得不行，就连脚底板也升腾起源源不断的力量。所以他就沿着六和塔一层一层的楼梯板拾级而上，好像是要登高望远，好好看一回杭州城令人心醉神往的秋色。

这是多么不寻常的一天，又是如此出人意料的一天。余船海深吸一口气，透过窗口兴致勃勃地望向东方。他看见两行翩翩飞翔的大雁，在大雁的翅膀下，他好像也提前看见了一片要送他回去日本国的海。那片海虽然十分宽广，但不管有多少的惊涛骇浪，他余船海终将带着一身的光环与荣耀，回到阔别多年的北海道故乡。他的北海道故乡有漫山遍野的樱花，有让人昏昏欲睡的温泉，也有时刻跪在他身边，替他一次次擦澡和掏耳朵的女人。

余船海这么想着的时候，没有发现河野已经走到他身边。河野提着那根永不离身的尺八，他总是那样轻手轻脚。河野说，石田君，你在想什么？

余船海淡淡地笑了，说我在想，如果我也有那么一支射出去的箭，能一下子同时射落两只大雁，那该有多好。

石田君竟然会有这种不切实际的幻想，河野说，那只是中国人讲讲故事的。书本里的故事，都是假的。

余船海摇摇头，他看着河野被风吹动起的长发，有那么一种如诗如画般的美妙意境。他讲你不懂，所以你这辈子也就只能吹吹尺八。你以后尺八吹得越好，头发就变得越来越长，因为中国人有句古话，说头发长见识短。

余船海看着江边陆续赶来登塔观潮的人群，说河野君，我等下就会让你亲眼看见，我是如何一下子同时射落两只大雁的。说完，余船海在移动在他眼底的人群中见到了骑在马背上冲过来的甘左严和唐胭脂。他一直盯着甘左严那把茂密的胡子，突然忍不住笑了，心想这个醉鬼的胡子都可以拿去做一把刷子了，只是不知道他这丛野草般的胡子还能不能活过今天。

但是余船海很快又发现，甘左严和唐胭脂两人的身后，还跟着伍佰率领的一队守戍军军士。伍佰在马背上似乎很威严，他好像在沿途勒令那些神采飞扬的百姓，让他们要么就此停下，要么赶紧退回去城里，所有人都不许靠近六和塔，违者即刻法办。

余船海不知道发生了什么，总归隐隐有点担心。他立刻从塔顶赶下，奔出塔身时，看见甘左严和唐胭脂两人已经下马。甘左严微微踮着一只受伤的脚，走到摆在地上的那堆鞭炮和烟花中间，跟迎上来的余船海说，台州佬，麻烦你把它们给撤了。

余船海愣在原地，眼珠连着转了好几下，说为什么？这是巡抚刘元霖大人亲自安排的，烟花也是我大老远从萧山运回来的。可能你这辈子都没见过这么昂贵的烟花。

唐胭脂的声音柔情似水，他说你这人也真是蛮好笑的，让你撤了你就撤了呗。不要说巡抚，你就是皇上安排的也没用啊。

你们让我撤我就撤，那我岂不是很没有面子？余船海说着，渐渐把脸拉下。

面子是人家给的，又不是你自己提笔画上去的。唐胭脂说，撤了吧。

你们两个算是什么东西？余船海终于喷了喷鼻子，让人感觉他已经很愤怒。他讲甘左严你别太过分了。你这段时间好像有点猖狂。你不要忘了，你以前什么都不是，只是喝醉以后躺在街边的一堆垃圾。

甘左严站在那里一动不动，他没有转头望向余船海，只是很认真地看着地上一群忙碌的蚂蚁。甘左严后来说我数三下，这些花红柳绿的烟花鞭炮如果再不搬走，接下去的时间，你就跟我的刀子讲话。

你不用数的，余船海走上去一步，说，实话告诉你，你就是数一万下，我也不搬。

唐胭脂轻轻地皱了皱眉头，看见甘左严将那把很长很长的刀子慢慢地从一块粗大的麻布里缓缓抽出。

甘左严说，余船海，我也实话告诉你，我觉得你就是倭寇！

唐胭脂感觉有一群穿红色短褂的男人正在围向自己，他于是从口袋里掏出一大把银色的绣花针，在袖口上不紧不慢地擦了擦。这时候伍佰也赶了过来，唐胭脂就跟伍佰说，我永远相信我的哥哥田小七。他说城里的倭寇是烟雾弹，他的判断总是那么准确。我觉得，他就是通晓人间的田半仙。

14

阳光西斜，照耀着钱塘江，也照耀着行进在江边正在前往六和塔的龙辇。龙辇车厢中坐着朱翊钧和他心爱的郑贵妃，前头牵引的，是四匹异常高大的骏马。

朱翊钧的视线越过骏马的身躯，他在一路欣赏着江景，感觉江南的秋日令他倍感愉悦。他甚至想下车摘一些莫名的野花，编成一顶花冠戴在郑贵妃的头上。

此时马背上的田小七风驰电掣，迅速越过层层护驾的锦衣卫身边。他从马背上跳下，然后在那片飞扬的尘土中，即刻就在龙辇的车轮前跪下。

皇上止步。田小七说。

又怎么了？龙辇停住时，朱翊钧叹了一口气，说田小七你是不是跟我有仇，怎么一天到晚把我拦住？你这样会让我很不开心。

皇上有危险。田小七说。

你总是说有危险有危险，但是我这辈子什么时候怕过危险？你以为朕是路边那些胆小的野花？

话还未说完，前方的一群百姓似乎是受到了惊吓，纷纷回头一路奔跑，看上去像一场退潮的水。此时随行的刘元霖和郑国仲也望见，就在六和塔前，甘左严和唐胭脂他们已经跟余船海那帮人杀成了一片。厮杀的声音传来，让头顶的阳光即刻显得有点虚幻。

田小七当即挡在龙辇前方，并且对身边的锦衣卫喊了一声：护佑皇上，队伍退回去。

话刚说完，空中便响起嗖的一声。田小七看见总共三支弩箭穿过慌乱的人群，笔直飞向了车厢中露出身子的皇帝朱翊钧。就在千钧一发之际，田小七的绣春刀挥出，在空中拉出一道扇形的光芒，刘元霖只听见叮叮叮连续三声，三支弩箭的铁头纷纷撞在绣春刀的刀口，一瞬间火星四射。

射出连环弩箭的是隐藏在路边的一个伪装成百姓的倭寇。此刻他正准备再次击发弩箭时，锦衣卫甩出去的一把短刀已经转眼扎进了他胸口。

朱翊钧被彻底激怒了。眼看着更多的倭寇举着倭刀从四面八方涌来，他喊了一声保护郑贵妃，然后就一步踩下车厢。朱翊钧头顶天空，看着田小七说，我偏偏就是不回去，你以为这样我就怕了？狗娘养的倭奴，今天就让他们睁开狗眼好好看看，我朱翊钧是怎么跟你一步步走去六和塔的。

承担御前护卫的锦衣卫此时缓缓散开，他们以龙辇为中心，逐渐在外围形成一番威武的龙头阵。田小七站在朱翊钧身边，说你是一国之君，不要冲动。你有没有想好，是不是真的要继续往前？

臭小子，你以为我在跟你开玩笑？朱翊钧说，护驾！

田小七把头抬起，看见阳光很奢华，眼前似乎一片灿烂的金黄。他对着龙头阵前的带队锦衣卫喊了一声开道！随即便听见一片刀子砍出去的声音。

队伍开始向前推进，朱翊钧迈开步子，如同行走在自家的后花园里。他边走边看了一眼一声不吭的田小七，猛地拍了一下他的肩膀，说别那么紧张，你在想什么？

我在想，这样的时候能和皇上并肩，是一种荣耀。赴汤蹈火，我田小七在所不辞。

你小子连拍马屁也拍得这么有气魄，说明朕没有看错你。

这时候田小七突然闪身到朱翊钧的另一侧，替他挡住了射过来的一支冷箭。他扶了扶差点一脚踩空的朱翊钧，说皇上小心，请看好眼前的路。

朱翊钧抹了一把脸，看见六和塔前一排密密匝匝数也数不过来的乌桕树，乌桕树的叶子一片火红，好像被晚霞染过了一般。朱翊钧讲，这些狗娘养的倭奴，亡我之心不死。我突然想起，其实我早在壬申年就写过一篇《平倭诏》，怎么他们的记性就那么差。

田小七挥刀砍翻了冲到眼前的一名倭寇，飞出去的血溅落在朱翊钧的脸上。他说在下也记得皇上的那篇《平倭诏》，气势恢弘。

朱翊钧抬手擦了擦脸，把倭寇的血给擦去。他说你别跟我吹牛，有本事就趁着秋色正好，背几句出来我听听。

况东方为肩臂之藩，则此贼亦门庭之寇，遏沮定乱，在予一人。

还有呢？朱翊钧跨出一步，笑眯眯地讲，笑容中透着一丝得意。

我国家仁恩浩荡，恭顺者无困不援；义武奋扬，跳梁者，虽强必戮。

跳梁者虽强必戮。臭小子你背得不错！朱翊钧兴奋着卷起龙袍的袖子，又说那年我接下去还讲了一句：兹用布告天下，昭示四夷……田小七你说我是不是很威武？可是我真想跟你喝一场酒。一醉方休。对了，你可以叫我柳章台……

15

钱塘火器局，中毒三天的赵士真已经醒了。他之前在床上缓缓支起身子时，感觉眼前的一切都是那样陌生。现在阳光分成好几缕钻进了窗格，有那么一种优柔的样子，让他恍惚觉得是三天前中秋夜的月光。他慢慢记起，三天前，自己好像就是在那样一场铺展的月光里痛得昏死过去的。

此刻赵刻心正坐在屋顶的瓦片上，她望着钱塘江和六和塔的方向，仿佛隐隐听见传来的厮杀声，一阵接着一阵。赵刻心在擦拭着掣电铳，她还是想回去，回去田小七身边。想起田小七身上的伤口，以及自己昨晚在梦里见到的再次受伤的田小七，她就有一种不祥的预感，好像在阳光下显得越来越具体。这时候赵刻心看见围墙外走来一个陌生的女子。女子四处张望，她身上的衣服破破烂烂，头顶却插了一朵行将枯萎的野菊花。她抬头望见赵刻心时，惊讶了一下，掩住嘴巴叫了一声天哪，仿佛看到屋顶上坐着一头牛。

我是傻姑。女子开口，让赵刻心看见她一张脏兮兮的脸。她把头尽量仰高，然后又咬着自己的手指，跟赵刻心笑嘻嘻着说，我也是你爹的女儿，在南屏山的山洞里，我跟你爹在一起。

说完，傻姑掏出怀里的一本书，说这是不是你爹的？你爹长了跟我爹一样的胡子，可惜我爹死了。

赵刻心看见，躺在傻姑手里的，竟然是当初被倭寇劫走的《神器谱或问》的子本，也就是父亲还未写完的第十九章。她从房顶上飘下，让傻姑又叫了一声天哪。

已经神志清醒的赵士真很快就记起了被赵刻心带进来的傻姑，他翻看着《神器谱或问》的子本，看着看着就笑成了一个乐呵呵的孩子。他讲傻姑你是怎么拿到这本书的？你其实一点也不傻。你就是个上天入地的孙猴子。

我不是孙猴子，我是傻姑呀。傻姑盯着赵刻心摆在桌上的一把短铳，觉得很好奇，天哪，这是什么？

赵刻心看见父亲又笑了，笑得很开心。但她很快发现，父亲抬头时，眼里即刻蒙上了一团灰色。此时傻姑举着那把短铳，就站在赵刻心身后，她把短铳指向赵刻心，只说了一句，你们把《神器谱或问》的母本给我。

傻姑说完，赵刻心看见一个人影闪进了书房，来者是阿部。阿部将门板轻轻合上，盯着赵刻心说，欠债总是要还的，我们那天在万松岭就讲好的，我给你解药，你给我书。现在这局面，是你自己搞砸的。

傻姑揭开脸上的面具，又甩了一把瀑布一样的长发，好让自己恢复出迷人的模样。她跟赵士真说，需不需要我提醒你，其实我是灯盏，我们早就见过。当然，你的侍卫山雀他是叫我鲤鱼的，那个长得跟凳子一样高的拿铁锹的矮子是叫我杨梅的。

赵刻心于是觉得，这个瞬息万变的女人，虽然一身破破烂烂的衣裳，却的确有一种深入骨髓的娇媚与风情。

16

这天通往六和塔的所有道路已经被封锁，守戍军挡在各个路口，严禁行人往前一步。就像田小七所说的，这是一场战役。战役中，许多杭州城百姓纷纷登上楼顶，远远地眺望六和塔方向那一场惊天动地的厮杀。他们屏住呼吸，心都提到了嗓子眼上。

田小七和朱翊钧继续向六和塔靠近，六和塔已经是几步之遥。视线中，双方搏杀的人群已经倒下一片，地上血流成河。这时候，远处响起几声枪响，随即便是一声猛烈的爆炸。田小七转头，看见一阵升腾起的浓烟。他听见朱翊钧说，是钱塘火器局的方向。赵士真和他女儿是不是在那里？

田小七沉默了一下，抬手再次砍倒一名冲过来的倭寇，血从刀背上飞出。

赵刻心不会有事。田小七说，我只希望皇上能实现诺言，回去京城后带我去诏狱里接出无恙。

朱翊钧愣了一下，说我早就跟你讲过，无恙她必须认罪。可惜她不仅不认罪，反而带着那批手下试图越狱。这是不是罪上加罪？

朱翊钧说完，一脚踩上前往六和塔的第一级台阶。他微笑着说逆贼就是逆贼，既然你改变不了她，那么我有我的雷霆手段。

田小七猛然收住脚步，听见很多吹来吹去的风，吹得毫无方向。这时候一把倭刀突然向他胸膛刺来，他却懵里懵懂毫无知觉。刀尖抽出去时，带出许多血。朱翊钧诧异着转头，听见田小七在喉咙底下问了他一声，声音有点轻：皇上是不是杀了无恙？

阳光在头顶晃荡，田小七感觉一阵晕眩。他后来按住胸膛，保护着朱翊钧一步步踩着向上延伸的台阶，好像那些流淌出的血不是他自己的。

六和塔前，双方厮杀的人群已经集中到了一块。田小七看见甘左严长刀挥舞，唐胭脂则刚好甩出两根绣花针。他觉得眼前越来越模糊时，却看见两名倭寇已经站在塔顶的廊檐，手里举着火折子，像是要把塔给烧了。这时候，地上一个身影嗖的一声腾空而起，就像一只长臂的猿猴，手脚攀附着塔身，噌噌噌噌就瞬间追上了塔顶。

朱翊钧愣住，说，他是谁?

他是我弟弟，之前叫吉祥，现在叫昆仑。田小七说得有点虚弱，他望见到达塔顶的昆仑第一时间就卸下了倭寇的一条手臂，手臂连同那只刚刚燃起火焰的火折子，一起从空中坠落。

吉祥，昆仑。这名字不错。朱翊钧说，你以后可以让他加入我们的锦衣卫。

田小七笑了，似乎笑得很疲倦。在倒下之前，他凄惨地讲，你言而无信，你杀了无恙……

河野正盘腿坐在一棵松树下，他的尺八声就是在此时响起，让躺在地上的田小七感觉声音很瘦小，如同一缕飘散的烟。河野吹奏的曲子是日本国的《虚空》，那是他最爱的曲子，空灵的声音时断时续，仿佛是一次次被刀子给斩断的。

河野是子丑的儿子，也就是灯盏的弟弟。他是个从小就不懂武功的人，忧伤的眼里只有音乐。此刻他按压着尺八洞孔，目光深情而且专注，似乎眼前的战斗和四处喷溅的血离他很遥远。

赵刻心在赶来六和塔的路上，她骑着那匹名叫核桃的马，奔跑得飞快，仿佛要冲出眼前一整片的秋天。她身后的另外一匹马上，是陈留下和她的父亲赵士真。

刚才在火器局，赵刻心没有让阿部和灯盏得逞，她后来端起掣电铳，一心想将灯盏那张妩媚的脸给射穿。灯盏最后退缩到赵士真的火药配药房里，说你要是再敢开枪，整个火器局就会炸为平地，你难道不觉得可惜吗？

赵刻心于是想起了熊熊的火光，她曾经在十二年时间无比惧怕的火光。但她又想起了田小七，想起火海中脱身的小铜锣，就毫不犹豫地扣下了扳机。配药房炸开，头顶的一根木头房梁轰然砸下，砸在赵刻心身上，压得她无法动弹。赵刻心很长时间挣扎在四周燃烧的火中，她没有晕倒，只是想该如何离开这场火海，赶紧去田小七身边。这时候她就看见一匹跑得很疯的马，冲进火海就像一道黑色的光，过来救她的，是从家中赶来的陈留下。

陈留下跃下马，想都没想，一双手加上肩膀，直接就试图推开那截正在燃烧的房梁。

赵刻心看见陈留下的手被房梁上的火焰烤糊了，炙热的空气中夹杂着陈留下血肉烧焦的味道。她说陈留下你到底行不行？不行的话你就滚开，我们没必要死在一起。你不觉得那是一种严重的浪费吗？

陈留下说你别说话，留着一点力气。你把眼睛闭上。你这样看着我我有点紧张。我每次跟你在一起，心里都有点发慌的。

陈留下最终成功了，那根房梁被他搬开。他将赵刻心抱上马背，说你最好还是把眼睛闭上，因为我就要带你英勇地冲出去了。陈留下还说你知道吗，我们这匹马是一匹英勇的天马，跑得实在太快，我怕你接下去要看晕了。

赵刻心突然在内心深处升起一阵哀鸣，她望着满头是灰的陈留下，觉得这个叫自己父亲为岳父大人的人，其实是有情有义的。

现在赵刻心已经奔到了六和塔，她看见田小七半躺在地上，靠着一棵松树，身边都是血。田小七说，我就知道你不会有事，我也不会有事。

赵刻心什么也没说，只是流着眼泪笑了。这时她一转眼刚好看见余船海隐藏在一个角落里，搭弓上箭，正朝田小七瞄准。赵刻心来不及叫喊，身子扑向田小七想要替他挡住冷箭时，田小七却一把将她抱起，然后迅速在地上翻了个身。赵刻心随即听见箭头穿插进皮肉的声音，十分利索，她在田小七的身下抬头，看见箭头是扎在了田小七的后背上。田小七看着她，却缓缓地笑了，说，刚才是你救了我，不然余船海的箭正中我的额头。

就在这时，唐胭脂和昆仑几乎在同一时间里飞起，两人的刀子也是同时砍落在余船海的肩膀处。余船海愣愣地站在那里，目光惊讶，奇怪自己怎么突然就丢失了两条手臂。他随后看见肩膀的左边和右边，都有一股血笔直着喷了出去，喷得争先抢后，好像是一只装满水的鼓鼓的水袋，突然之间被人扎破了两个口子。

不远处手捧尺八的河野看着余船海，目光始终平静，他只是觉得此时的余船海，很像一根被人劈掉枝节的光秃秃的竹子。在河野的尺八吹奏出的最后一个音符里，昆仑微微蹲下身子，提起的刀子又横劈了过去，直接将余船海的一条腿劈成了两截。余船海于是失去平衡，他摇摇晃晃，最终是在河野的尺八声开始消散的时候，才十分无奈地倒了下去。

守成军开始收拾战场的时候，伍佰朝空中发射出了一枚绿色的信号弹，灿烂的光尾拖着绿色的烟雾在六和塔的头顶一直升空，是向整座杭州城通报倭寇已被全歼的消息。

钱塘江边，各个路口开始放行，但之前被挡住的百姓此时却都呆呆地站在原地，他们一个个热泪盈眶，好像是忘记了要继续前行。这时候，万历皇帝走到田小七身边，看见他衣衫褴褛，身上伤痕累累。之前余船海射中的箭头插在他背上，箭羽已经被赵刻心斩断。

朱翊钧说，怎么样？要不要站起来，跟我去登一回六和塔观潮。潮水已经在赶来面圣的路上了。

但是田小七把头转过去。他说，我累了，我就留在塔底，看着皇上登塔。

八月十八的钱塘江潮的确已经在路上，潮水最初出现在天边时，只是一条银白色的线。随后江边开始起风，远处的银线也渐渐变成一团向前推进的雪岭，雪岭越滚越恢弘，伴随着一阵阵隐隐的咆哮声，好像是从水底升腾起的雷鸣。

万历皇帝牵着郑贵妃的手，一步步踩进了六和塔时，郑贵妃目不斜视，但是她的余光深深地看了疲惫的田小七一眼，眼中有稍纵即逝的担忧。万历皇帝牵着郑贵妃的手，登上二楼，看见浙江巡抚刘元霖安排的九十九名弄潮儿已经脚踩船舸，出现在远处初潮的中央。喧天的锣鼓声中，弄潮儿手举彩旗，争先鼓勇，如同九十九匹奔腾在潮水中的骏马，出没于鲸波万仞之中。

田小七在赵刻心的搀扶下站起，看见奔涌的潮头从弄潮儿的身边经过，但他们手中的彩旗却依旧迎风招展，丝毫未被潮水溅湿。群情激昂，阳光明亮，百姓高声欢呼。田小七这时不由自主地转头，看见千百人之中，唯有身边陪伴他的赵刻心，看上去是那样宁静，如同一面波澜不惊的湖水。

赵刻心好像感觉到了田小七的视线，她转头微笑着看了田小七一眼，目光离他很近，却又似乎穿越了人群中的千山万水。

这时候，田小七看见人群中钻出几个破衣烂衫的男孩，他们一脸的兴奋，扒开人群后迅速冲进了六和塔，每个人的手上都高举着一盒淬火。田小七感觉不对，他朝昆仑喊了一声，拦住他们，随即两人便一同飞身进了塔里。

这帮男孩就是之前被倭寇劫走的孩子的其中几个。几天前，傻姑带他们玩竹签烟火时就跟他们讲，六和塔庆典的那天，你们就能回家。姐姐在塔里准备了特别好看的烟花，就埋藏在六和塔廊檐下挂出的灯笼里。傻姑说跟着金鱼哥哥去点燃那些烟花，爹娘就能看到你们，很快过来带你们回家。

金鱼是剃刀金的儿子，阿部早就告诉他，你爹死在大明王朝的锦衣卫手里，你要是像个男人，就要替他报仇。藏在六和塔灯笼里的，不是烟花，是火药，能够炸飞六和塔的火药。

现在金鱼攀爬上六和塔二楼廊檐下的栏杆，他看见了灯笼中垂挂下的一根引线，于是就率先把手中的淬火给点燃。田小七和昆仑冲到二楼，看见颤颤巍巍的火苗已经伸向了灯笼的底座。此时昆仑腾空飞起，瞬间就将金鱼扑倒。金鱼滚落在地上，他看了一眼手中熄灭的淬火棒，却冷不丁抽出腰间的一把短刀，冲向田小七直接朝他刺了过去。受伤的田小七来不及躲闪，他只是侧了侧身子，刀子便瞬间割开他的飞鱼服，同时也深深扎进了他的大腿。

金鱼抓着刀柄不放，抬头望着田小七，恶狠狠地说，你杀了我爹，血债血偿。

金鱼说完，转动了刀柄，刀身在田小七的皮肉中翻滚。田小七瞬间痛出冷汗，他低头看着金鱼，觉得这个凶狠的男孩十分眼熟。他最后终于记起，就在自己到达杭州城的那一天，在相国井前，陪在刘四宝身边抓知了的孩子，就是眼前的金鱼。但这时候，昆仑手起刀落，田小七还未及拦住，刀子就已经将金鱼劈成了两截。

田小七看着昆仑，厉声道：他还是个不懂事的孩子，你为什么要下手这么狠？

昆仑把刀收起，垂头缓缓地说，哥哥不用仁慈。昆仑知道，他的心里既然已经种下仇恨的种子，以后就永远不会懂事。

田小七不禁颤抖了一下，此刻他看见昆仑的眼里，的确是涌动着类似于昆仑山峦一样的苍茫与冷静。昆仑搀扶着他，说，谁伤害我哥哥，谁就是我昆仑的敌人。

钱塘江上，壮观的潮水已经如同千军万马般涌来。昆仑和赵刻心搀扶着田小七，登上了六和塔的塔顶，最终站在了万历皇帝的身边。此时愤怒的潮水冲天而起，如同山崩地裂雷霆万钧，又顷刻间势如破竹般摧枯拉朽，将天地间染成白茫茫一片。

万历皇帝朱翊钧看见潮水慢慢退去，不禁拍了拍田小七的肩膀，说，天卷潮回出海东，人间何事可争雄。田小七却把头低了下去。他望着江边古道上纷纷急着回城的百姓，头顶是茫茫的黄尘。而远处的天边，一场急骤的风云似乎正跟潮水一起慢慢消散，此刻已经风轻云淡。他于是缓缓地看了一眼赵刻心，心想，岁月易老，人间又何必要争雄？如果可以，他倒是宁愿一辈子都站在这样宁静的江边，独自看看杭州的夕阳。

这时候朱翊钧说，田小七,一切都结束了，跟我回去。

回去哪里？

当然是回京城。

田小七淡淡地笑了，他看着刚才被金鱼的刀子割破的飞鱼服，猛地用力将它扯断，并且将那片破布扔向了风中。

田小七说，皇上，我可能已经回不去了。

朱翊钧看着那片飞扬在风中的飞鱼服，似乎什么都懂了。他看了赵刻心一眼，挤眉弄眼地跟她说，看来你比我更有本事，你能把他留在杭州也留在了身边。这个混账东西刚才把飞鱼服扔了，好像是要跟我恩断义绝。

那天当朱翊钧和郑贵妃他们走向下楼的楼梯时，田小七把他给叫住了。

朱翊钧回头，说，你不是已经不理我了吗？还有什么要讲的，但说无妨。

田小七看着郑贵妃和郑国仲两人远去的背影，说如果皇上愿意听，我想说，杭州城之前那些被蝙蝠劫走的孩子，民间传言跟太子有关，其实完全不是那么一回事。真正的幕后策划，是郑贵妃和国舅爷郑国仲，他们兄妹是想借此暗中嫁祸于太子，让福王上位。

朱翊钧皱了皱眉头，过了一会儿才笑着说，你刚才讲的，我什么都没听见。田小七我告诉你，你还没学会做人。做人的最高境界是，很多东西你不能刻骨铭心，要学会把它烂在肚子里。

田小七沉默了很久，看见夕阳辽阔，晚霞已经把整条钱塘江映成一片通红。他最后对皇上笑了笑说，杭州真好，章台兄一路保重。于是朱翊钧就知道，田小七叫出了他微服在欢乐坊赌博时使用的名字，而没有叫他皇上，那是在真正地向他告别了。

17

黄昏准时到来时，唐胭脂和昆仑已经将伤痕累累的田小七扶上了马背。田小七努力坐直身子，看见月光徐徐升起，如同展开一个忧伤的梦境。风从他身上吹过，这让他觉得伤口很凉。他看见赵刻心抓紧了缰绳，她牵着那匹马，一路驮着田小七走回城里。路上她看见了洒下来的月光，像是洒下一面寂静的湖水。赵刻心说，你决定了吗？从此不再回去京城。

京城不是我的京城，田小七忧伤地说，我好像又成了一名孤儿，突然很想念埋葬在那里的嬷嬷。

赵刻心的心中升起一股酸楚，但她很快又缓缓地笑了，说，我知道你是孤儿。

赵刻心接着又说，杭州既然已经有了一座新的欢乐坊，也不在乎多一家孤儿院。你要是不介意，我或许可以收留你这个长大了的孤儿。

那你想让杭州的孤儿院叫什么名字？

我希望它还是叫吉祥，或许也可以叫钱塘。

赵刻心说完，过了很久都没听见田小七的声音。她转头，看见田小七趴在马背上，月光下，他已经疲倦地睡着了。而此时的陈留下停留在江边，看见田小七和赵刻心两人渐行渐远的背影，在一片无声中消融。他又转头望向江水，江水流淌，陈留下突然就掉下了两行眼泪。

赵士真说陈留下我很理解你，有些事情看了的确会让人伤心。

陈留下于是把头昂起，装出一副很开心的样子。他说我怎么会伤心，我是弥勒佛转世的。我明明知道赵刻心不可能嫁给我，是你一定要让我做你的女婿。你看我长得仪表堂堂气宇轩昂，不仅如此，还每天都能给你抓鱼吃。你简直太会盘算了，你不应该去造枪造炮，你应该去造算盘。

既然不伤心，有本事你就别哭。你还是别演了，赵士真说，你越演心里就会越难过。

行，就算我哭吧。我哭又怎么了？我难过又怎么了？我难过犯法吗？

陈留下喋喋不休地说着，眼泪还是没有忍住，稀里哗啦地从脸上滑落。他用手背擦了一下泪痕说，实话告诉你，我难过是因为想起了我的姐夫薛武林。那年姐夫出征去朝鲜，我送他到城门前。姐夫穿着铠甲抱住我姐，又摸着我的头，说你要照顾好你姐。姐夫说着说着，我姐就哭了。我姐说不管多少年，我都等你回来。可是谁又能想到，姐夫从朝鲜回来了，却最终死在了家门前，死在了郑国仲的刀子下。接下去我还是要一个人照顾好我姐……想到了这些，我陈留下哪怕是铁石心肠，也必须要好好哭一场啊。

这天站在江边独自掉眼泪的还有刘天壮。刘天壮刚才在钱塘江翻滚的退潮中，好像看见了浮在水面上的刘四宝的尸体。刘四宝光着一双脚，潮水把他托起，举得很高，然后一个浪头涌来，又把他重新按进了水底。

刘天壮不会忘记，他有次在钱塘江里跟薛武林一起抓鱼，看见薛武林的屁股上烙了一块蝙蝠的印记，那是朝鲜战场上倭寇突击队的队徽。刘天壮说，薛武林，你那年在朝鲜，把我从战俘营里救出，你是怎么做到的？

怎么突然会问这个。薛武林不满地说，连我自己都忘了。

你是不是当上了叛徒？咱们的军营夜里遭到突袭，两门天字号大炮被倭寇拖走，所有的弟兄都死了，没有一个人能回来。

薛武林愣在那里很久，最终扔下一句说，亏你想得出来，我拼尽全力救你回国，你却这么猜忌我这个出生入死的兄弟。

刘天壮什么都明白了，说，薛武林你对得起自己的良心吗？早知道这样，我宁愿死在朝鲜。

薛武林于是胡乱着穿好裤子，吼了一声道，你的良心被狗吃了，从此以后我不再是你的兄弟。

刘天壮没有想到，许多年前，救他回国的是薛武林。但许多年后，亲手杀了他儿子刘四宝的，也是薛武林。

18

有关万历三十年八月的这场杭州城抗倭战役，浙江巡抚刘元霖后来在回忆录中写得很详细。回忆录的最后部分是这样讲的：

现场俘虏十二名倭寇，国舅爷郑国仲下令御前锦衣卫即刻将他们投去江里喂鱼。此时莲池法师抬步走到朱翊钧跟前，法师双手合十，说皇上还记得自己的《平倭诏》吗？其中有一句，我国家仁恩浩荡……

朱翊钧双目微闭，说可惜这些倭奴居心太黑，他们一个个就是聋子，朕无论讲什么他们都不乐意听。

莲池法师于是又说，请皇上听我讲一个故事吧，等故事听完了再决定杀还是不杀。

大师请讲。

皇上有没有听人讲过日本国的长屋亲王？据《东征传》记

载，早在八百多年前，长屋王就曾给当时大唐王朝的僧众送来一千件袈裟，袈裟上绣有十六字偈语。

偈语怎么讲？

山川异域，风月同天。寄诸佛子，共结来缘。

莲池法师说着，放眼远处，他说长屋王当年言辞如此恳切，遂让立志弘扬佛法的鉴真大师心中泛起波澜，于是决定远渡东洋前往传教。

朱翊钧看着莲池法师，目光渐渐变得柔软。最后他听见大师说，山川异域，风月同天。皇上听完了这个故事，现在心里怎么想？

大师的意思，朕已经明白。朱翊钧说，那还是不杀吧，朕就决定留下这些倭奴俘虏的性命，并且过几日派出我大明朝廷使者，负责将他们一路捆绑着送回倭国，也算是给他们一个体面的教训……

在成文于万历四十二年的这本个人回忆录中，当时已经年满五十八岁并且二度担任工部尚书的刘元霖还提到：那天皇上作出决定时，空中响起了一曲幽静的尺八声。尺八是现场一名瘦弱的俘虏吹奏出的，那人长发飘飘，目光如同清水洗过一般。据说他叫河野，家住日本国的北海道。

尾 声

万历三十一年，杭州城迎来又一个如诗如画草长莺飞的春天。那天清明节，在一场细雨过后，田小七和赵刻心去了一趟宝石山。两人在半山腰上站定，将一块墓碑安放在一个新鲜垒好的土包前。墓碑上刻了一行文字：春风浩荡，四季无恙——无恙姐姐在此安息。一旁的落款是：杭州妹妹赵刻心。

赵刻心在墓碑前撒了一团桃花，还敬了三杯酒。后来她和田小七一起下山的途中，正好遇见了上山的陈汤团和陈留下姐弟俩，他们是来给薛武林上坟的。陈留下一直笑眯眯的，他给田小七让出一条道，又看了一眼赵刻心说，你们小心一点，下过雨的山路有点滑。我哪天给它修一修，垫上几块石头。

这时候赵刻心停下，看着陈汤团抱在怀里的孩子说，嫂子，男孩还是女孩?

陈汤团淡淡地笑了一下说，跟他爹想的不一样，是个男孩。

陈留下于是对田小七说，哥，我当舅舅了，你就帮我外甥取个名字呗。你嘴里说出的跟别人不一样。

田小七笑了。他想了想，望向远处的一潭西湖水，湖面之上，似乎还在飘荡着细细的雨丝。他随口说，江南忆，最忆是杭州。要不就叫薛西湖吧。

薛西湖。陈汤团哽咽着叫了一声这个名字时，看见襁褓里入睡的孩子突然睁开了眼睛，对着春日里的天空咿咿呀呀叫了几声，声音比糯米饭还糯。这时候赵刻心看见，陈汤团掉下了一行眼泪，似乎是喜悦，也似乎是喜悦中的悲伤。

那天田小七和赵刻心两人骑马来到欢乐坊时，看见甘左严正在喝酒。甘左严的胡子已经刮了，他的下巴一片清爽，看上去起码比以前要年轻十岁。陪他喝酒的是柳火火，柳火火炒了一碗特别香的螺蛳。在她旁边，还摆了另外一双筷子，以及一个倒满酒的酒盏。

柳火火起身，说七哥，坐下一起吃点吧。然后她又望向那个倒满酒的酒盏，说七哥你今天跟我好好讲讲春小九，你就跟我讲，小九姐姐到底好在哪里。我要同她比一比，今年比不过就明年比，明年比不过就后年比。

田小七笑了，说不用比，我觉得吧，春小九她再怎么样，也炒不出这么鲜美的清明螺蛳。

甘左严也站起，现在他的右脚明显有点瘸。他一仰脖子，把属于春小九的那个酒盏里的酒喝完，说这杯酒我替春小九敬无恙。然后就扶着八仙桌的桌角跟田小七说，坐下，今天在欢乐坊，咱们两个一醉方休。

那天在酒桌上，几个人不停地喝酒，说着说着就笑了，笑着笑着就沉默了。田小七后来和赵刻心一起回到了钱塘火器局旁的钱塘孤儿院。去年冬天，万历皇帝朱翊钧原本想让赵刻心接替她爹，担任火器局的总领，但是赵刻心说她不管造枪造炮了，她爱孩子，她要建一家孤儿院。孤儿院这天中午开饭的时候，田小七收起巡抚衙门刚刚送来的一封密信，看见赵刻心从一片烟雾蒙蒙的伙房里走出。她扎了一条青花布的围裙，手上端着一笼刚刚蒸熟的馒头，她把热气腾腾的馒头一个个分给孤儿院里吵吵闹闹的孩子时说，皇上在信里讲什么？他是不是又要叫你去京城？

不是，皇上在信里讲，昆仑已经到达了京城。京城刚刚组建了一支秘密的锦衣卫小北斗分队，已经让昆仑去当队长。

这时候唐胭脂抱着一本关汉卿的剧本从他自己房里走出。他一直住在孤儿院里。唐胭脂的皮肤还是那样白，他的房间就像一间花坊。他还在堕落街上新开了一家唐人香粉铺，生意好得一塌糊涂。唐胭脂说，昆仑弟弟加入锦衣卫，肯定又要迷倒京城的少女一大片。我这就给他修书一封，告诉他不要轻易动心。男人动什么都好，就是不要动心。许多事情吧，其实挺麻烦的。

赵刻心瞪了唐胭脂一眼，她想起两个月前，就在这家孤儿院里，自己还曾经手把手着教会昆仑，该如何去研配一枚灿烂的烟花。她告诉昆仑要做成颜色不一样的烟花，必须熟练掌握各种添加粉的配比，配比中要用到算术以及大食人 1234 的数字，每一步都要算得十分精准。那是一个无风的夜晚，天空星月成群，明亮成一面镜子。但是赵士真噘高了嘴皮气哄哄着闯进来说，男人做什么烟花，昆仑你这么好的脑子，该去跟我造火铳。你不去造火铳，火器局就没人给我接班。火器局没人给我接班，我就死心塌地不让你玩烟花。昆仑却很严肃地拔刀，在地上划拉出一条线，隔开了与赵士真的距离说，停！我只做烟花。我今后做的第一枚烟花，只燃放给刻心姐姐一个人看。

于是在一旁看着的田小七，露出开心的笑容。

两天后，昆仑做出了自己的烟花。他双手平伸，各举一枚烟花，对着田小七喊，哥哥，你快把眼睛闭上，不许偷看。我做出来的昆仑双灯，是只属于刻心姐姐一个人的烟花。

想到这里，赵刻心如此回想着远在京城的昆仑时，就看见孤儿院的那帮孩子正坐到门口，他们一个个咬着手里白花花的烧饼，嘴里不停吟唱着田小七刚刚教会他们的一首儿歌：山巅一寺一壶酒，尔乐苦煞吾，把酒吃，酒杀尔……请问这是唱的什么歌？你个圆滚滚的大笨蛋，我这唱的就是圆周率。

但是那天的后来，孩子们看见门前的老虎嘴巷子那头，突然走来一个挑着烧饼担子的男人。男人长得比较胖，身子却很矮，刚刚够得上挑起那副本来就不高的担子。他把几十个烧饼用粗布包好，一声不响地摆在钱塘孤儿院大门口的石门槛上，然后就沉默着离开了。

孩子们还看见，那副烧饼担子上挂的一块油迹斑斑的白布上，其实还写了几个字，字写得很差，好像是叫“三寸丁烧饼铺”。再后来，孩子们捧着那些烧饼跑进院子，去问正在写信的唐胭脂，问他那么一个长得跟冬瓜一样的人到底是谁，已经连着送了三天的烧饼。

唐胭脂想了想说，既然你们问了，那我就告诉你们，他叫土拔枪枪。他以前是我兄弟。

既然是你兄弟，那又为什么不住到孤儿院来？孩子们纷纷说。

唐胭脂又想了想，然后说，我已经讲过了，他以前是我兄弟。我强调一下，是以前，你们知道什么叫以前吗？既然说以前，就是说很多事情都已经变了。

唐胭脂最后摊开双手，跟翻开一部剧本似的说，这就跟台上演的戏一样，转眼之间，变了。变得物是人非，变得花落水流……

同样是清明节这一天，在杭州城的直大方伯巷内，差不多是日落时分的时候，一对样子很朴素的夫妻从巷内走出，在不远处的万安桥码头上船，跟一个船夫讲好了价钱，让船夫顺着东河，转入运河，送他们一直去往绍兴府。船夫把船摇起，说你们两个去绍兴府干什么？

女的就晃荡着脚上的一对绣花鞋讲，我们做了很多绣花鞋，想要从绍兴府走陆路去台州府，再搭船出海拿去日本国卖。

这对夫妻就是阿部和灯盏。去年八月十八的下午，他们从爆炸后的钱塘火器局里逃出，隐身在了直大方伯巷，两人一直隐姓埋名，一年以后他们才敢从万安桥码头上船，转道绍兴往台州府赶。

夜航船一直往绍兴方向行进，当一场细雨到来的时候，船夫叹了一口气讲，我儿子死在倭寇的手里，我现在却要送你们去绍兴府，转道台州府，而你们最后的方向竟然是倭国。我都这把年纪了，人这一辈子，想想真是有点滑稽。

你儿子怎么就死在了倭寇的手上？阿部讲。

我是萧山瓜沥人。我儿子叫水牛。水牛以前在豆腐巷的弹药库里值守，他是杭州卫守戍军的伍长，可是死的时候，连舌头也被倭寇给割了。船夫说，我就这么一个儿子，现在留给我的，就剩下这么一条船。船就是我的家，我终将会老死在这条漂来荡去的船上。

阿部看着舱外被雨淋湿的河流，心中冷冷地笑了，他说，你跟你儿子还真的挺像，连说话的声音都像。

客官难道认识我儿子？

我认识。他是死在一个上午，就在弹药库的操练场里。阿部说，操练场里都是黄沙，风一吹过，眼睛都睁不开。

船夫站在船头，整个人抖了一下，说，儿子还没活够，却死了。我一把年纪，活着有什么意思？接下去他就什么都不再说，只是望着黑夜中没有尽头的河流。他后来看见那个名叫灯盏的女人对着舱里的一盏油灯一次次地梳头。她在船舱里说，阿部，你觉得我们真的需要去日本吗？

阿部把灯盏搂进怀里，说我听夫人的。夫人想去哪里就去哪里。

我们还是住在台州府吧。灯盏从梳子上抓下几根掉落的头发，她讲我突然很想念台州的临海，我想住在那里不走了，重新组建一支“巾海道”。

小船在漆黑的夜里慢吞吞地游荡着。阿部靠在船舱里，怀中抱着他心爱的灯盏，灯盏已经睡着了，像一只温顺的猫。此刻望着那些平静得如同死亡一样的运河水，阿部想，或许用不了多久，他就会和灯盏再次去一趟杭州。到了那时，阿部希望自己还能再次碰见那个名叫田小七的锦衣卫。

但也就是在这时，阿部发现船停止了前行，好像是一枚孤零零的树叶，躺在运河的河面上。

怎么回事？阿部抬头望向船头说。

你不用问了。灯盏在阿部的怀里慵懒地翻了个身子，她好像是在梦里说，难道你没有听见，船夫刚才已经跳河了。

2020 年 8 月 14 日　00:33 一稿

2020 年 10 月 4 日　17:40 二稿

2020 年 11 月 23 日　01:20 改定

图书在版编目（CIP）数据

江南役 / 海飞著 . -- 北京：作家出版社，2021.9
ISBN 978-7-5212-1463-5

Ⅰ. ①江…　Ⅱ. ①海…　Ⅲ. ①长篇小说－中国－当代
Ⅳ. ①I247.5

中国版本图书馆 CIP 数据核字（2021）第 120416 号

江南役

作　　者：海　飞
封面题字：张立民
责任编辑：田小爽
装帧设计：unlook · 广岛
出版发行：作家出版社有限公司
社　　址：北京农展馆南里 10 号　　　**邮　　编**：100125
电话传真：86-10-65067186（发行中心及邮购部）
86-10-65004079（总编室）
E-mail: zuojia@zuojia.net.cn
http: //www.zuojiachubanshe.com
印　　刷：三河市紫恒印装有限公司
成品尺寸：145×210
字　　数：200 千
印　　张：8.625
版　　次：2024 年 8 月第 2 版
印　　次：2024 年 8 月第 1 次印刷
ISBN 978-7-5212-1463-5
定　　价：59.00 元
